LES

SECRETS DU MARIAGE

Librairie E. DENTU, éditeur

———

DU MÊME AUTEUR

Les nouveaux romans de Paris, 1 vol. .... 3 fr.

La Vie en chemin de fer, 1 vol. .... 2 fr.

BENJAMIN GASTINEAU

LES SECRETS

DU MARIAGE

ROMAN PARISIEN

PARIS

E. DENTU, ÉDITEUR

 RAIRE DE LA SOCIÉTÉ DES GENS DE LETTRES

PALAIS-ROYAL, 15, 17, 19, GALERIE D'ORLÉANS

1880

LES

SECRETS DU MARIAGE

ROMAN PARISIEN

I

Pour apprécier Paris, il faut le bien connaître. La grande ville ne répond pas toujours aux illusions du voyageur superficiel et ne s'ouvre pas à lui, mais elle offre à ses intimes la satisfaction de tous leurs goûts, si variés et si divers qu'ils puissent être. Aiment-ils la vie bruyante, ils habitent dans les environs du boulevard des Italiens ou de la Bourse ; s'ils ont au contraire des inclinations plus paisibles, ils font leur nid aux alentours du parc Monceaux, au faubourg Saint-Germain, ou aux Champs-Elysées. C'est dans ce dernier et agréable quartier que s'étaient retirés deux amis, Renaudot et Durand, dont les maisons étaient contiguës.

Renaudot, d'abord clerc d'avoué, avait succédé à

son patron et épousé sa fille. Devenu riche autant par son travail que par différents héritages, il avait vu sa fortune s'accroître encore par la dot de sa femme et la succession de son beau-père.

Renaudot paraissait donc être ce qu'on appelle un homme heureux. Son fils unique, doué d'excellentes qualités, spirituel, aimable, instruit, venait d'être reçu licencié en droit à vingt ans.

Comme il n'y a pas de bonheur parfait, le ménage de Renaudot avait son point noir, le caractère de sa femme.

Ernestine Blanchard, la fille de l'ancien avoué, avait espéré faire un parti brillant et selon son cœur, mais de cruelles déceptions l'avaient froissée à tel point qu'elle avait résolu de rester fille. Lorsque son père, sentant sa fin approcher, voulut lui donner un mari, elle accepta son choix plutôt avec résignation qu'avec enthousiasme. L'accepté, c'était le maître clerc Renaudot.

Les premières années du mariage se passèrent assez calmes, et la naissance du fils donna un lien à ce ménage où les deux existences ressemblaient à deux ruisseaux qui coulent parallèlement sans confondre leurs eaux.

Un événement de peu d'importance vint encore jeter un nouveau trouble dans cet intérieur sans affection bien vive.

Madame Renaudot aimait le monde; son bonheur consistait à briller et à éclipser par son luxe les jeunes femmes de son entourage. Elle ne pouvait entendre dire, sans éprouver un froissement, que ses rivales eussent des parures plus belles que les siennes, des robes plus riches et mieux faites.

Les hommes la trouvaient charmante, car ils savent

bien que la coquetterie n'est souvent au fond du cœur féminin que le désir de leur plaire ; seulement les femmes lui pardonnaient difficilement, la richesse de ses toilettes et l'étalage de son faste.

Un jour donc que madame Renaudot se trouvait dans un salon, elle y rencontra une de ses anciennes amies de pension qui avait épousé un magistrat, vice-président du tribunal civil. Les modestes honoraires de son mari ne lui permettaient pas une brillante parure, tandis que la femme de l'avoué était resplendissante de bijoux et de dentelles. Un regard de dédain et d'envie cloua madame Renaudot à sa place, et sa confusion fut extrême lorsque cette ancienne amie, devenue tout à coup son ennemie, se prévalant d'appartenir à une famille anoblie sous le premier empire, lui décocha des sarcasmes sur les prétentions ridicules des petites bourgeoises qui ruinent leur mari par un luxe exagéré et de mauvais ton, cherchant ainsi à faire oublier la médiocrité de leur famille.

Madame Renaudot comprit parfaitement l'allusion à sa personne et ressentit d'autant plus profondément l'injure que les autres dames présentes semblaient approuver la leçon donnée, mais elle eut la force de n'y répondre que par un sourire dédaigneux et un coup d'œil fier, que la femme du vice-président dut comprendre, car il disait clairement :

«Tu as beau te dépiter et me donner des coups d'épingle ; tu n'es ni aussi jolie, ni aussi bien mise, ni aussi élégante que moi ; aussi tous les hommes m'adressent-ils leurs hommages, tandis qu'on te laisse isolée avec ta noblesse de carton. »

La raillerie de la présidente contre là femme de l'avoué avait été inspirée par une cause plus sérieuse qu'une rivalité de coquetterie ; elle était jalouse de son

ancienne amie de pension qui avait été recherchée par
le vice-président du tribunal civil, et plus tard compromise par un jeune homme dont le père habitait
l'Amérique et qui avait été obligé de partir brusquement
à la suite d'une catastrophe dont on ignorait la cause
précise. On ajoutait même qu'Ernestine Blanchard en
avait éprouvé un chagrin si violent que sa santé ébran-
lée n'avait été remise qu'après un long séjour à la campagne, en Normandie. D'autres prétendaient qu'à la
suite de ce voyage, mademoiselle Blanchard avait été
fort heureuse de trouver le maître clerc de son père
pour l'épouser. A tort ou à raison, Ernestine passait
pour avoir été très-coquette, très-courtisée, et pour
avoir eu une jeunesse accidentée.

Rentrée chez elle encore exaspérée de sa scène avec
la présidente, madame Renaudot se plaignit à son
mari de l'insulte dont elle avait été la victime. Ce dernier eut bien de la peine à lui faire comprendre les
petits mystères du monde dans lequel elle vivait ; il lui
expliqua la morgue et la jalousie des juges vis-à-vis
des avoués, parce que ces derniers, gagnant plus d'argent qu'eux, permettaient à leurs femmes des toilettes
et des dépenses que certaines femmes de magistrats
trouvaient blâmables, comme le renard de la fable
trouve les raisins trop verts.

Loin de cicatriser les plaies de son amour-propre
blessé, cette confidence de son mari accrut l'irritation
de madame Renaudot ; elle voulut se soustraire à ce
dédain que lui infligeait la gent féminine de la magistrature, et tourmenta son mari pour qu'il vendît sa
charge.

Renaudot, tout en aimant sincèrement sa femme,
n'avait pas été sans se heurter aux aspérités de son caractère. Il résista longtemps, prétextant qu'il était maître

clerc lors de son mariage, que sa femme elle-même
était la fille de son patron, et que par conséquent il ne
l'avait pas trompée sur sa position sociale. Il ajoutait
qu'il voulait acquérir une fortune personnelle pour assurer son indépendance. Il ne lui convenait pas de partager un bien auquel il ne se croyait aucun droit et
dont sa femme dépensait le revenu entier à sa guise ;
il désirait d'ailleurs le conserver intact à son fils.

— Je ne t'empêche pas, ajoutait-il, de fréquenter la
société qui te plaît, mais j'aime les affaires, et je tiens
à une profession que j'ai choisie.

Ces discussions intestines, tantôt vives, tantôt sourdes,
durèrent plusieurs années ; enfin Renaudot ayant réalisé le chiffre qu'il s'était fixé, céda aux désirs de sa
femme, espérant par cette condescendance obtenir la
paix intérieure. Heureuse et fière de son succès, madame Renaudot aspira à se créer une sorte de passe-
port de noblesse en se jetant dans la dévotion, en s'en-
rôlant dame patronnesse, se figurant qu'elle parviendrait
de la sorte à se faire ouvrir les portes d'une aristo-
cratie de robe qui s'obstinait à la tenir à distance.

Mais en dépit de tous ses manéges, elle resta pour
tout le monde la femme de l'avoué. L'âge vint, la fraî-
cheur disparut, son teint se fana ; il lui fallut alors re-
plier ses voiles, s'éloigner d'un monde où elle ne brillait plus, et battre en retraite dans sa paisible rési-
dence des Champs-Elysées. Elle y apporta l'humeur
acariâtre d'une reine déchue, regrettant les jours bril-
lants où elle trônait, entourée d'une nuée de flatteurs
et de courtisans.

En réalité, ce qui avait donné à madame Renaudot
cette humeur inégale, cette irritabilité nerveuse dont
son mari, — l'accepté et non le préféré, — avait eu à
souffrir , c'était moins la perte des joies mondaines

que la rupture d'un mariage rêvé. Depuis ce moment, le caractère d'Ernestine Blanchard s'était aigri ; son âme s'était fermée à ces rayonnantes expansions qui caractérisent les gens heureux, contents d'eux-mêmes et des autres. Quelque chose se plaignait et pleurait incessamment en elle. Cet idéal d'amour que toutes les femmes portent au fond du cœur et dont elles poursuivent la réalisation *per fas et ne fas*, à travers toutes les situations et tous les événements de leur existence, avait été blessé au premier coup d'aile donné dans l'espace azuré. Pour rappeler la saisissante expression de Benjamin Franklin qui a si ingénieusement comparé l'homme-femme, les deux moitiés de l'être à une paire de ciseaux dont les deux branches séparées cherchent à se rejoindre et à se croiser pour tailler leur bonheur dans l'étoffe dont la vie est faite, Ernestine Blanchard n'avait pas trouvé la seconde branche de son ciseau.

Si un ménage est désuni, si la femme demande à la coquetterie ou à la dévotion l'oubli de ses peines secrètes, si de son côté l'homme cherche des plaisirs en dehors de son intérieur, à coup sûr, c'est que les deux branches de la paire de ciseaux ne sont pas du même métal, ou n'ont pas été bien adaptées l'une à l'autre ; aussi grincent-elles désagréablement en coupant et en mâchurant l'étoffe, au lieu de la tailler en droit fil.

II

Le ménage Durand contrastait heureusement avec le ménage Renaudot par sa paix profonde et le cours paisible de ses jours harmonieux qu'éclairait une douce et pénétrante lumière, fruit d'une mutuelle affection qui ne s'était pas démentie un seul jour.

C'est que madame Durand, plus favorisée du sort que madame Renaudot, avait rencontré dans son mari la branche de ciseau qu'il lui fallait, et de même, Durand avait pris sa vraie moitié, la meilleure et la plus dévouée des femmes.

Un observateur, doué de quelque sagacité, qui à côté de madame Renaudot, maigre, élancée, à la bouche pincée, au nez droit et au regard sévère, eût vu madame Durand à la corpulence assez forte, au visage épanoui, au sourire bienveillant, cet observateur eût apprécié tout de suite la différence des deux natures.

Madame Renaudot avait conservé les vestiges d'une rare beauté, mais madame Durand suait pour ainsi dire la bonté par tous ses pores. Son âme bienveillante se traduisait sur sa figure ouverte, qui faisait plaisir à voir, car on devinait au premier coup d'œil que cette excellente femme devait avoir le privilège des êtres forts et complets : la sympathie, l'indulgence pour les autres.

Madame Renaudot était jolie, beaucoup plus jolie que madame Durand, mais il lui manquait la grâce que donne une âme tendre. Elle ne réalisait pas ce

desideratum, ce vœu de la nature qui, pour assurer
le bonheur de l'homme, a donné à la femme la double
couronne de la beauté et de la bonté.

La belle Dalila a été exécrée, et la bonne Madeleine
adorée de toutes les générations qui les ont suivies.

Philippe Durand, après avoir été clerc d'avoué dans
la même étude que Renaudot, où s'était nouée leur
amitié de vieille date, l'avait quittée après sa première
année de noviciat, au grand étonnement de ses collègues. Renaudot était le seul qui connût le véritable
motif de cette brusque résolution, déterminée par un
grave événement de la vie intime de Durand.

Plus tard il succéda à son père, riche quincaillier,
dont il était l'unique héritier. Actif, probe, laborieux,
Philippe Durand eut bientôt acquis l'estime de ses con-
frères; il devint notable commerçant et fut appelé à
remplir les fonctions de juge au tribunal de commerce.
Sa maison jouissait d'une réputation honorablement
acquise. Il tirait ses produits des meilleures fabriques
et vendait à des prix modérés. Il acquit en peu de
temps une nombreuse clientèle qui achalanda son
magasin et lui permit en quelques années de réaliser
une fortune assez ronde, grâce au concours de madame Durand, qui l'aida laborieusement et intelligem-
ment dans la conduite de ses affaires.

Après la mort de son père, malheur qui le frappa
après quelques années de son mariage, il se trouva
suffisamment riche et résolut de céder son commerce
à son premier commis, jeune homme actif et intelli-
gent qui l'avait bien secondé. Mais...

Tel brille au second rang qui s'éclipse au premier !

C'était le cas du premier commis. Durand lui avait

confié les fonds nécessaires pour faire marcher sa
maison sur un pied respectable, mais le nouveau patron avait la passion du siècle : il désirait s'enrichir
vite. Au lieu de conserver à sa maison de commerce
cette réputation de probité dont elle avait toujours joui
à juste titre, il chercha à l'exploiter. Durand ne le
perdait pas de vue et le visitait souvent. Cependant il
avait une entière confiance dans son successeur, persuadé qu'il ne ferait pas péricliter sa maison.

Quel fut son désenchantement lorsqu'il acquit la
triste conviction que ce successeur, spéculant sur la
bonne renommée de la maison, et sur la confiance
d'une clientèle assurée, livrait à des prix élevés des
marchandises inférieures. Souffrant excessivement de
cette déloyauté, il lui fit d'abord des représentations
amicales, puis plus vives, et enfin il lui reprocha son
indignité. Le nouveau patron, qui s'était marié richement, accueillit assez mal les reproches qu'il sentait
avoir mérités et finit par signifier à son ancien patron
qu'il était libre de pratiquer le commerce à sa guise.
Des paroles aigres furent échangées des deux parts, et
Durand, irrité, retourna rarement à son ancienne
maison ; enfin, attristé de n'avoir pu empêcher sa déca-
dence, il s'abstint tout à fait d'y reparaître.

Une vie inoccupée avait donc succédé à l'existence
laborieuse de nos deux amis. A leur grande surprise,
leur retraite des affaires ne leur avait procuré qu'une
satisfaction incomplète.

A peine installés dans leur maison des Champs-
Elysées, ils ressentirent les atteintes du désœuvrement
ils se prirent même à regretter les jours affairés qui
absorbaient tous leurs instants. Ils se comparaient volontiers à une locomotive hors de service, à une montre arrêtée, à un ruisseau barré et empêché de suivre

son cours en jasant gaiement à travers l'herbe fleurie ; en un mot ils étaient un exemple de plus à ajouter au chapitre des gens actifs que l'oisiveté étiole et que l'ennui saisit quand ils sont retirés des affaires.

Telle était la situation morale et matérielle des deux ménages Renaudot et Durand au moment où nous prenons le récit de cette histoire. Maintenant nous allons introduire nos lecteurs dans les intérieurs, et surprendre les époux Renaudot au milieu d'une explication conjugale.

III

— Voulez-vous me dire, monsieur, demandait d'une voix aigre madame Renaudot à son mari, en ôtant nerveusement son chapeau et son châle, pourquoi vous m'avez laissée seule entendre la messe à la Madeleine ?

— Je t'avais promis d'y assister, c'est vrai, ma chère amie. Mais Durand m'a retenu, et j'ai passé l'heure de l'office sans m'en apercevoir. D'ailleurs ton fils t'accompagnait. Tu n'étais donc pas seule.

— Toutes les fois que vous manquez à vos devoirs, vous rejetez la faute sur votre ami.

— Ah ! je suis bien heureux de l'avoir, ce cher Durand ; sa vieille amitié fait la joie de mon existence.

— C'est bien flatteur pour moi, en vérité ! Je ne suis pas mariée avec monsieur Durand, mais avec vous, et vous semblez fuir toutes les occasions de m'accompagner. C'est intolérable.

— Tu n'as pas la prétention de m'obliger de passer une partie de mes journées à l'église ?

— Et où serait le mal ?

— Le mal serait de m'imposer une obligation qui me déplaît. Je ne t'empêche pas d'aller où tu veux, mais je ne veux pas être forcé de t'accompagner. tu as ton fils.

— Qui suit l'exemple de son père et s'éclipse quand j'ai besoin de lui.

— Enfin, madame Durand est toujours à ta disposition.

— Je ne puis cependant pas déranger madame Durand quand il me plaît de sortir, ni la prier de me tenir compagnie quand je désire rester à la maison où je suis si souvent isolée.

— Tu veux donc m'enfermer ici, me faire mourir d'ennui ? Tu sais que j'aime l'activité.

— Autrefois vous ne mouriez pas d'ennui, et vous ne quittiez cependant pas votre étude.

— J'y étais occupé. J'allais au Palais et chez mes clients ; je taillais de la besogne à mes clercs, tandis qu'ici je n'ai pas d'occupation sérieuse. Tu ne voudrais pas que je restasse éternellement les jambes croisées dans mon salon ?

— Dites tout de suite que la société de votre femme vous est insupportable.

— Voyons, Ernestine, ne te fâche pas pour des futilités, et surtout ne prends pas ombrage de mon amitié pour Durand, car tu sais qu'elle date de loin.

— Sais-je ce que vous faites ensemble ?

— Durand m'accompagne au Palais, où je suis encore quelques vieilles affaires interminables, et je vais avec lui à la Bourse où il retrouve d'anciens amis.

— Le Palais et la Bourse ont bon dos.

— Dis-moi, chère amie, est-ce que je ne te laisse pas libre de disposer de tes loisirs, d'aller où il te plaît, de rendre des visites à tes amies et de les recevoir chez toi? Est-ce que je t'empêche de puiser amplement dans la bourse du ménage pour donner à tes congrégations, à toutes les sociétés religieuses de bienfaisance, pour enrichir le denier de saint Pierre et sauver les petits Chinois?

— Irez-vous jusqu'à m'interdire la charité, et me défendre de disposer pour des œuvres pieuses du revenu de mon bien?

— J'ai peut-être tort de ne pas le faire, car si je n'ai jamais voulu disposer d'un sou de ton revenu, je dois cependant veiller aux intérêts de notre fils dont tu ne te préoccupes peut-être pas assez.

— Notre fils! dites plutôt le vôtre, car vous le soutenez sans cesse contre moi, et vous lui donnez toujours raison quand je le reprends.

— Parce que tu le reprends souvent à tort.

— Est-ce le gronder à tort que de lui reprocher ses distractions continuelles à l'église pendant les offices?

— Tu oublies qu'Edmond a vingt-et-un ans, qu'il est majeur, et que tu ne devrais plus le traiter en enfant... surtout en enfant de chœur!

— Toujours vos mêmes principes! Quand il était jeune, j'ai voulu le mettre dans une pension pieuse.

— Aux Jésuites!

— Est-ce que tous les enfants de grande famille n'ont pas été aux Jésuites?

— C'est possible; mais comme nous n'appartenons pas aux grandes familles, mais à la bourgeoisie, j'ai préféré qu'il allât au collège.

— Où il a reçu une éducation détestable.

— Comment peux-tu dire cela? Il a obtenu les premiers prix dans toutes ses classes au lycée Charlemagne et au concours. Il était bachelier à seize ans et vient d'être reçu avocat. Tu devrais être fière de ton fils, au lieu de le gronder sans cesse.

— Je me montrerai sévère tant qu'il n'accomplira pas scrupuleusement tous ses devoirs religieux, et qu'il prendra à tâche de me désobéir.

— N'aie pas de ces idées.

— En tout cas, il se montre bien peu reconnaissant de la peine que je me donne pour lui, en cherchant à assurer son avenir. Je l'ai présenté l'autre jour au baron de Nerdrel, et c'est à peine s'il lui a desserré les dents. Cependant je lui prépare un beau mariage ; le baron me paraît tout disposé à donner la main de sa charmante Eva à notre fils.

— Comment, Edmond est à peine majeur, et tu songes déjà à le marier ?

— C'est quand on est jeune qu'il faut se marier. Edmond a vingt-et-un ans, et je veux le prémunir contre les entraînements de la jeunesse.

— Tu te donnes une peine superflue.

— Non, monsieur. Plutôt que de le marier, vous préféreriez sans doute qu'il se laissât aller à cette vie de dissipation des jeunes gens abandonnés à eux-mêmes.

— Tu entends tout de travers aujourd'hui, Ernestine. Tu es bien mal tournée...

— Le mariage est un frein, un calmant pour la jeunesse, et notre fils y gagnera à s'établir de bonne heure.

— Le mariage, un frein, un calmant ! Vraiment, ma femme, tu as des expressions à toi, et si je ne craignais de te manquer de respect, je te rirais en face.

— Vous riez de tout, sans cœur.

— Eh bien, je ne ris plus maintenant, et je te déclare que je ne me soucie pas du tout que mon fils quitte si-tôt la maison paternelle pour contracter une union qui présente de graves inconvénients.

— Lesquels, s'il vous plaît?

— Le baron de Nerdrel me paraît se poser un peu trop en grand seigneur vis-à-vis de moi. Nous avons eu quelques entrevues dans lesquelles il a fait sonner bien haut ses quartiers de noblesse. J'aimerais infiniment mieux que notre fils entrât dans une bonne famille bourgeoise.

— C'est par égoïsme, monsieur Renaudot, que vous retenez Edmond près de vous, et cet égoïsme vous aveu-gle au point de vous empêcher de voir qu'avec un beau-père tel que monsieur de Nerdrel, député, bien avec les puissants, notre fils aurait un brillant sort.

— Bon! voilà que je suis un égoïste, parce que j'aime mon fils!

— Mais oui, vous l'aimez pour vous, et non pas pour lui.

— Et si je te répliquais que tu cherches à éloigner Edmond, parce que tu ne l'aimes pas ?

— Par exemple !...

— Prends garde, Ernestine! Malgré nos petites dis-cussions intestines, notre ménage n'a jamais été sérieu-sement troublé. Ne détruis pas notre bonheur par des exigences outrées vis-à-vis de notre fils. Ayons un peu d'indulgence les uns pour les autres. Est-ce que je trouve à redire quand tu te rends à l'église ou à ton comité re-ligieux, quand, en ta qualité de dame patronnesse, de dame de charité, tu tends aux fidèles ton aumônière de velours rouge en leur adressant ton sourire le plus gracieux ? Je pourrais cependant me montrer ombrageux, jaloux.

— Vous prétendez peut-être m'interdire l'accomplissement de mes devoirs de chrétienne ? Vous feriez mieux de m'imiter.

— Que veux-tu ? j'ai mes idées comme tu as les tiennes. Pour moi, je crois que Dieu n'est pas seulement renfermé dans une église, mais qu'il est partout.

— Oui, au Palais et à la Bourse, par exemple !

— Laisse-moi donc jouir d'une liberté égale à celle que tu prends dans notre ménage, et les choses n'en iront que mieux.

La femme de chambre interrompit la discussion conjugale en venant annoncer qu'un commissionnaire apportait des tableaux et des livres.

— Ah ! mes achats de ce matin, dit Renaudot. Tiens, Mariette, donne-lui trois francs, et fais déposer ces objets dans l'antichambre, puis tu les apporteras ici. Je veux que ma femme les voie. Prends bien garde !

— Ah ! monsieur, des tableaux... cela ne se casse pas.

— Non, mais cela s'abîme et s'éraille.

— Vous ne sauriez donc résister, monsieur Renaudot, à votre manie d'acheter du bric-à-brac ?

— Du bric-à-brac, profane ! Ce sont des tableaux de maîtres que j'ai obtenus à un bon marché fabuleux. Tu vas voir. Je veux jouir de ta surprise et de ton admiration. — Prends garde, Mariette, prends garde ! s'écria Renaudot en aidant la cameriste qui tenait des toiles sous son bras et des livres dans sa main. Tiens, ma femme, regarde ce paysage de Théodore Rousseau : la *Forêt de Fontainebleau*. Hein ! comme ce sentier fuit bien à travers les arbres découpés à l'emporte-pièce. Puis la *Jeune fille à la cruche cassée*, de Greuze, une des

meilleures copies qui en aient été faites, et l'*Odalisque*,
d'Ingres. Quel beau type oriental !

— Monsieur, je ne veux pas d'odalisque dans mon salon. Et comment avez-vous songé à mettre de telles
peintures sous les yeux de votre femme et de votre
fils ?

— Voici une toile qui n'offusquera les regards de personne : Les *Deux Chattes*, de de Jonghe. Comme cette
grande dame est coquette à rouler l'angora du bout de
sa mule ! Comme le peintre a bien su faire saillir la res-
semblance morale entre la femme et la chatte. Un petit
chef-d'œuvre...

— D'indécence. Emportez-le chez vous.

— Mais quels tableaux aimes-tu donc ?

— Des sujets religieux : des vierges, des visitations,
des immaculées conceptions.

— Comme cela récrée l'œil !

— Vous êtes un impie, monsieur Renaudot.

— Voilà un gros mot, Ernestine.

— Vous le méritez.

— Tu n'as pas le goût des arts, ma femme, c'est un
sixième sens qui te manque. Voyons, je te fais le sacrifice de l'*Odalisque*, que je placerai dans mon cabinet.
Mais notre salon est trop nu, il faut le décorer, ne fût-ce
que pour les visiteurs.

— Jolie décoration, ma foi.

— Comment, je me donne un mal d'enfer pour embel-
lir notre intérieur, pour en faire un petit paradis, et tu
m'accables de reproches ! Mon intérieur, c'est mon église
à moi, et je le préfère à la Madeleine.

— Vous avez encore acheté des livres ? interrogea madame Renaudot en feuilletant des in-18 placés sur une
table-guéridon.

— Oui, des livres que je destine à notre fils ; d'agréables ouvrages qu'il m'a demandés pour le délasser de ses classiques et de ses livres de droit : La *Recherche de l'absolu*, de Balzac, *Picciola*, de Saintine, et la *Vie de Bohême*, d'Henri Murger.

— Et c'est pour orner l'esprit de votre fils que vous lui apportez de tels ouvrages? Tenez, voilà le cas que j'en fais.

Et madame Renaudot, dans un mouvement de colère, jeta les livres par la fenêtre ouverte.

— Ah çà, ma chère Ernestine, tu mets ma patience à rude épreuve. — Les passants sont moins difficiles que toi, ajouta Renaudot en se penchant sur la balustrade de son balcon. Ils ramassent mes pauvres bouquins.

— J'aime mieux qu'ils les lisent qu'Edmond !

— Tu as tes nerfs, aujourd'hui, Ernestine. Je n'obtiendrai rien de toi. Je ne resterai pas ici un instant de plus. Cela pourrait mal tourner. Je vais voir Durand.

— Et vous me laissez encore seule ?

— C'est le jour de l'abbé Glaize, il te calmera.

— Comme c'est édifiant de trouver toujours le mari absent !

— Quand la femme rend son intérieur insupportable, ce que le mari a de mieux à faire, c'est de s'absenter.

— Eh bien alors, allez vous promener !

— Tu me dis cela comme si tu m'envoyais au diable. Allons, faisons la paix, Ernestine.

— Non, laissez-moi, je suis outrée.

— Bah ! quand je reviendrai, ta grande colère sera passée. D'ailleurs, tu sais que la colère est un péché mortel. Ah ! je t'y prends encore en flagrant délit... il faudra en demander pardon à l'abbé Glaize.

Et Renaudot, prenant sa femme par la taille, l'embrassa malgré elle et sortit en faisant résonner un joyeux rire.

IV

Heureux d'avoir fui le champ de bataille, en un clin d'œil, il fut chez son ami Durand. La porte du salon était ouverte. Il entra comme d'habitude, sans se faire annoncer.

L'ancien commerçant, armé d'un marteau, était perché au sommet d'une échelle double et cherchait à placer un cadre sur un panneau de son salon.

Tout était sens-dessus-dessous dans l'appartement, et madame Durand paraissait vivement contrariée de ce remue-ménage.

Pourtant elle dissimulait son ennui sous un sourire équivoque, qui semblait dire à son mari :

— Je t'aime bien cependant, mais vraiment, tu es par trop remuant et tatillon !...

A l'arrivée de Renaudot, elle lui jeta un regard de détresse, que celui-ci comprit à l'instant.

— Ah ! vous voilà, monsieur Renaudot, reprit-elle, je vous en veux sérieusement.

— A moi, madame ? Quel crime ai-je donc commis ?

— Il y a trois jours que vous n'êtes apparu ici, et mon mari est comme un corps sans âme. Vous voyez que c'est un peu votre faute si mon ménage est en dé-

route. M. Durand vous attendait, et pour tuer le temps
il bouleverse mon salon.

— Bonjour, cher ami, dit Durand sans se déranger
de son travail, je suis heureux de te voir.

— Et comme vous ne voulez pas contrarier votre
mari, reprit Renaudot qui ne tenait pas du tout à assister à une seconde scène de ménage, vous le laissez ·
faire. Bonne madame Durand, vous êtes la perle des
femmes !

— Après la vôtre, monsieur Renaudot.

— Sans doute... sans doute... avec la mienne.

— Vous ne jetez pas le désarroi dans votre ménage,
vous ne vous ennuyez pas auprès de votre femme,
vous !

— M'ennuyer quand je suis auprès de ma femme...
Oh ! jamais, au grand jamais. Ce serait une monstruo-
sité.

— De quel ton vous dites cela !

— Je le dis comme je le pense.

— Eh bien, monsieur Renaudot, quoi que vous en
pensiez, mon mari s'ennuie à la maison. — Voyons,
continua madame Durand impatientée, en s'adressant à
son mari, aurez-vous bientôt fini de nous casser la
tête ?

— Là, ma bonne, c'est fait répondit Durand en plan-
tant son dernier clou. Il faut bien que je m'occupe. Tu
le croiras si tu veux, Renaudot, je regrette presque les
jours laborieux passés dans mon commerce.

— Et moi ceux où je travaillais dans mon étude.

— Quand les affaires marchaient, quand nous ne
pouvions suffire aux commandes et que le magasin était
rempli de clients, j'étais au septième ciel. Je piochais
avec plus d'ardeur que mes employés. J'étais alors
comme un général d'armée qui donne ses ordres sur le

champ de bataille. Je n'étais jamais si heureux que le jour des échéances, lorsqu'on payait à bureau ouvert, non-seulement les effets échus, mais encore les traites souvent non avisées que les tireurs gênés avaient fait présenter à la caisse. Pauvres gens ! ils semblaient me dire : Je sais que l'époque n'est pas encore arrivée, mais j'en ai un si grand besoin. Quelle bouillante activité ! quelles journées bien remplies !

— Et moi, je n'avais pas une minute. Procès et clients surexcitaient mon énergie et me laissaient à peine respirer.

— Et maintenant plus rien à faire !

— Qu'à bâiller aux corneilles.

— Eh bien, et vos femmes, messieurs ? Les comptez-vous donc pour rien, et ne pourriez-vous vous occuper d'elles ?

— Ce n'est pas la même distraction... la même occupation, veux-je dire.

— Et votre fils, monsieur Renaudot, n'est-il pas un vrai compagnon pour vous ?

— Edmond est le point noir de notre intérieur, madame, c'est le nuage qui recèle la foudre.

— Que dites-vous ?

— Le fils et la mère ne sont pas toujours d'accord. Ernestine ne comprend pas que les enfants, devenus des hommes, doivent être traités d'une toute autre façon. La corde est tendue, et je crains qu'elle ne se rompe plus tôt que je ne le voudrais. Du reste, il vient de passer sa thèse, il a été reçu avocat. Il faut que je lui cherche quelque bon procès dans ma vieille clientèle. Je le piloterai si bien qu'il gagnera sa première cause.

— Vous serez bien heureux ce jour-là, monsieur Renaudot.

— Oui, mais il y a quelque chose qui me contrarie.

— Quoi donc?

— C'est que sa mère a la prétention de le marier avant même qu'il n'ait plaidé sa première cause. Comprenez-vous cette incroyable prétention de ma femme, que j'ai combattue naturellement, ce qui m'a valu une pique avec elle. Du reste, ça se renouvelle souvent chez nous.

— Vous êtes vif, monsieur Renaudot, et vous avez tort de ne pas céder. Madame Renaudot vous aime tant, que quelques concessions ne devraient guère vous coûter.

— Je ne demanderais pas mieux, si les concessions étaient réciproques. Mais c'est toujours moi qui dois mettre les pouces, comme tout à l'heure, lorsque je représentais à ma femme que notre fils était trop jeune pour faire un mari.

— Quant à moi, je partage l'avis de madame Renaudot. Les maris jeunes valent mieux que les vieux.

— Mais vous prenez le parti de ma femme, madame Durand.

— Dame, écoutez donc. Je suis du côté des femmes, moi.

— Même quand elles ont tort?

— Non, je ne vais pas jusque-là. Je ne suis pas aussi partiale.

— Eh bien, admettez-vous que madame Renaudot ait l'idée de marier Edmond pour le ranger et prévenir ses dissipations? Voyons, n'étions-nous pas d'un âge raisonnable, Durand et moi, quand nous nous sommes mariés, et avons-nous été dissipés pour être restés garçons jusqu'aux environs de la trentaine?

— Vous vous garderiez bien, fins matois, de faire votre confession devant vos femmes. La pénitence serait peut-être trop dure.

— Ah ! ma chère amie, s'écria Durand en embrassant sa femme, je jure qu'avant de te connaître, je n'ai jamais eu d'affection sérieuse.

— Je ne vous demande pas la confidence de vos fredaines de garçon, monsieur Durand, car si vous me les confiiez, j'aurais peut-être la faiblesse de vous les pardonner.

Durand parut réfléchir à cette réponse de sa femme, pendant que Renaudot disait en *a parte :*

— Double six ! avec quel aplomb tu mens ! — Madame Durand, reprit à haute voix Renaudot, le mariage étant l'acte le plus important de la vie, je suis d'avis qu'il ne se fasse qu'à trente ans pour les garçons, et à vingt ans pour les filles. Ils quittent toujours trop tôt le toit de la famille. Par exemple, vous élevez un garçon jusqu'à vingt ans, comme Edmond. Au moment où il est formé, instruit, devenu homme, vous devez vous séparer de lui, et le laisser passer dans une autre famille. Heureux encore, quand cette famille daigne recevoir le père, et je ne suis pas sûr que le baron et la baronne de Nerdrel...

— Il s'agit de mademoiselle de Nerdrel ?

— Oui...

— Eh bien, je conçois tes hésitations, Renaudot. La noblesse et la bourgeoisie ont rarement fait bon ménage.

— C'est à quoi j'ai pensé.

— Si vous aviez eu une fille, monsieur Renaudot, dit madame Durand, elle serait déjà mariée.

— Sans doute. On serait venu me dire :

« Monsieur, vous avez une fille.... »

— Parbleu, monsieur, je le sais bien ! répliqua Durand en chantant et en donnant la réplique à Renaudot.

— Elle est jeune, aimable et gentille, chanta à son tour Renaudot.

— Monsieur, cela ne nous fait rien! acheva Durand.

Madame Durand riait aux larmes en entendant fredonner ce couplet du *Bouffe et du Tailleur* que les deux amis avaient vu autrefois ensemble à l'Opéra-Comique.

— Voyez, monsieur Renaudot, s'écria madame Durand, comme mon mari est gai quand il se trouve avec vous. Il y avait dix ans que je ne l'avais entendu chanter!

— Oui, reprit Renaudot, j'aurais élevé une fille jusqu'à seize ou dix-sept ans, et à peine ma fleur, grâce à mes soins, se serait-elle épanouie dans mon jardin, qu'un monsieur quelconque en gants blancs et en habit noir, m'eût tenu ce discours : « Monsieur, votre fille est adorable, elle me plaît ; avec une centaine de mille francs ajoutés à sa beauté et à ses grâces, je consentirais à la prendre pour femme. » Eh bien, je trouve cela très-joli pour les autres, pour les preneurs, mais pour les donneurs, pour les pères, non, mille fois non !

— Le devoir des pères est de se sacrifier au bonheur de leurs enfants, dit madame Durand.

— Le mariage n'est pas toujours le bonheur pour eux, et avant de les embarquer sur cette mer fertile en orages, il est bon de réfléchir.

— Quoi que tu en dises, Renaudot, tu es fort heureux d'avoir un fils, et je regrette pour ma part que madame Durand ne m'ait pas donné de famille.

— Ce n'est pas ma faute, monsieur Durand.

— Ni la mienne non plus, madame Durand. Je n'ai que quarante-cinq ans.

— Quarante-six.

— En es-tu bien sûre? Va pour quarante-six. Mais je

suis encore vert... Une maison sans enfants n'est pas complète. Les enfants sont la joie et le rayonnement du foyer. Il y fait froid en leur absence.

— Et on s'y ennuie, n'est-ce pas? Eh bien, moi, je ne veux pas que mon mari se morfonde. Monsieur Renaudot, j'invoque votre amitié pour distraire mon époux. Il ne prend pas assez de distractions ; il ne se promène pas assez.

— Ah! si toutes les femmes vous ressemblaient, bonne madame Durand !

— N'est-ce pas tout naturel? Mon mari est rempli d'attentions pour moi, et je tiens à ce qu'il soit heureux.

— Eh bien, madame, j'accepte la mission que vous me donnez. Je ferai en sorte que Durand ne regrette pas ses laborieuses occupations d'autrefois.

— Très-bien, monsieur Renaudot. Vous comblerez tous mes vœux.

— Pour commencer, puisque nous avons une superbe journée de soleil, nous allons faire un tour au bois de Boulogne. Nous accompagnerez-vous madame Durand?

— Si madame Renaudot était de la partie j'irais volontiers.

— Oh! madame, c'est le jour de l'abbé Glaize. Vous offririez le paradis à ma femme qu'elle n'y entrerait pas le jour où elle reçoit son directeur.

— Allez donc seuls, messieurs. Aussi bien, je songe que j'ai une visite à rendre.

— Reste, Pauline. Quant à moi, je prends la clef des champs avec Renaudot.

— Va, mon ami, et amusez-vous bien. Surtout ne rentre pas trop tard ni de mauvaise humeur. Monsieur Renaudot, je vous confie mon mari.

— Le traité est signé, madame. Je distrairai Durand, ou il dira pourquoi.

— Au revoir, mon bon Philippe, dit madame Durand, en faisant de ses deux mains une chaîne au cou de son mari et en l'embrassant. Surtout, vagabonds, revenez pour l'heure du dîner.

V

Quand les deux amis furent dans l'avenue des Champs-Elysées, Renaudot s'écria :

— Quel trésor ! quelle perle tu possèdes, mon cher Durand... On ferait le tour du monde sans rencontrer une femme qui vaille la tienne. Ah ! si j'étais le mari d'une créature aussi parfaite...

— Oui, elle m'aime bien, trop peut-être, répondit froidement l'ancien commerçant. C'est monotone, fatigant, insipide en diable.

— Ingrat !

— Être adoré, cajolé, cotonné du matin au soir et du soir au matin, vraiment c'est aussi fade que si l'on nageait dans une mer de limonade.

— Eh bien ! tu n'aurais pas ce désagrément en compagnie de madame Renaudot. Cela te changerait, car tu jouirais d'un océan de vinaigre avec bourrasques et tempêtes à la clef. Ah ! Durand, le mariage a ses épines et sa monotonie.

— Parle donc moins haut. Si l'on t'entendait...

— Il y a des moments où je serais tenté de faire un voyage dans l'île de Cythère. Je ne sais quel auteur l'a dit : « L'amour est l'occupation des gens qui n'ont rien à faire. » Et nous n'avons rien à faire, Durand !...

— Laisse là les dithyrambes, Renaudot, et parle-moi de celle qui m'intéresse. N'as-tu pas deviné que je n'ai bouleversé mon ménage et tant tourmenté madame Durand que pour sortir seul avec toi ?

— Et moi, je suis parvenu à me faire renvoyer de mon domicile par ma femme, en apportant le roman de la *Vie de Bohème*. Je sais qu'elle exècre les romans.

— Si nos femmes se doutaient !

— Heureusement elles ne se ne doutent de rien. Eh bien, mon ami, je brûle de savoir...

— Je l'ai vue, je l'ai trouvée gaie, travaillant et chantant comme une fauvette dans son joli magasin, aussi propret et aussi coquet qu'elle. Ah ! la gentille personne, et comme elle t'aime !

— Pas plus que moi. Et que t'a-t-elle dit ?

— Qu'elle désirait te voir dimanche prochain. Le samedi soir elle a terminé ses affaires, et par conséquent elle a son dimanche libre.

— Dimanche, ce sera bien difficile.

— Enfin, elle est pressée de t'embrasser.

— Et moi donc ! Mais le dimanche l'attention de madame Durand est plus éveillée qu'un autre jour. Lui as-tu demandé si elle avait besoin d'argent ?

— Oui ; mais son joli petit minois s'est empourpré subitement à cette question, puis deux larmes ont perlé à ses yeux. Elle a presque considéré comme un procédé blessant une offre de cette nature.

— Quel désintéressement !

— C'est un vrai trésor que tu as là ; mais tâche de la voir promptement. Elle croit que tu l'oublies, elle se plaint de ta trop longue absence. Elle m'a embrassé pour toi. Tu n'en es pas jaloux ?

— Chère mignonne! Je verrai si c'est possible dimanche... Mais que madame Renaudot ne soupçonne jamais mes entrevues avec elle. Je serais perdu. Sois discret.

— A quoi bon me faire une pareille recommandation?

— Ah! Durand, combien ton amitié m'est précieuse, et que je te sais gré de ton dévouement!

— N'en ferais-tu pas autant que moi?

— Tu n'en doutes pas.

— Ah! c'est incroyable... s'écria Renaudot, suivant des yeux une légère calèche qui passait rapide sur l'avenue des Champs-Elysées. Regarde donc, Durand.

— Quoi donc?

— Dans cette calèche, où se trouve un gros monsieur enveloppé de fourrures, comme si nous étions en plein hiver, j'ai cru reconnaître...

— Qui?

— Julia.

— Tu es fou.

— C'est bien sa figure, un peu vieillie, mais c'est elle.

— Julia à Paris, c'est impossible.

— Pourquoi impossible?

— Elle aurait fait parler d'elle. Elle est bien loin d'ici, heureusement.

— Elle a pu revenir. Si tu veux, nous allons prendre une voiture, et peut-être retrouverons-nous la sienne au bois. Nous nous assurerons du fait.

— Mais si elle allait me reconnaître?

— Tu m'amuses, Durand. Tu crois sans doute n'être pas changé depuis quinze ans!

— C'est que je ne me soucierais pas...

— Est-ce que tout n'est pas fini entre vous?

— C'est égal, tu as eu tort de me parler d'elle. Tu as gâté le bonheur que venait de me donner ta visite à Marie.

— Sois sans crainte, Durand, et allons, en galants paladins, à la découverte de la belle Julia!

Les deux amis, arrivés au rond-point, prirent une voiture et se firent conduire au bois de Boulogne.

VI

Aussitôt après le départ de son mari, madame Durand s'était rendue en toute hâte chez sa voisine, madame Renaudot.

— Que je vous attendais avec une vive impatience, chère madame! lui dit la femme de l'avoué. J'ai eu toutes les peines du monde à faire quitter la place à monsieur Renaudot.

— Comme moi à monsieur Durand. Enfin ils sont partis ensemble en promenade jusqu'à cinq heures, et nous avons tout le temps de causer à notre aise. Je venais vous rendre compte de ma délicate commission.

— Il a été exact au rendez-vous?

— Fort exact. Il a paru un peu troublé quand, au lieu de vous voir, il m'a aperçue. Il eût préféré votre visite à la mienne, vous concevez.

— Ce cher ami!

— Mais je lui ai expliqué qu'il vous était impossible de multiplier vos visites sans vous compromettre. Et il s'est apaisé, il a entendu raison, avec quelque peine cependant, car il est tout feu tout flammes. C'est un beau et fier cavalier.

— Oui, il est vif comme la poudre.

— Enfin, je l'ai calmé en lui disant d'espérer, et selon vos instructions, en ajoutant que d'ici à quelques jours vous seriez sans doute assez heureuse pour tromper la surveillance de votre mari et venir l'embrasser.

— Ah! c'est mon plus vif désir.

— Il tient d'autant plus à avoir une prompte entrevue avec vous qu'il est survenu un changement dans sa position.

— Lequel ? Mon Dieu! que lui est-il arrivé?

— Il a quitté la maison Smith dans laquelle il était intéressé. On lui avait demandé une complaisance, qu'il a refusée, ne voulant pas tremper dans certaines opérations ténébreuses qui répugnaient à sa loyauté.

— Il a bien fait. Il a une âme si bonnête, si droite!

— Je comprends votre vive affection pour lui.

— Elle est bien profonde, et il la mérite à tous égards.

— Ah! j'oubliais : il m'a remis une lettre pour vous. Je tremblais que monsieur Durand ne la surprît.

— Oh! donnez, madame, donnez.

— La voici.

— Chère madame Durand, je vous en conjure, que rien de tout ceci ne transpire, que le plus grand mystère entoure nos démarches, que personne au monde ne sache jamais ce qui se passe entre nous. Il y va du repos et du bonheur de mon ménage.

— Soyez tranquille, madame Renaudot, le secret sera bien gardé. Monsieur Durand n'en saura pas plus que votre mari.

— Que vous êtes bonne!

Et madame Renaudot embrassa avec effusion madame Durand.

En ce moment, la femme de chambre annonça l'abbé Glaize.

C'était un charmant petit homme coquet, paré, musqué, vêtu d'une douillette en soie qui était cachée en partie par une longue redingote-houppelande noire. L'abbé Glaize était la coqueluche des dévotes, qui se le disputaient littéralement entre elles, et sous le péristyle de la Madeleine, il n'était pas rare d'entendre ce petit dialogue :

— Quel est votre confesseur, chère dame?

— L'abbé Glaize.

— Ah ! que vous êtes heureuse. Je n'ai pas pu l'avoir. Je le regrette bien.

VII

C'est que l'abbé Glaize était un véritable directeur de femmes, discret, gracieux, onctueux et séduisant comme l'agréable serpent du paradis terrestre qui sut si bien capter notre mère Ève. Il était instruit, physiologiste consommé, et personne n'eût été capable de lui en remontrer sur la nature morale de la femme dont il avait fait une étude spéciale. Nul mieux que lui ne savait amener les dévotes aux confidences les plus intimes qu'elles n'eussent jamais faites à leurs maris, car le directeur de conscience passe avant le mari, relégué au second plan, souvent à l'arrière-plan. Une fois qu'elles étaient engagées sur son rail, il leur faisait sentir la main masculine et poussait la locomotive en avant.

Madame Durand, qui n'était pas dévote comme son

amie, se croyait suffisamment en règle avec sa conscience en entendant simplement la messe le dimanche
sans être obligée de s'agenouiller devant un prêtre
pour se confesser de fautes qu'elle n'avait pas commises.
Elle salua froidement l'abbé Glaize, et, lui cédant la
place, se retira.

Madame Renaudot, dont le visage s'illuminait d'un
éclair de joie quand son directeur de conscience apparaissait, le précéda comme d'habitude dans un petit
boudoir qu'elle appelait complaisamment son oratoire.
Or, ce prétendu oratoire avait une garniture de palissandre recouverte de soie bleue d'un reflet doux à l'œil.
Un tapis d'Aubusson éteignait le bruit des pas. De triples
rideaux, des stores en tulle brodé tamisaient la lumière
et faisaient régner dans l'oratoire ce demi-jour si favorable à la causerie intime entre prêtre et dévote. Un canapé, des fauteuils en velours rouge, des poufs recou-
verts de soie brochée invitaient à la mollesse.

Mais l'abbé Glaize s'asseyait habituellement sur une
grande chaise en palissandre sculpté, à colonnes torses.
Dans une jardinière, des lauriers, des nymphœas, des cac-
tus, des plantes exotiques.

Au milieu de tout cela s'arrangeaient, comme ils le
pouvaient, les modèles de sainteté, les figurines et images
religieuses représentant le Christ, la Madeleine, le saint
Père, puis des madones et des saintes en profusion ;
la photographie de l'abbé Glaize souriait dans son cadre
d'or. Sur la table d'un prie-Dieu en ébène reposait un
paroissien doré sur tranches et richement relié. L'oratoire
de madame Renaudot présentait un mélange de sacré et
de profane dénotant la main délicate d'une femme qui
avait cherché à marier la coquetterie de la terre à la
coquetterie du ciel.

Qui n'eût envié, au sein de ce petit paradis mignard

et ouaté, la situation de l'heureux directeur de femmes?

La conversation engagée entre l'abbé Glaize et madame Renaudot se produisit à voix étouffée, comme les soupirs d'orgues qui expirent au milieu des nefs des cathédrales. Nous laisserons l'abbé Glaize et madame Renaudot en tête-à-tête pour suivre Renaudot et Durand chez mademoiselle Marie. Là du moins, on parlait à haute et intelligible voix.

VIII

La jeune fille qui intéressait si vivement Durand s'appelait Marie et occupait un petit appartement fort coquet dans une maison de belle apparence de la place Saint-Georges, qui faisait face à la villa de M. Thiers.

Elle avait dix-huit ans à peine, des yeux bleu d'azur, limpides et profonds comme l'eau d'un lac, une jolie tête blonde, un visage aux lignes pures, des traits fins d'une angélique douceur, une bouche mignonne, habituée à se plisser aux coins en un gracieux sourire, un front d'un blanc d'ivoire, clair et lumineux comme un ciel de mai, un menton à fossette, assez large à sa base, indice de volonté. Ajoutez à cela des mains délicates et effilées, une grâce séduisante qui décelait les belles et élégantes proportions de son corps, avec cet air spirituel et mutin qui caractérise les jeunes Parisiennes, et vous aurez le portrait de la jeune fille.

Elle était mise très-simplement, mais avec goût. Une robe d'alpaga gris, un ruban rose à son cou, et voilà ce qui suffisait à mademoiselle Marie pour être pimpante comme le printemps et jolie comme les amours, la généreuse nature lui ayant fourni gratuitement la principale étoffe de son charme : la beauté.

Le mobilier de son appartement était presque somptueux. En entrant chez elle, on se serait cru chez la femme d'un employé à son aise ou chez une artiste. C'est que mademoiselle Marie tenait une fabrique et un magasin de dentelles dont la clientèle s'était peu à peu formée, au point de lui permettre d'employer un dessinateur, une vieille demoiselle de magasin et plusieurs ouvrières qui blanchissaient et remettaient les dentelles à neuf.

Nous la trouvons en train de vérifier des marchandises et de les mettre en ordre. Sa préoccupation ne l'empêche pas de chantonner et de faire chorus avec ses oiseaux qui gazouillent dans leur jolie cage placée au soleil, devant la fenêtre. Elle fredonne ce couplet d'une chanson à la mode, la *Dernière Marquise*, d'Edmond Lhuillier :

> Mes enfants, tout dégénère,
> Croyez-en votre grand'mère,
> De mon temps, oui, vraiment,
> Tout était mieux qu'à présent.

> Feu le marquis votre grand-père,
> Dont la mémoire m'est bien chère,
> Me fit la cour pendant trois ans
> Avant de m'avouer ses sentiments brûlants !
> Pourtant, il avait tout ; esprit, beauté, richesse,
> Et, bien plus, possédait vingt quartiers de noblesse,
> Et la noblesse, enfants, passait, en ce temps-là,
> Beaucoup avant l'argent, vous ne croyez pas ça ?
> Aujourd'hui vos parents bâclent un mariage
> Comme en notre vieux temps on bâclait un fermage ;

Qu'on soit noble ou vilain qu'importe l'écusson,
Les pièces de cent sous, voilà le seul blason.
On vous cote à la Bourse, et tous ces prétendus,
Si chauds et si brûlants, brûlent pour vos écus!

Mademoiselle Marie n'était si gaie que parce qu'elle comptait voir celui qu'elle aimait au-dessus de tout, et comme sa visite devait être précédée d'une lettre, elle regardait à sa montre avec de petits mouvements d'impatience, trouvant que le facteur n'arrivait pas assez vite. À ce moment, en effet, il remettait des lettres pour elle au concierge qui, commodément installé dans un large fauteuil, écoutait avec recueillement la lecture de la *Reine Margot*, que lui faisait sa femme.

— Allons, fit madame Girard avec dépit, après le départ du facteur, en posant son livre sur la table et ses grosses lunettes sur le livre, il est écrit que je ne pourrai achever aujourd'hui un chapitre de roman de M. Alexandre Dumas. On est toujours dérangé dans cette loge.

Ce qui faisait le désespoir de la concierge, c'est qu'à chaque instant, elle était interrompue dans la lecture de ses romans, et qu'aux passages les plus intéressants, au moment où le héros déclarait sa flamme à l'héroïne, ou que le traître allait tomber dans son propre piége, on lui criait :

— Le cordon ! s'il vous plaît.

Ou bien un locataire ouvrait brusquement la porte de sa loge pour s'informer s'il n'était venu personne le demander.

— Cependant, j'aurais bien voulu savoir, reprit madame Girard, si La Molle et Coconnas passent par la main du bourreau ou si la reine Margot parvient à les tirer de ce mauvais pas. — Qu'il est drôle, ce Coconnas !

— Tous les Gascons sont drôles ! riposta le père Girard. Mais il ne s'agit pas de cela maintenant. Voici un paquet de lettres à distribuer. Une pour monsieur Paul... Quel parfum ! Vois donc, madame Girard, comme elle sent bon !

— Je n'aime pas les femmes qui se parfument d'odeurs. C'est sans doute de la dame voilée qui vient le voir quelquefois. Il doit y avoir un mystère là-dessous.

— Quelque femme mariée qui lui porte un vif intérêt.

— Ce n'est pas moral.

— Ne mettons pas le doigt entre l'arbre et l'écorce, dit sentencieusement le père Girard, qui aimait à parler par aphorismes. Chacun de nos locataires a son petit roman, ses petits mystères. Qu'est-ce que cela nous fait ? Pourvu que la maison soit tranquille, c'est l'essentiel.

— Si l'on vous en croyait, monsieur Girard, on ferait ce qu'on voudrait dans notre maison. Comment ! la petite du second a trois lettres aujourd'hui ?

— Sur les trois, je reconnais celle du jeune homme d'hier, celui qui avait l'air si comme il faut. Il tournait autour de moi pour m'enjôler, et il voulait me donner de l'argent pour me faire jaser sur le compte de la petite marchande de dentelles. Mais le père Girard ne mange pas de ce pain-là ; j'ai refusé la pièce de vingt francs et la lettre qu'il m'offrait. Aujourd'hui il trouve plus simple de l'envoyer par la poste.

— Il me semble que mademoiselle Marie a une correspondance fort active, depuis quelque temps. Il y a bien des allées et venues chez elle.

— Tais-toi, mauvaise langue ! Elle reçoit des clientes, des ouvrières qui viennent faire leurs emplettes ou rapporter du travail. Notre gentille locataire du second est laborieuse, rangée, entendue, malgré sa grande jeunesse. Et puis, elle est si gracieuse, si gaie, si boute-en-train !

Et comme pour confirmer l'opinion du père Girard, on entendit de nouveau la voix de la jeune fille qui chantait un nouveau couplet :

Quoique folle et papillonnante,
Je paraissais fort imposante
Avec ma toilette de cour,
Ma robe à grands paniers, ma taille faite au tour !
J'avais l'art de poser une mouche assassine
Qui donnait à mes yeux une expression mutine,
Sur mes cheveux poudrés, un pouff au sentiment
Couronnait galamment ce noble ajustement.
Nous ne nous coiffions pas à la grecque, à l'anglaise,
Nos modes et nos cœurs étaient à la Française.
Peu de gens aujourd'hui, pourraient en dire autant ;
Nous mettions, j'en conviens, et du rouge et du blanc ;
Mais c'était en plein jour, hardiment, franchement.
Vous en mettez aussi, mais c'est en vous cachant.

Mes enfants, tout dégénère
Croyez-en votre grand'mère,
De mon temps, oui, vraiment,
Tout était mieux qu'à présent.

— Hein ? quelle jolie voix ! interrompit le père Girard.

— C'est en riant et en chantant ainsi que les jeunesses se perdent.

— Tu vois le mal partout, femme. Moi, je préfère croire au bien. Nous avons été jeunes tous deux, et j'aime à me rappeler notre jeune temps. C'est pourquoi je défendrai toujours mademoiselle Marie contre toi. Tiens, pas plus tard qu'hier, elle m'a encore glissé une pièce de cinq francs dans la main, et j'avais comme un remords d'accepter de l'argent de cette enfant : Prenez, père Girard, a-t-elle insisté avec sa gentillesse accoutumée. Vous l'avez bien gagnée en faisant des courses pour moi ; ensuite vous nettoyez les escaliers, et je reçois beaucoup de monde...

— Même des hommes.

— Est-ce que tu aurais mauvaise opinion, par hasard, de ce gros monsieur qui chantonne toujours dans l'escalier quand il vient voir mam'selle Marie ? Il a une allure si honnête, si ouverte qu'il n'est pas possible que ce soit une mauvaise relation, un protecteur, comme on dit. Il m'a encore donné dix francs la semaine passée.

— Ah! vous, monsieur Girard, avec de l'argent on vous ferait passer par le trou d'une aiguille.

— Tu vois bien que non, puisque j'ai refusé l'argent et la lettre du petit blondin. Quoique concierge, il y a des métiers qu'on rougirait de faire. Femme, je n'entends pas que tu soupçonnes mam'selle Marie. Je réponds de sa sagesse. Elle a une expression si candide qu'on sent bien que l'amour n'a jamais passé par là.

— Qui sait !... Elle voit souvent son voisin de dessous, monsieur Paul.

— De voisin à voisine, les visites sont toutes naturelles. Quel mal y aurait-il, après tout, que cette jeunesse eût un sentiment? C'est bien de son âge. Si monsieur Paul et mademoiselle Marie venaient à se marier, ça ferait un beau couple tout de même.

— La dame voilée s'y opposerait probablement.

— Comme le vieux monsieur.

— Ah ! je brûle d'avoir le fin mot de ces deux relations qui m'intriguent.

— Madame Girard, vous êtes trop curieuse. Rappelez-vous que c'est la curiosité qui a perdu notre première mère Ève. Je paie trois francs cinquante de location par mois au cabinet de lecture de la rue Saint-Georges pour que vous vous occupiez d'intrigues de romans, et que vous ne cherchiez pas à pénétrer les secrets de mes locataires.

— Et moi je tiens à savoir ce qui se passe dans notre maison.

— Vous dépassez les bornes légales de notre profession, madame Girard. Portez cette lettre à la dame du premier. Je me charge de celles de monsieur Paul et de mam'selle Marie.

Après avoir adressé cette mercuriale à son épouse, le concierge prit quatre lettres et quitta sa loge avec la majesté d'un roi qui sort de son palais.

IX

Il monta assez lestement, malgré sa jambe gauche un peu en retard sur la droite, les deux étages de mademoiselle Marie. Au moment où il allait frapper, il l'entendit fredonner le troisième couplet de sa chansonnette :

Des jeunes gens l'outrecuidance
Va parfois jusqu'à l'insolence
Et, par crainte de s'enrhumer,
Le chapeau sur la tête, ils osent vous parler.
Les hommes autrefois, étaient bien plus honnêtes,
Devant femme ou vieillard, ils découvraient leurs têtes.
C'était bien rococo, bien perruque et pourtant
Nos roués valaient bien vos lions d'à présent.
Ils aimaient leur pays, leur Dieu, leur roi, leur dame,
Sentiments qu'aujourd'hui on refoule en son âme.
Ils prisaient, j'en conviens, mais ils ne fumaient pas.
Rien qu'à l'odeur du musc on eût suivi leurs pas.
Ils dansaient la gavotte ; autre danse, autre temps.
De nos jours la gavotte a fait place au cancan.

Sitôt le couplet terminé, Girard heurta légèrement la porte.

En l'entendant, la jeune ouvrière se leva vivement de sa chaise pour se jeter dans les bras du désiré, mais son désenchantement, fut grand lorsque lui apparut la figure vulgaire de son concierge.

— Ah ! c'est vous, père Girard, dit-elle en se rasseyant et en reprenant son travail.

— Oui, mam'selle Marie. Je vous apporte vos lettres : il y en a trois.

— Donnez, père Girard, c'est pour de l'ouvrage pro-bablement.

— Je ne pense pas.

— Et qui vous fait supposer autre chose ?

— C'est qu'il y a un jeune homme qui rôde autour de la maison et qui est déjà venu plusieurs fois sous diffé-rents prétextes. Il m'a même offert de l'argent...

— Pour...

— Pour savoir votre nom et ce que vous faisiez.

— Et que lui avez-vous répondu ?

— Qu'il se trompait d'adresse sur votre compte et sur le nôtre.

— Merci, père Girard.

— Il n'y a pas de quoi, mam'selle. Nous avons pour vous l'estime que vous méritez et répudions le rôle qu'on voudrait nous faire jouer.

— Et qu'a répondu ce bel inconnu?

— Il est reparti bien triste, tout en murmurant : Je n'ai cependant que d'honnêtes et loyales intentions.

— Je ne peux pas lui faire un crime de m'aimer.

— Il a encore ajouté, m'a dit ma femme : Qu'il saurait bien parvenir jusqu'à vous sans intermédiaire. Je reconnaîtrais tout de suite son écriture, parmi les trois lettres que je vous ai apportées.

— Rien de plus facile que de s'en assurer.

Marie prit les trois lettres :

— Ce n'est pas celle-ci, dit-elle. Elle est de la baronne d'Anglade ; celle-là de la comtesse de Miremont. Toutes deux me pressent pour leurs dentelles. Je suis bien en retard ; c'est ce qui fait qu'aujourd'hui, père Girard, je n'ai pas été, comme d'habitude, entendre la messe à Notre-Dame-de-Lorette et que je commets un péché en travaillant le dimanche.

— Qui travaille prie, mam'selle, dit sentencieusement le concierge.

— Voilà une écriture qui m'est inconnue.

— Vous y êtes, mam'selle.

— Voyons donc ce que dit ce soupirant, fit Marie en dépliant et en lisant à demi-voix le contenu de la missive.

« Mademoiselle,

« Vous n'avez sans doute pas remarqué celui qui vous « a offert l'eau bénite dimanche dernier à l'église, et vous

« ne vous êtes pas aperçue de l'émotion qui a fait trem-
« bler sa main lorsqu'il a eu le bonheur de toucher la
« vôtre. Il avait à ce moment le paradis dans le cœur,
« lui qui éprouve pour vous une affection vraie, et qui
« vous prie de lui permettre de se présenter afin de pou-
« voir vous exprimer librement le profond et éternel sen-
« timent que vous lui avez inspiré.

« EDMOND. »

Aussitôt la lecture terminée, Marie se prit à sourire en
disant :

— Ce monsieur peut me trouver à son goût, mais j'en
suis au regret pour lui, il perdra son temps, car je ne me
sens nullement disposée à partager sa flamme!

— Vous prenez la chose aussi gaiement, mam'selle,
vous ne vous fâchez pas?

— Et pourquoi me fâcherais-je? répliqua Marie. Croyez-
vous que ce soit la première fois que pareille aventure
m'arrive? Orpheline de bonne heure et élevée par une
vieille gouvernante qui faisait toutes mes volontés, je
n'ai pas eu, comme les autres jeunes filles, la garde de
la famille pour me défendre contre les déclarations de
ce genre, et il a bien fallu que je me garde moi-même.

— Vous en avez d'autant plus de mérite, mam'selle
Marie.

— Soyez convaincu, père Girard, qu'il ne suffit pas de
se présenter pour me plaire. Je ne recherche pas les
amoureux et me trouve fort heureuse comme je suis.
J'ai pour système de ne pas encourager les soupirants ;
je ne veux être ni prude ni coquette, mais j'entends disposer librement de mon cœur et de ma main quand le
moment sera venu. Je suis trop fière pour accepter un
amour sans honneur, sans délicatesse, et trop femme
pour me fâcher sérieusement de ce qu'on me trouve

jolie et qu'on ose même me l'écrire. Voilà ma règle de conduite, et je n'ai pas envie d'en changer.

— Vous avez raison, mam'selle Marie. Une jeune fille n'est bien gardée que par elle-même. Au revoir.

X

Au moment où le père Girard ouvrait la porte pour sortir, un nouveau visiteur entra.

— Est-ce que je suis indiscret? demanda un jeune homme en s'arrêtant sur le seuil de la chambre, et en montrant comme précaution oratoire la boîte à violon qu'il portait. J'ai vainement frappé... Vous ne m'avez sans doute pas entendu, mademoiselle, et je me suis décidé à tourner la clef.

— Vous venez me donner votre sérénade du dimanche, monsieur Paul?

— Oui, mademoiselle; si vous êtes disposée à l'entendre toutefois.

— Comment donc, avec plaisir.

— Monsieur Paul, j'ai une lettre pour vous, dit le concierge en lui remettant le pli. C'est parfumé et ça sent bon comme un bouquet de fleurs!

— Vous permettez, mademoiselle? fit Paul en ouvrant la lettre.

Après l'avoir rapidement parcourue, son visage s'illumina et il la serra dans la poche de son paletot.

— Maintenant que j'ai fait ma commission, dit le concierge, je me retire.

— Si vous voulez assister au concert, père Girard, il ne tient qu'à vous. N'est-ce pas, monsieur Paul?

— Certainement.

— Je vous remercie bien, mais je ne peux pas laisser ma femme seule à la loge. Au revoir, monsieur Paul et mam'selle Marie! Sont-ils gentils, tous les deux, murmura le bonhomme Girard en s'en allant. Dire que madame Girard et moi avons été comme ça autrefois. Comme on change!

— Mademoiselle Marie, dit Paul quand le concierge fut parti, à votre air rayonnant, on dirait que quelque chose d'heureux vous est arrivé. Je demande à m'associer à votre bonheur, s'il n'y a pas trop d'indiscrétion.

— Je ne sais vraiment pas si je puis vous confier ces choses-là...

— Vous les confiez bien au père Girard.

— Parce que c'est un vieillard. Eh bien, puisque vous voulez savoir ce qui me mettait en belle humeur, c'est que je viens encore de recevoir une déclaration.

— Une déclaration?

— D'un monsieur Edmond, qui désire entrer en relations avec moi.

— C'est d'une impertinence qui n'a pas de nom.

— Oh! ne prenez pas la mouche pour si peu... monsieur Paul.

— Mais je ne prends pas la mouche, je vous assure. Seulement, je crois qu'il est indélicat de profiter de votre isolement pour vous compromettre aux yeux du monde.

— Voyons, monsieur Paul, ce monde dont vous parlez commence à monsieur Girard et se termine à son épouse. Vous comprenez que je ne suis jusqu'à présent que fort peu compromise.

— C'est encore trop. Et je trouve surprenant que vous excusiez avec tant d'indulgence la démarche de monsieur Edmond.

— Je n'ai rien contre lui. Il a été digne, convenable, tout autre que vous vous l'imaginez.

— Enfin il vous a plu.

— Cela me regarde.

— Je n'ai pas le droit de le trouver mauvais ni de vous blâmer en rien.

— Monsieur Paul, on dirait que vous êtes jaloux ?

— Peut-être.

— Alors, adieu l'amitié et nos gais concerts. Il ne faudra plus nous voir.

— Et pourquoi ?

— Parce que j'espérais rencontrer en vous un ami et non un soupirant.

— Ne peut-on être l'un et l'autre ?

— Difficilement, surtout dans notre position respective.

— Que voulez-vous dire ?

— Orphelins tous deux, il y a un mystère dans notre existence qui doit nous faire comprendre que l'amitié seule est capable de nous lier.

— Et pourquoi un sentiment plus tendre n'accompagnerait-il pas l'amitié ?

— Parce qu'il y a une certaine dame voilée qui vient vous voir et vous adresse des billets parfumés, tenez, comme celui que vous venez de recevoir tout à l'heure.

— Qui a pu vous instruire ?

— Je ne désire rien savoir. Je n'ai aucun droit sur vos actions et ne veux pas en acquérir. Seulement, monsieur Paul, je crois qu'il vaut mieux nous en tenir à la musique sans y mêler l'amour. Est-ce votre avis?

Paul ne répondit rien ; il sortit son stradivarius de sa boîte, l'accorda et joua l'ouverture des *Noces de Jeannette*, puis différents morceaux de ce petit chef d'œuvre de sentiment. Marie chanta de sa claire et sympathique voix le motif suivant :

> Cours, mon aiguille dans la laine,
> Ne te casse pas dans ma main !
> Avec deux bons baisers demain,
> On nous paiera notre peine.

Trois coups frappés à la porte interrompirent le petit concert. Marie alla ouvrir. Renaudot entra.

— C'est charmant, dit-il en riant, de trouver l'opéra ici. Mais que mon arrivée n'interrompe pas vos plaisirs.

— Nous terminions, monsieur, reprit Paul avec un sourire contraint et en serrant son violon dans sa boîte.

— Je vous remercie mille fois de votre obligeance, monsieur Paul.

— Tout à votre service, mademoiselle.

Paul salua monsieur Renaudot et sortit.

XI

Après le départ du jeune homme, il y eut un moment de silence, que Marie rompit la première.

— Ce n'est pas vous que j'attendais, monsieur Renaudot, soupira la jeune fille.

— Je m'en doute bien, chère demoiselle. J'eusse voulu vous éviter ce petit chagrin, mais figurez-vous que tout à l'heure, au moment où nous entrions rue Saint-Lazare, nous avons rencontré madame Durand, qui a demandé à son mari comment il se trouvait dans ce quartier après lui avoir dit qu'il devait se rendre rue du Bac. Durand a donné une explication assez embarrassée à sa femme, qui l'a prié de la ramener chez elle. Il n'a eu que le temps de me donner un coup de coude et de me serrer la main en me quittant pour me faire comprendre ce qu'il attendait de moi. Alors je suis venu pour vous prévenir de ce fâcheux contre-temps.

— Soyez le bienvenu, monsieur Renaudot. Mais quand le verrai-je ?

— Demain, peut-être, s'il peut s'absenter. Durand a une position délicate : il est tenu à beaucoup de précautions. La moindre imprudence le compromettrait, le perdrait.

— Je ne l'ignore pas.

— Ayez donc de la patience.

— J'en aurai.

— Surtout gardez une grande réserve dans vos relations.

— Excepté quelques rapports de voisinage, je ne vois personne.

— Le voisinage est peut-être dangereux. On peut se livrer à des suppositions malveillantes au sujet de votre voisin qui vient chanter des airs d'opéra avec vous.

— Je suis entrée en relations avec monsieur Paul par mon associée. Mon voisin, qui a un vrai talent de peintre, m'a donné des leçons de dessin, très-utiles pour ma profession. Quand de grandes dames un peu difficiles me demandaient des dentelles d'un dessin original, je l'en chargeais. Le dimanche il reste à la maison comme moi et vient me faire un peu de musique. Vous voyez, monsieur Renaudot, qu'il n'y a rien là qui puisse inquiéter personne. Et puis, monsieur Paul est un jeune homme rempli de réserve et de savoir-vivre.

— De réserve... La preuve, c'est que je viens de me rencontrer avec une dame mystérieuse et voilée qui frappait à sa porte.

— Une femme voilée, contez-moi donc cela.

— En montant l'escalier, je me suis croisé avec une dame ou demoiselle dont la tournure ne m'est pas inconnue. Sa figure était cachée par un voile épais, ce qui ne dénote pas l'innocence de ses intentions. J'ai même remarqué qu'elle portait une robe mauve semblable à celle de madame Renaudot. Elle s'est arrêtée à la porte de votre jeune homme modèle et est entrée sans frapper. Croyez-moi, chère Marie, évitez les visites de monsieur Paul. Elles pourraient peut-être vous compromettre.

— En quoi? Il peut exister entre monsieur Paul et moi un lien d'amitié sans qu'il se change en affection d'une autre nature. Je n'entends pas vivre en recluse, mais je ne crois pas me compromettre en faisant de la musique avec ce jeune homme. Est-ce que vous me croyez jalouse, par hasard? Je n'en ai pas le droit et ne me soucie nullement de me lier.

— Vous n'êtes pas jalouse, c'est fort bien; mais la femme voilée l'est peut-être. Qui vous dit qu'elle n'est pas inquiète des visites que monsieur Paul vous rend?

— Il y a du vrai dans vos observations, et j'en ferai part à monsieur Paul.

— Gardez-vous-en bien.

— Et pourquoi? Est-ce que la franchise ne doit pas guider nos actions? Monsieur Paul a sans doute une affection pour la dame voilée, je n'ai rien à y voir et n'y veux rien voir surtout. A notre prochaine entrevue, je l'engagerai à ne pas chagriner sa mystérieuse visiteuse.

— Il serait peut-être préférable d'éviter les visites du voisin sans chercher à percer un mystère qui vous importe peu. Avez-vous quelque chose à dire à mon ami Durand?

— Portez-lui mille baisers de ma part.

— La commission sera faite.

— Dites-lui bien que je l'attends avec impatience.

— Ce sera dit. Allons, adieu, mademoiselle Marie.

Renaudot quitta la jeune fille et descendit précipitamment l'escalier en murmurant:

— Maintenant, je voudrais bien savoir à quoi m'en tenir sur cette femme mystérieuse qui porte une robe mauve tout à fait semblable à celle de ma femme. Cette satanée robe mauve me tourmente et me tracasse... Il faut que j'en aie le cœur net.

XII

Renaudot ne s'était pas trompé. C'était bien sa femme qui était venue voir le jeune homme du premier. Elle entra dans son appartement suffoquée et frémissante, répondant à peine aux questions de Paul, qui remarqua son trouble et son inquiétude.

— Mais qu'avez-vous? lui demanda-t-il. Vous tremblez comme une feuille. Que vous est-il donc arrivé? Que craignez-vous ici?

— Quelle horrible situation! s'écria madame Renaudot en levant son voile et en montrant un visage bouleversé. J'ai passé devant votre porte une minute qui m'a paru un siècle. Je ne sais si la frayeur a troublé mon regard, ou égaré mon esprit, mais il m'a semblé voir...

— Qui donc?

— Mon mari.

— Votre mari dans cette maison! C'est impossible!

— Heureusement qu'il ne m'a pas reconnue, grâce à mon voile, dit madame Renaudot.

— Il vous aurait donc suivie?

— Il montait l'escalier lorsque vous le descendiez. Vous avez dû vous rencontrer.

— Ce serait lui que j'ai trouvé chez la jeune marchande de dentelles du second.

— Connaîtriez-vous cette fille?

— Cette fille, comme vous l'appelez, est une honnête personne à qui tout le monde s'intéresse dans la maison, et j'aurais été à mille lieues de croire...

— Paul, mon ami, prenez garde! ne fréquentez pas cette jeune fille.

— Je la vois rarement, quelquefois le dimanche.

— C'est encore trop. Evitez à tout prix de vous rencontrer avec monsieur Renaudot. Songez aux graves conséquences qu'il en résulterait pour moi, si vous vous trouviez ensemble chez cette femme avec laquelle mon mari a des relations. Oh! c'est indigne!

— Je cesserai de la voir, puisque vous le désirez. Mais êtes-vous bien persuadée ?...

— D'avoir reconnu mon mari... Je l'ai vu comme je vous vois.

— Plus de doute, monsieur Renaudot vous a espionnée.

— Je ne suis pas tranquille dans cette maison. Il faut que j'en sorte avant que monsieur Renaudot ne redescende. Si, à son tour, il m'avait reconnue ; s'il me surprenait ici ! Je ne peux pas y penser sans que le cœur bondisse dans ma poitrine. Quelle affreuse situation !... Paul, je vous en supplie, laissez-moi partir.

— Dans un pareil état d'agitation, c'est impossible. Je vais vous reconduire jusqu'à la première place de voitures.

— Quelle imprudence ! J'aime mieux partir seule.

Mais à peine madame Renaudot eut-elle fait quelques pas dans la chambre que ses forces trahirent son courage et que Paul fut obligé de lui faire prendre un verre d'eau, mêlée de fleur d'oranger.

Après en avoir bu quelques gorgées, madame Renaudot se calma.

— Je me sens mieux, dit-elle ; venez, Paul. Ne restons pas un instant de plus dans cette maison. Il pourrait arriver un grand malheur.

— Je suis à vos ordres.

— Ah ! avant que je parte, Paul, je vous prie, jetez un coup d'œil sur la place Saint-Georges, et assurez-vous si monsieur Renaudot n'y est pas aux aguets, attendant ma sortie. Vous le reconnaîtrez bien, n'est-ce pas ?

— Parfaitement. Un paletot gris ?

— C'est cela.

Paul s'approcha de la fenêtre, souleva lentement un

coin du rideau et inspecta la place. Tout d'abord il n'y vit que le va-et-vient habituel. Au milieu des passants qui s'entrecroisaient, le jet d'eau de la fontaine Saint-Georges faisait étinceler au soleil sa gerbe liquide. Devant la maison de M. Thiers, un équipage s'arrêtait ; un valet de pied en descendait pour sonner à la grille de l'hôtel.

— Eh bien ? questionna anxieuse madame Renaudot.

— Je n'aperçois pas trace de votre mari, répondit Paul. Cependant, je distingue là-bas un personnage que la vasque de la fontaine me cache aux trois quarts, et qui se tient immobile, comme en observation.

— Mon Dieu ! si c'était lui !

— Ah ! il bouge... il se dérange. Je l'aperçois en entier. Un paletot gris. C'est bien le même monsieur que je viens de rencontrer tout à l'heure chez mademoiselle Marie.

— Paul ! s'écria madame Renaudot tremblante, Paul, je suis perdue !

— Pas encore, répondit le jeune homme en cherchant à la rassurer.

— Il m'aura reconnue en montant l'escalier.

— Voilée comme vous l'étiez, c'est impossible.

— Il m'aura devinée à ma tournure, à ma robe, que sais-je ?...

— Ce n'est guère le moment de vous rappeler mes incessantes recommandations. Pourquoi n'avez-vous pas pris la précaution de changer de toilette quand vous venez chez moi ?

— Pouvais-je me douter que je rencontrerais monsieur Renaudot ! Comment sortir de là ?... Que faire ? qu'imaginer ?...

— Il y a peut-être un moyen de vous tirer d'embarras, mais voudrez-vous l'employer ?

— J'y souscris de grand cœur, pourvu qu'il soit praticable.

— Praticable et sûr.

— Eh bien, quel est-il ?

— C'est de revêtir mes habits. Précisément, j'ai un vêtement noir que mon tailleur m'a apporté ces jours-ci et que je n'ai pas encore essayé. Nous sommes à peu près de la même taille... En sortant ainsi vêtue, ni monsieur Renaudot, ni personne au monde ne vous reconnaîtra.

— Y pensez-vous ? m'habiller en homme, me travestir.. Cette action est inconvenante et me répugne.

— Il vous répugnerait encore plus d'être surprise par votre mari.

— Sans doute... Mais comment et où irais-je me rhabiller ? Je ne puis rentrer chez moi sans être exposée à faire des rencontres fâcheuses. Ma domesticité ne doit pas être initiée au secret de ce travestissement, et mon mari peut me reconnaître, me suivre et rentrer en même temps que moi à la maison.

— Ne pouvez-vous lui dire que vous avez revêtu le costume masculin pour surveiller ses démarches dans cette maison ?

— C'est un prétexte spécieux que je puis employer au besoin, mais qui ne résout pas la difficulté.

— Alors, cherchons autre chose. Avez-vous une confidente, une amie intime ?

— On n'aime pas à dévoiler ses secrets, même aux amies les plus dévouées... Ah ! j'y songe, madame Durand peut me tirer d'embarras. Paul, vous ferez porter mes vêtements chez elle par la voiture que vous allez envoyer chercher.

— Toutes vos instructions seront exécutées ponctuellement. Le temps presse, M. Renaudot a l'air de s'impatienter à son poste d'observation devant la maison de M. Thiers. Maintenant, à votre toilette. Voulez-vous que je vous serve de valet de chambre?

— Non, c'est inutile.

XIII

Madame Renaudot passa dans le cabinet de toilette de Paul. Elle retira sa robe et ses jupons, mit le pantalon, le gilet et la redingote du jeune homme, puis après avoir relevé ses cheveux verticalement sur la tête, elle se coiffa d'un chapeau haut de forme.

Quand elle eut achevé son travestissement, elle ouvrit la porte du cabinet et se présenta devant Paul, qui s'écria joyeusement:

— C'est parfait. Je défierais à présent Argus en personne de vous reconnaître.

— Paul, vous voyez dans quelles perplexités me jettent mon amour pour vous, mon désir de vous voir et de vous embrasser.

— Ah! que vous êtes bonne et que je vous aime! s'écria Paul en serrant madame Renaudot dans ses bras.

— Si l'abbé Glaize apprenait par malheur que je me suis travestie, je serais damnée!

— Il ne le saura pas. Qui pourrait le lui dire?

— Paul, pria madame Renaudot, devenue un peu

calme, voyez donc si mon mari est toujours aux
aguets.

— Toujours, répondit le jeune homme après avoir
regardé au-dehors. Il passe et repasse devant la maison
de M. Thiers, en observant toujours de notre côté.

— Allons, il faut partir. Adieu, Paul. Je vous ferai
savoir de mes nouvelles par madame Durand.

— Je les attends avec la plus vive anxiété.

Madame Renaudot passa devant Paul, qui, après
l'avoir embrassée, lui ouvrit doucement la porte. Elle
descendit rapidement les marches du premier étage,
puis s'élança dans la rue. Quoique son cœur battît vivement, sa démarche n'en était pas moins assurée et
paraissait assez masculine pour n'être pas remarquée
de personne.

Paul, après l'avoir suivie le plus longtemps possible
des yeux, fit un paquet de ses effets, les mit dans une
voiture en donnant au cocher l'adresse de madame
Durand. Puis il revint chez lui, se plaça en observation,
l'œil braqué sur Renaudot, qui, ne voyant pas sortir la
robe mauve qu'il attendait, commençait à donner des
marques visibles d'impatience.

Il se promenait avec agitation devant la villa Thiers,
en murmurant :

— Voilà une interminable entrevue, par exemple !
Plus d'une heure chez lui ! Pour une femme voilée, c'est
en agir bien à l'aise... Au diable soit aussi le soupçon
qu'a éveillé en moi la vue de cette robe ! Madame Renaudot n'est pas la seule femme de Paris qui mette une
robe mauve. Mais il m'avait semblé la reconnaître dans
je ne sais quelle façon coquette de porter sa robe, dans
sa tournure agréable... car ma femme a une tournure fort
agréable. Enfin, je suis absurde avec mes soupçons. Je ne
resterai pas plus longtemps à me morfondre ici. Déjà on

me remarque. Il me semble que le jardinier de M. Thiers m'examine d'un air défiant. Il est de fait que je parais jouer un assez triste rôle. C'est honteux de soupçonner ma femme lorsqu'elle remplit quelque devoir de charité ou qu'elle m'attend avec impatience à la maison. Le plus sage est de renoncer à ma coupable curiosité et de retourner chez moi.

Et Renaudot, après avoir jeté un dernier coup d'œil sur la maison de la place Saint-Georges, descendit la rue Notre-Dame-de-Lorette.

— Enfin, il bat en retraite, s'écria Paul, qui n'avait pas perdu de vue un instant M. Renaudot. La partie est gagnée encore cette fois, et madame Renaudot est sauvée !

XIV

Durant le trajet de la place Saint-Georges à la rue des Champs-Elysées, madame Renaudot eut bien des émotions, bien des appréhensions ; il lui semblait à chaque instant qu'on la reconnaissait sous son déguisement. Des rougeurs lui montaient subitement aux joues, puis elle pâlissait en songeant qu'elle pouvait être rencontrée par une de ses connaissances ou reconnue, malgré son déguisement, par son mari, et ce qui eût mis le comble à sa confusion, par l'abbé Glaize.

Au boulevard des Capucines, deux femmes à la tournure équivoque et au regard hardi, qui marchaient à côté d'elle, l'embarrassèrent beaucoup en lui disant d'une voix railleuse ;

— Oh ! le joli petit cavalier.. On dirait une femme... Bonjour, amour de Chérubin !

Madame Renaudot se sentait toute confuse et rougissait jusqu'à la racine des cheveux.

En traversant la place de la Concorde, autre accident : elle frôla un monsieur, qui la regarda attentivement, mais sans la reconnaître.

— Richard Dulin !... s'écria-t-elle effarée.

Elle pressa le pas et arriva enfin saine et sauve au port, chez madame Durand, qui épuisa toutes ses interjections pour exprimer sa profonde stupéfaction de la voir apparaître dans ce singulier équipage.

— Oui, c'est moi, c'est bien moi, ma chère amie, lui dit madame Renaudot, moi qui ai été forcée d'endosser les habits d'un autre sexe...

— Mon Dieu ! qu'est-il donc arrivé ? Votre mari vous aurait-il surprise ?

— C'est moi qui l'ai surpris.

— Avec une femme ?

— Avec une femme... dans la maison qu'habite Paul. Ah ! je ne puis me contenir. Croire pendant vingt ans à la fidélité d'un époux et se voir ainsi trahie. Ah ! j'en mourrai de colère.

— Calmez-vous, madame Renaudot, peut-être le malheur est-il moins grand que vous ne le pensez. Il ne faut pas toujours se fier aux apparences. Les maris peuvent commettre des inconséquences sans aller jusqu'à l'infidélité.

— Le vôtre est parfait, je le sais. Ah ! que vous êtes heureuse. Mais le mien est un traître, un perfide, un dissipateur.

— La la la, ne nous laissons pas aller à la colère. C'est

une fort mauvaise conseillère. Tout s'expliquera. Peut-
être n'y a-t-il que des apparences que rien ne justifie.

— Oh! non, mon malheur est trop réel, madame Durand. Aussi, lorsqu'il rentrera, je le recevrai de la bonne
façon.

— Voyons, chère madame Renaudot, apaisez-vous.
Ne brisez pas ainsi une union jusqu'ici heureuse.

— C'est lui qui la brise. Pardonnez-moi les éclats
d'une indignation que je ne puis comprimer. Ah! si je
le tenais !

— Attendez au moins ses explications.

— Les maris qui trompent leurs femmes ont toujours
une provision de mensonges et d'explications qui n'expliquent rien du tout.

— Mais vous ne m'avez pas encore appris pourquoi
vous avez dû changer de costume?

— Eh bien, en voici la raison. En se rendant chez
cette marchande, chez cette femme qui demeure au-
dessus de l'appartement de Paul, mon mari me vit monter les escaliers. Mon visage était entièrement voilé, mais
ma robe ou quelque détail de ma toilette lui aura sans
doute donné l'éveil. Toujours est-il qu'il m'attendait à
la sortie de la maison de la place Saint-Georges. Vous
comprenez maintenant pourquoi je me suis métamorphosée, afin de passer inaperçue devant lui.

— Ne restez pas plus longtemps sous ce costume,
chère amie. Durand peut rentrer d'un instant à l'autre.
Venez dans mon cabinet de toilette, vous prendrez une
de mes robes.

XV

Un coup de sonnette retentit.

— C'est probablement le retour de ma garde-robe, dit madame Renaudot avec une grande satisfaction.

— Mais il me semble que j'entends la voix de mon mari, fit madame Durand en entr'ouvrant la porte du salon et en prêtant l'oreille.

Madame Renaudot passa du salon dans le boudoir. Il était temps, car Durand montait l'escalier en murmurant :

— Ma femme avec un jeune homme... un inconnu. C'est singulier !

— Eh bien, demanda-t-il en entrant au salon, où donc est ce jeune homme que m'a annoncé Julie ?

— De quel jeune homme voulez-vous parler ? répliqua madame Durand en feignant la surprise.

— Il n'y en a pas trente-six, j'aime à croire ! reprit Durand avec un ton de mauvaise humeur. Je parle de l'individu que Julie a fait entrer au salon.

— Cette fille perd la tête. Il est parti.

— Parti ! Mais elle me disait le contraire... J'entends remuer dans ton boudoir. Je vais voir quel est l'impertinent...

— Monsieur Durand, vous n'entrerez pas dans mon boudoir.

— C'est la première fois, madame Durand, que tu me fais pareille défense.

— Vous doutez de votre femme ?

— Douter de toi, jamais! Cependant j'avoue que je ne serais pas fâché de causer un peu avec la personne qui est dans ton boudoir.

— Vous n'y entrerez pas, vous dis-je.

— Tu me forcerais vraiment malgré moi à croire...

— Quoi?

— Qu'il se passe ici quelque chose d'extraordinaire.

— Croyez ce qu'il vous plaira.

— Ah! madame Durand, cela devient sérieux. Et que vous le vouliez ou non, je m'assurerai...

Sur cette dernière parole, Durand ouvrit brusquement la porte du boudoir. Il y vit assise sur un canapé madame Renaudot, qui avait eu le temps de passer une robe de madame Durand.

— Ah! pardon, mille pardons, madame... fit Durand stupéfait et ne sachant comment expliquer son entrée. C'est que ma femme me disait...

— Je vous disais que vous étiez un jaloux ridicule. Figurez-vous, ma chère amie, que Durand s'était imaginé trouver ici un jeune homme... un... comment appelez-vous cela, monsieur Durand?

— Vraiment, monsieur Durand, vous pouvez admettre de pareilles suppositions à l'égard de votre femme, et, au lieu de les refouler au fond de votre esprit, vous me rendez malgré moi témoin d'une scène de ménage! Ah! c'est mal. Je ne l'aurais jamais cru de votre part.

— Mais, non, madame, ce n'est pas moi, répliqua piteusement Durand confus. C'est cette niaise de servante qui me disait que ma femme était en compagnie avec un jeune homme.

— Et vous avez ajouté foi aux propos de cette fille quand votre femme vous affirmait le contraire? reprocha madame Durand.

— Ma chère amie, pardonne-moi, et qu'il ne soit plus question de ce malentendu, je t'en prie.

— Je le veux bien, acquiesça madame Durand, mais que pareille défiance ne se renouvelle plus.

— Je te le promets.

— Maintenant, mon ami, j'ai à causer avec madame Renaudot. Tu comprends?

— Oui, parfaitement. Je vous laisse, mesdames. Ne dites pas trop de mal de moi.

— Méritez-vous qu'on en dise beaucoup debien? répliqua sa femme d'un ton railleur.

Restées seules, les deux amies se serrèrent les mains comme si elles venaient de remporter une grande victoire.

— Ah! j'étais dans les transes, chère amie, dit madame Durand. Je craignais que vous n'eussiez pas eu le temps de vous changer lorsque mon mari a fait irruption dans le boudoir. Je lui avais obstinément nié le jeune homme que lui avait annoncé Julie.

— Vous l'avez retenu assez longtemps pour me donner le répit nécessaire.

— C'est égal. Vous vous habillez et vous vous déshabillez avec une admirable prestesse. Enfin, vous voilà hors de danger. C'est le principal.

— Pas encore. Monsieur Renaudot est capable de reconnaître votre costume qui m'est beaucoup trop grand. Et mes effets qui n'arrivent pas! C'est un fait exprès.

— On sonne... les voilà sans doute!

La femme de chambre monta et remit à madame Durand le paquet qui contenait la fameuse robe mauve et les jupons de son amie. Celle-ci, en les apercevant, s'écria toute joyeuse :

— Dieu merci, me voilà sauvée. Il ne me reste plus qu'à rentrer à la hâte dans votre cabinet de toilette, et vous aurez la bonté de faire reporter les habits chez Paul.

— C'est entendu.

En un tour de main, madame Renaudot sortit du boudoir, remercia vivement son amie et quitta sa maison pour faire à Renaudot la réception qu'elle lui ménageait.

En sortant, elle rencontra Durand, qui resta ébahi à l'aspect de la robe mauve.

— Comment! s'étonna-t-il. Tout à l'heure madame Renaudot portait une robe de ma femme, et maintenant elle a repris sa robe mauve! Tout ceci ne me semble pas clair. Il faut que je m'assure...

Et pendant que sa femme reconduisait madame Renaudot jusqu'à la porte, Durand allait droit au cabinet de toilette de sa femme. Quelle ne fut pas sa stupéfaction d'y trouver un costume masculin au complet: pantalon, gilet, paletot et chapeau. Son étonnement fut si vif, si foudroyant qu'il dut s'appuyer contre la cloison du cabinet de toilette.

— Qui l'aurait cru?... maugréait-il dans une indicible agitation. Ma femme... Madame Durand! Ah! c'est horrible. Ce jeune homme qu'elle cachait a laissé ici ses dépouilles, la trace de son passage scandaleux dans ma maison... Tous ces vêtements sont en drap fin et bien confectionnés. Ce chapeau a bonne façon. Voyons donc si je découvrirai un indice pour me mettre sur la voie... Tiens, voilà un nom... Paul. Il appartient évidemment à un Paul. Mais Paul qui? Est-ce le nom du chapelier ou du propriétaire du chapeau? Il ne manque pas à Paris de gens qui portent le nom de Paul; c'est un prénom excessivement banal. Où le chercher, ce Paul? Ne serait-ce pas par hasard celui que j'ai trouvé en tête-à-tête avec Marie? Ce don Juan braconnerait donc sur tous les

4

terrains, même sur celui des gens mariés? Peut-être
suis-je sur la trace d'une horrible machination, d'une intrigue ténébreuse, d'un complot contre l'honneur et le
repos de mon foyer?

Et Durand, tenant toujours le chapeau et le paletot,
ne savait quel parti prendre au milieu de cette étrange
aventure.

Il tomba accablé sur un fauteuil en se perdant dans
un abîme de noires réflexions.

— Il faut que tout ceci s'éclaircisse! s'écria-t-il, et que
madame Durand me donne l'explication de cette énig-
me, de ce pantalon et de ce paletot que je surprends
dans sa garde-robe. O mon bonheur perdu! mes chères
illusions détruites! Ma vie jusqu'à présent si calme et si
heureuse troublée par le soupçon!... et peut-être par la
certitude. Non, ce n'est pas possible. Madame Durand
est incapable de me tromper. Je suis un fou et un misérable de croire... Et cependant ces vêtements ne sont
pas venus ici tout seuls.

XVI

Madame Durand, après avoir accompagné son amie,
montait au salon. Elle fut effrayée en voyant la douloureuse physionomie de son mari, tenant d'une main un
gilet et un pantalon, de l'autre un paletot et un chapeau, et secouant cette défroque comme autrefois An-

toine au Capitole agitait la robe sanglante de César, en s'écriant :

— La voici, la dépouille du jeune homme ! Les voilà, les témoins accusateurs du délit !

Madame Durand, se remettant et reprenant son sang-froid à la pensée qu'il fallait à tout prix couvrir la réputation de madame Renaudot, s'efforça de rire et dit à son mari :

— Où avez-vous découvert tout cet attirail ?

— Dans votre cabinet de toilette, madame, dans votre cabinet de toilette !...

— Eh bien après ?

— Comment, après ?... Vous trouvez cela naturel... des habits masculins dans votre intérieur... Ah ! madame Durand !

— Vous avez la tête à l'envers aujourd'hui, monsieur Durand !

— On serait bouleversé à moins, il me semble. En rentrant à la maison, votre servante m'apprend que vous êtes avec un jeune homme ; c'est sa propre expression. Je monte et je rencontre madame Renaudot. Enfin, après son départ, je trouve un costume complet de jeune homme, mais pas de jeune homme. Par où est-il passé ? Quel déguisement a-t-il pris pour sortir d'ici ? Je serais curieux de le savoir.

— Vous ne saurez rien.

— Alors, madame Durand, il vous plaît de laisser votre mari en proie à un doute poignant, à des conjectures plus horribles que la réalité.

— De quelle réalité entendez-vous parler ? Me soupçonner, moi ! En vérité, monsieur Durand, qu'avez-vous fait de votre raison ?

— Elle est confondue, ma raison, par tout ce que je vois. Et lorsque je viens vous demander l'explication

de ce mystère, de ce chapeau et de ce pantalon trouvés
dans votre cabinet de toilette, vous me répondez par
une raillerie, par une invitation à ne pas croire que le
jour est le jour, que le soleil est le soleil. Madame Durand, depuis dix-huit années de mariage, vous ai-je
donné le moindre motif de plainte sérieuse ?

— Vous m'avez toujours témoigné la confiance que
je méritais.

— Avez-vous jamais eu à vous plaindre de mon manque de foi ?

— Vous avez été le modèle des époux. Après ?

— Ne vous ai-je pas rendu la vie aussi heureuse que
possible ?

— Je ne fais aucune difficulté d'en convenir.

— Eh bien, pourquoi ne pas agir de même à mon
égard ? Quel besoin éprouvez-vous donc de jouer vis-à-vis
de moi une comédie qui peut troubler sérieusement notre
ménage ?

— Je ne joue aucune comédie et n'ai nullement envie
d'en jouer, soyez-en persuadé ?

— Pourquoi alors vous refusez-vous à une explication
que je considère comme indispensable ?

— Monsieur Durand !

— Madame Durand !

— Voulez-vous me regarder bien en face ?

— C'est ce que je fais.

— Dites-moi, je vous prie, si j'ai l'air d'une femme
coupable, d'une femme qui trompe son mari ?

— Tu abuses de l'empire que tu exerces sur moi.
Quand j'examine ta physionomie franche, ton air ouvert, j'y trouve l'expression la plus sincère que l'on
puisse imaginer. Ta figure est si sympathique que mes
soupçons s'évanouissent en la regardant, et je suis si

faible que je t'embrasserais tout de suite, car la pensée
que tu sois coupable me rendrait bien malheureux.

— Eh bien, pouvez-vous croire qu'une femme d'un air
si franc, si ouvert, d'une physionomie si honnête, puisse
être capable de vous tromper?

— Certes non.

— Laissez donc là vos absurdes soupçons, votre jalousie insensée, et continuez à votre femme l'amour et
la confiance qu'elle a pour vous.

— Chère amie, tu sais bien que je te les rends au cen-
tuple. Mais, à ton tour, fais cesser cet affreux doute qui
bouleverse toutes mes idées. Dis-moi par quel hasard
et d'où sont tombés dans ton cabinet de toilette ce pantalon, ce paletot et ce chapeau?

— Le sais-je?

— Je vais appeler ta femme de chambre. Julie! cria
Durand.

— Voilà, monsieur.

— Est-ce qu'on vous a remis un paquet d'effets?

— Oui, monsieur.

— D'homme?

— Je n'ai pas regardé le contenu du paquet.

— Qui l'a apporté?

— Le cocher d'une voiture de louage.

— Et il a dit que c'était pour...

— Pour madame ou pour monsieur; je ne sais plus
bien.

— Ce que l'on vous a remis était peut-être destiné à
ce jeune homme?

— Ah! oui, monsieur.

— Mais comment avez-vous reçu un inconnu, sans
lui demander son nom, le motif de sa visite?

— Il a demandé à parler à madame.

— Mais sous quel prétexte?

— Dame, il a parlé de portrait à faire et de photo-tographie inaltérable.

— Photographie inaltérable !... L'avez-vous vu sortir ?

— Non, mais j'étais occupée à coudre dans la salle à manger. Il a pu sortir sans que je l'aie aperçu.

— A l'avenir, Julie, ne recevez plus aucun photo-graphe, aucun étranger dans notre maison. La *Gazette des Tribunaux* est remplie de vols commis de cette façon.

— C'est bien, monsieur.

— Vous le voyez, madame Durand, je n'ai rien pu ti-rer de cette fille, et il me reste toujours à apprendre comment ces habits d'homme ont pu se trouver...

— Monsieur Durand, je pourrais probablement vous donner une explication fort plausible à ce sujet, mais ce secret n'est pas le mien. Par conséquent, je ne dois ni ne veux le trahir. Il me serait facile d'inventer une histoire vraisemblable, mais il me répugne de mentir. Ce serait la première fois de ma vie, d'ailleurs. Je pré-fère vous laisser dans l'incertitude.

— Plutôt que de me confier la vérité.

— On n'a pas le droit de confier le secret des autres.

— On ne doit jamais avoir de secrets pour son mari... Je parie qu'il y a là-dessous quelque chose qui regarde madame Renaudot?

— Qu'avez-vous à dire de madame Renaudot?

— Plus j'y pense, plus il me parait singulier qu'a-près avoir mis ta robe grenat, elle ait repris sa robe mauve. Je ne comprends pas tous ces changements à vue.

— Rien de plus simple pourtant. Dans l'avenue des Champs-Elysées, un maladroit a marché sur la traine de madame Renaudot et la lui a déchirée. Elle ne s'en est aperçue qu'en entrant ici, et n'a pas voulu retourner chez elle sans avoir réparé l'accident.

— Voilà une explication qui me paraît peu claire, ne t'en déplaise, ma chère femme. Tu cherches à couvrir madame Renaudot en te découvrant, et tu préfères t'exposer toi-même aux soupçons que de livrer le secret de ton amie. C'est d'un bon cœur, mais c'est peut-être pousser le dévouement à l'excès. Quoi que tu fasses cependant, je ne suis pas encore assez naïf pour ajouter pleine confiance à tout ce que tu me racontes. Veux-tu que je te dise le fond de ma pensée ; ce n'est pas toi qui es en défaut, c'est ton amie, madame Renaudot.

— Vous avez deviné cela tout seul, eh bien ! vous vous êtes trompé ; madame Renaudot est la plus honnête femme du monde.

— Sans doute ; mais on a vu les plus honnêtes femmes du monde avoir des faiblesses, des caprices, des fantaisies, que sais-je? Je vois clair, te dis-je, bien que tu refuses de faire la lumière dans ce chaos. Ce changement de robe de madame Renaudot, qui n'a pu s'habiller que dans le cabinet de toilette, où sont restés les habits d'un monsieur Paul...

— Monsieur Paul?

— Oui, le nom de Paul est imprimé sur la coiffe du chapeau... Tous ces indices m'en disent assez.

— Eh bien qu'est-ce que cela prouve ?

— Cela prouve que la terre est ronde, et que les plus grandes dévotes sont sujettes à caution. Et moi qui lui aurais donné le bon Dieu sans confession ! Avouez, madame Durand, que si je n'ai pas trouvé complétement, je suis sur la piste.

— Vous en êtes à cent lieues.

— Ce pauvre Renaudot...

— Il n'est pas à plaindre.

— Lui si bon, si confiant.

— Et il a bien raison de l'être.

— Le meilleur des maris!

— Qui a la meilleure des femmes.

— Une dévote à intrigues, tu l'appelles la meilleure des femmes.

— Vous rêvez.

— Cela crève les yeux.

— Il y a des gens qui voient tout de travers, et vous êtes de ce nombre.

— Cependant, ce qui arrive à mon ami n'a rien de réjouissant, il me semble.

— Que lui arrive-t-il?

— Ce que tu sais bien.

— Je ne sais rien.

— Ecoute, chère femme, je désire que tu ne te mêles en rien à toutes ces intrigues dangereuses. Si aujourd'hui Renaudot ignore tout, demain il se trouvera en présence de la triste vérité. Alors il nous accusera avec raison d'avoir joué un rôle trop complaisant dans toute cette affaire. Adieu repos, félicité du ménage, vieille amitié.

— Vous êtes trop sensible, monsieur Durand, aux prétendus malheurs de votre ami!

— Prétendus... Plût au ciel qu'ils ne fussent qu'imaginaires; mais hélas! je crains bien que mes soupçons ne se changent en réalité. Il vaudrait mieux tout m'avouer que de me rendre complice d'une mauvaise action.

— Vous m'impatientez, à la fin. Faites-moi donc le plaisir de me dire si vous trahiriez un secret que Renaudot vous aurait confié et si vous me le révéleriez?

— Renaudot n'a pas de secrets que sa femme ne doive connaître, et que je ne puisse te confier.

— En êtes-vous bien certain?

— Je te jure...

— Inutile de jurer. Tous les maris ont leurs petits mystères et réservent leurs confidences intimes, les bons apôtres! Ils ne disent pas tout à leurs femmes, et ni monsieur Renaudot, ni vous n'êtes plus exempts que les autres de ce travers. Si nous vous interrogions, vous nous conteriez mille fables. Seulement, quand nous avons des soupçons, nous cherchons à les éclaircir nous-mêmes sans vous demander d'explications. Ne plaignez donc pas tant monsieur Renaudot, et faites-lui comprendre, si vous voulez, que sa femme n'est pas sans concevoir des doutes sur...

— Sur quoi?

— J'en ai déjà trop dit. A bon entendeur, demi-mot suffit.

— Est-ce que ma femme se douterait de ce qui se passe entre moi et Renaudot? se dit à part lui Durand inquiet. — Quoi! reprit-il en cherchant par son inflexion de voix à marquer un profond étonnement, tu t'imagines que...

— Je m'imagine rien, je suis sûre.

L'inquiétude de Durand augmenta.

— Mais non, fit-il, visiblement troublé, tu me contes des histoires.

— Enfin, vous n'avez pas répondu à ma question, et qui ne dit mot avoue. Vous voyez bien que vous n'êtes pas en droit de me demander le secret de madame Renaudot quand vous hésitez à me confier celui de son mari.

— Ce pauvre ami! s'écria Durand en cherchant à dissimuler son embarras sous une compassion trop affectée pour être bien sincère. Je le vois, son malheur n'est que trop certain. J'en suis attristé plus que je ne puis le dire. Et je parie qu'avec cela elle lui fait des scènes.

L'autre jour, je suis tombé chez elle au milieu d'une véritable querelle de ménage. Je ne savais plus comment sortir.

— Vous agiriez sagement, monsieur Durand, en vous occupant un peu moins du ménage de votre ami, et plus du vôtre.

— Je te dis qu'elle le rend malheureux comme des pierres. Ces femmes-là font des scènes à leurs maris pour cacher leur jeu. Elles sont acariâtres, intolérantes, jalouses ; oui, jalouses, toujours pour cacher leur jeu. Vraiment, je ne voudrais pas être à la place de Renaudot et me voir l'époux d'une dévote.

— Vous battez la campagne. Monsieur Renaudot n'est pas plus malheureux que vous ; seulement, je crois que sa femme n'est pas jalouse sans motifs plausibles. Elle a peut-être tort de le suivre, de surveiller ses actions, mais si monsieur Renaudot veut la paix dans son intérieur, qu'il ne fournisse aucun prétexte plausible à la désunion.

— Tu parles par énigmes. Je ne comprends rien à tes allusions et à toute cette intrigue. Explique-toi clairement et sans ambages.

— Vous avez beau plaider le faux pour savoir le vrai, vous ne m'arracherez pas, encore une fois, un secret qui ne m'appartient pas. J'ai ma conscience pour moi, et je suis à l'abri de tout reproche. Cessez donc, monsieur Durand, de soupçonner madame Renaudot, et ayez confiance en votre femme si vous l'aimez encore.

— Si je t'aime ! s'écria Durand en serrant sa femme dans ses bras. Assez pour ne pas te sacrifier à une mauvaise pensée, à un soupçon...

— Injuste.

— Bien que tu soumettes ma foi conjugale à une rude épreuve, je ne veux plus penser à cette charade, à cet

imbroglio où je me perds. J'ai foi entière en toi. Ah !
douter de sa femme... c'est trop cruel !

— Surtout, pas un mot de tout ceci à votre ami, à
moins que ce ne soit pour l'engager à ne pas fournir de
prétextes à la jalousie de sa femme.

— Crois-tu que je veuille semer la discorde dans son
ménage ?

— Quant à vous, mon ami, soyez persuadé qu'il n'y
a rien qui puisse entacher la réputation de madame
Renaudot. Je vous le certifie.

— Je veux bien te croire ; autrement, s'il y avait quelque chose de grave, j'agirais comme un véritable ami
doit le faire, sans éveiller les soupçons de Renaudot, ce
que je considère comme une mauvaise action. Je ne
craindrais pas de parler franc et net à sa femme, toute
sainte-n'y-touche et confite en dévotion qu'elle paraisse.
Mais je suivrai ton avis, ma femme, en te laissant libre
d'adresser à madame Renaudot de sages recommandations sur les dangers que pourrait lui faire courir sa façon d'agir. Quant à moi, il est entendu que je n'ai rien
vu, rien entendu.

— C'est bien. Je vais donner l'ordre à Julie de serrer
tous ces effets pour qu'il n'en soit plus question.

Madame Durand descendit.

— Pauvre Renaudot... pauvre ami !... murmura Durand, partagé entre un sentiment de compassion envers
son ami et une certaine satisfaction égoïste pour lui-
même. Après tout, cela le regarde. Qu'il s'arrange ! Ces
choses-là sont trop délicates, trop intimes pour que je
m'en mêle. Et moi qui avais poussé la folie jusqu'à soupçonner madame Durand... Aveugle et ingrat que j'é-
tais ! Ah ! je suis bien heureux d'avoir une femme comme
elle, pas dévote, pas jalouse, mais en revanche aimant
son mari et lui restant fidèle.

Grâce à leur affection robuste, et surtout à la sincère franchise de la femme qui avait produit plus d'impression sur son mari que toutes les réticences et les dissimulations, le gros nuage était passé sur le ciel du ménage Durand sans crever. Il n'en avait pas été ainsi dans le ménage Renaudot. Là le nuage noir avait versé des torrents de pluie au milieu des éclairs et de l'orage.

XVII

En arrivant dans son domicile, madame Renaudot demanda à sa femme de chambre si son mari était à la maison.

— Non, madame, répondit la camériste un peu intimidée par la physionomie courroucée de sa maîtresse.

— Et mon fils?

— Il n'est pas encore rentré non plus, madame. — Le temps est à l'orage, pensa la soubrette. — Madame veut-elle que je la débarrasse? At-elle besoin de quelque chose? demanda-t-elle.

— Non, laissez-moi. Aussitôt que monsieur Renaudot se présentera, prévenez-le que je l'attends au salon.

— Je n'y manquerai pas.

Madame Renaudot se débarrassa fébrilement de son chapeau et de ses gants, puis, sous le coup d'une nerveuse agitation, se mit à arpenter son salon comme une lionne en furie. Elle contenait avec peine la colère qui l'agitait, lorsqu'un coup de sonnette la fit tressaillir.

— Enfin, dit-elle, le voici.

Quelques instants après, la femme de chambre apparut au salon.

— Comment! ce n'est pas monsieur qui rentre? questionna-t-elle.

— Non, madame : c'est une personne qui vient de me remettre cette carte, et sollicite de vous un entretien de quelques instants pour une communication importante.

— Répondez que je n'y suis pour personne.

— C'est ce que j'ai déjà fait ; mais cette dame a mis tant d'insistance pour vous faire tenir cette carte, que j'ai cru devoir vous prévenir avant de la congédier définitivement.

Madame Renaudot jeta les yeux sur la carte de visite, pâlit et dit avec une émotion à peine déguisée :

— Faites entrer cette visiteuse importune, puisque je ne puis m'en débarrasser autrement.

A peine l'ordre avait-il été donné, qu'une personne d'une mise distinguée se présenta, et en saluant madame Renaudot, découvrit son visage qui marquait un âge assez avancé.

— Emma ! s'écria madame Renaudot.

— Oui, c'est moi, chère madame, et je viens de la part de qui vous savez pour vous remettre ce billet.

— Serait-il de retour ? Est-ce vraiment lui que j'aurais rencontré sur la place de la Concorde ?

— Lisez, madame. Cette lettre vous renseignera mieux que je ne pourrais le faire moi-même.

Par un mouvement nerveux, madame Renaudot déchira l'enveloppe de la lettre mystérieuse et lut :

« Madame,

« Vous ne vous attendiez probablement plus à me
« revoir, et je doute que mon retour vous cause une
« joie bien vive. Je vous eusse épargné ce que ma pré-
« sence peut avoir de pénible pour nous deux, si un de-
« voir sacré ne m'imposait l'obligation d'une entrevue
« indispensable.

« Je ne viens pas, croyez-le bien, vous parler d'un
« amour éteint dans votre cœur, s'il ne l'est dans le
« mien. Le temps a passé sur les beaux feux de notre
« jeunesse et les a couverts de cendre. Mais il est un
« lien qui ne saurait être brisé entre nous ; c'est au nom
« de ce lien, de ce souvenir sacré que je vous prie de
« vouloir bien m'accorder une entrevue chez Emma La-
« grange, à qui j'ai confié cette lettre et qui veut bien
« consentir à me servir d'intermédiaire.

« S'il m'eût été possible, sans blesser les convenances,
« de me présenter moi-même devant vous, croyez, ma-
« dame, que je n'eusse pas hésité à vous éviter toute dé-
« marche pénible. Mais votre situation commande une
« excessive réserve, et c'est ce qui me force à me servir
« d'une intermédiaire qui ne vous est pas incon-
« nue.

« Je compte donc sur une réponse favorable, persua-
« dé que vous comprendrez comme moi la nécessité ab-
« solue d'une entrevue d'où dépendent de graves déter-
« minations.

« Votre respectueux et dévoué serviteur,

« RICHARD DULIN. »

— Lui vivant ! s'écria avec violence madame Renau-
ot en froissant la lettre dans ses mains crispées par

la colère. Et il ose m'écrire !... Mais je suis maudite !...
Comment éviter le coup qui me menace? Il croit me tenir dans ses serres, mais il ne tardera pas à comprendre
que je n'ai jamais cédé à la menace.

— Que faudra-t-il répondre? demanda Emma.

— Que je suis absente de Paris, que vous ne m'avez
pas trouvée.

— Mais s'il ne me croit pas?

— Que m'importe! Il n'y a plus aucune relation possible entre lui et moi. Je ne veux pas le voir ni recevoir surtout ses correspondances. Vous m'entendez,
Emma?

— Oui, madame.

Un nouveau coup de sonnette retentit. Emma disparut.

XVIII

Madame Renaudot déchira la lettre de Richard Dulin,
en jeta les morceaux au feu qui flambait dans la cheminée, puis s'efforçant de maîtriser son émotion, elle se
prépara à recevoir le nouveau visiteur.

C'était son mari.

— Je reviens un peu tard, ma chère amie, dit Renaudot en entrant au salon, mais je suis sorti avec Durand,
je l'ai accompagné dans plusieurs visites qu'il avait à
faire, et cela m'a entraîné plus loin que je ne l'eusse dé-

siré. Enfin me voilà. Mieux vaut tard que jamais, n'est-
ce pas ?

— Pourquoi vous donner tant de peine pour dissimuler la vérité, et surtout pour couvrir vos équipées ? Je
viens de voir monsieur Durand chez lui, il y a plus
d'une heure.

— C'est vrai, Durand m'a quitté aux Champs-Elysées,
en me recommandant une affaire importante, le recou-
vrement d'une créance litigieuse. Le créancier est de
mauvaise foi et la somme est forte. J'espérais mener l'affaire à bonne fin. Malheureusement je n'ai pu terminer.
J'en suis fort contrarié pour Durand.

Silence glacial de madame Renaudot, un silence pré-
curseur de la tempête.

— Tu as l'air de douter de mes paroles ? reprit Renaudot ; je ne dis pourtant que la vérité, rien que la
vérité.

— La vérité, monsieur, articula d'un ton de sarcasme
sa femme, la vérité, c'est que vous n'osez me dire en
face d'où vous venez.

— Quelle est cette nouvelle discussion que tu provo-
ques ?

— Je ne provoque pas de discussions sans motifs
plausibles.

—- Enfin, quel est ton grief ?

— Mon grief, tonna madame Renaudot comme un ca-
non chargé à mitraille, c'est que vous sortez de chez
votre maîtresse !

— Ma maîtresse... fit Renaudot abasourdi. Mais c'est
de la folie !

— Je voudrais que ce fût une folie. Mais, hélas ! c'est
la réalité. Vous le savez bien. N'essayez donc pas d'ajouter la duplicité, la mauvaise foi à votre inconduite. C'est
inutile.

— Ah çà, parles-tu sérieusement ?

— M'humilier à ce point, me tromper pour une fille perdue, pour une ouvrière !

— Je crois rêver en t'entendant, ma parole d'honneur.

— Rêviez-vous, il y a deux heures, quand dans la maison de la place Saint-Georges, vous montiez lestement les deux étages de mademoiselle Marie ?

Renaudot se mordit les lèvres.

— Mais pourquoi m'as-tu épié, suivi ? questionna-t-il.

— Parce que le devoir d'une femme est de surveiller son mari et de le suivre partout.

— Partout, partout...

— Vous avouez donc ?

— Je n'ai rien de mal à avouer.

— Je vous ai pris en flagrant délit...

— De quoi ?

— De culpabilité, de trahison.

— Tu te trompes, ma chère amie.

— Sa chère amie ! il ose m'appeler sa chère amie, lorsqu'il sort des bras de sa maîtresse !

— Tu bats la campagne. Puisque tu t'étais donné la peine de me suivre, tu aurais dû aller jusqu'au bout, et tu aurais vu qu'entre cette personne et moi, il n'y a rien que de très-honnête.

— Quelle impudence ! C'est un acte honnête de la part d'un homme de votre âge d'aller en cachette chez une fille de cette espèce. Voyons, trouvez donc un mensonge plus plausible pour expliquer votre conduite et surtout votre présence dans le domicile de cette personne que vous défendez avec tant de chaleur.

— Je la défends, parce que tu la calomnies.

— Enfin, répondez donc.

— Oh ! je ne suis nullement embarrassé de répondre, et je te jure que le ciel n'est pas plus pur que le fond de mon cœur.

— Il ose invoquer le ciel, l'impie ! Ne blasphémez pas, et dites-moi enfin ce que vous alliez faire dans cette maison !

— C'est tout simple. J'allais commander une garniture de dentelles pour ta robe de velours. C'est une surprise que je te ménageais.

— Imposteur !

— Ah çà, il n'est donc plus permis à un mari de songer à parer sa femme ? Tu devrais me remercier au lieu de me quereller et de me maudire.

— Oh ! oui, je vous maudis. Je maudis le jour où je vous ai donné ma main. C'est mon père qui a voulu cet hymen.

— Vous étiez libre de le refuser. Mais tu remontes bien loin dans le passé. Je te jure, Ernestine, que je ne mérite en aucune façon tes reproches. Je n'ai commis aucun crime, aucune faute. Je te le jure sur notre amour et sur mon honneur. Tu es dans un complet aveuglement à mon égard.

— Est-il possible d'entendre de pareilles choses sans éclater !... Ah ! que vous me faites de mal et combien je souffre ! Vous êtes bien cruel et je ne puis supporter de telles scènes...

— Mais permets. C'est toi qui les fais.

— Je ne me sens pas bien... laissez-moi...

Renaudot, inquiet, sonna la femme de chambre.

— Restez près de madame, elle a besoin de vos soins.

— Faut-il aller chercher le médecin ? reprit Mariette.

— Non, je ne pense pas que ce soit grave. Restez au-près de votre maîtresse.

Après une syncope de quelques minutes, madame Renaudot revint à elle et articula d'une voix faible :

— De l'eau, un verre d'eau !

— Donnez à madame un verre d'eau avec un peu de menthe pour calmer ses nerfs.

— Non, de l'eau pure.

Mariette s'empressa d'apporter sur un plateau le verre d'eau demandé.

— Te sens-tu mieux ? questionna Renaudot. Remets-toi, Ernestine, reprit-il avec douceur et sollicitude, en s'empressant autour de sa femme. Je t'expliquerai tout, et tu seras la première à revenir de tes injustes préventions contre moi.

— Jamais !

— Le mieux maintenant est de te laisser reposer. Ce soir, nous reprendrons cet entretien. Tu seras plus calme.

— Vous ne me reverrez pas ce soir, monsieur. Mariette !

— Madame ?

— Vous dresserez le lit de monsieur dans la chambre verte.

— Oui, madame.

— Allons, la brouille est complète, je suis condamné, exilé, murmura Renaudot. Satané Durand, quelle scène de ménage il me vaut ! Encore si je pouvais parler ? Mais non, je ne pourrais me justifier qu'en l'accusant... Dévouons-nous donc à l'amitié, puisqu'il n'y a pas moyen de faire autrement... — Ernestine !.. fit-il avec des tendresses dans la voix, en essayant une dernière fois de toucher le cœur de sa femme.

— Ne m'approchez pas, monsieur, je vous hais !

— Ah ! c'est trop fort à la fin ! s'écria Renaudot irrité en se retirant et en refermant violemment sur lui la porte du salon.

XIX

A peine Renaudot venait-il de sortir que son fils Edmond rentrait. La femme de chambre l'ayant informé que sa mère était au salon, il s'y rendit.

— Bonsoir, ma mère, lui dit-il en s'approchant d'elle pour l'embrasser, mais en remarquant son air courroucé, il s'arrêta.

— Ah ! c'est vous, monsieur, dit madame Renaudot durement. Je n'espérais pas vous voir de la soirée.

— J'ai passé ma soirée avec d'anciens condisciples du quartier Latin.

— Vous trouvez toujours de bonnes raisons pour justifier vos continuelles absences. On dirait vraiment que vous prenez notre maison pour un hôtel du quartier Latin.

— Ma mère ! fit Edmond blessé.

— Je n'entends pas que vous rentriez si tard. Vous menez une conduite désordonnée.

— Le mot est dur, ma mère.

— Il est mérité.

— J'ai passé ma thèse ces jours derniers, et je n'ai

pas cru mal faire en offrant aux licenciés, mes collègues, le dîner traditionnel.

— Au moins, deviez-vous me prévenir.

— Mon père ne l'ignorait pas.

— Vous vous retranchez toujours derrière votre père. Il ne s'agit pas de lui en ce moment, mais de moi.

— En vérité, ma chère mère, vous me traitez comme un enfant. Vous oubliez que j'ai vingt-un ans et que je suis assez grand pour marcher sans lisières.

— Tant que vous serez chez moi, monsieur, vous daignerez souffrir que je surveille vos actions et que je vous fasse à ce sujet de justes observations.

— Je ne décline pas votre autorité, ma mère.

— Vous faites plus, vous vous révoltez contre elle. Vous manquez envers moi de déférence et d'égards.

— Parce que je m'absente quelquefois? Avez-vous la prétention de me tenir ici en prison, et faudra-t-il que je vous avertisse, que je vous demande une heure de liberté chaque fois que je voudrai me réunir avec mes amis?

— Certainement, monsieur. Si vous étiez le fils respectueux que vous devriez être, vous ne laisseriez rien ignorer à votre mère de vos démarches ni de vos actions. Vous vous soumettriez à sa volonté.

— Je pensais que la vie de famille dût comporter plus d'indépendance, et je ne la comprenais pas comme un couvent, une geôle et une autorité despotique.

— Vous voilà bien avec vos idées de liberté effrénée, qui vous font méconnaître les directions tutélaires de la religion et de la famille. Vous suivez la pente révolutionnaire de la belle jeunesse d'aujourd'hui. Je vous en félicite, mon fils.

— Permettez, ma mère. De tout temps, la jeunesse a
été la même : elle a aimé la liberté.

— Sa liberté, vous voulez dire. Le désordre, la dissipation, l'incrédulité, le dédain de toute règle, de tout
frein, voilà ce que la jeunesse décore du beau nom de
liberté. Continuez, mon fils, à marcher dans cette voie
de perdition, et vous verrez où vous aboutirez.

— Je ne pense pas avoir justifié vos prédictions ni mérité vos dures reproches.

— Si, monsieur, vous prenez à tâche de m'être désagréable, de vous opposer aux projets que j'avais formés
pour vous depuis longues années. Si votre père est assez faible pour vous laisser la bride sur le cou, quant à
moi, sachez-le, je ne souffrirai pas de résistance à ma
volonté.

— Ma mère, je ne sais ce qui vous a irritée à ce point
contre moi.

— Vous-même, mon fils. Votre oubli de tout devoir
filial, de toute convenance, de toute déférence.

— Eh bien, je ferai en sorte que vous n'ayez pas à renouveler de semblables accusations.

— A la bonne heure, dit madame Renaudot, se méprenant sur le vrai sens des paroles de son fils. Puisque
vous semblez disposé à écouter la voix de la raison, ajouta-t-elle, causons du projet d'avenir que j'ai formé pour
vous, et qui doit assurer votre bonheur.

— Pardon, ma mère, vous choisissez un terrain sur
lequel nous aurons de la peine à nous concilier et à nous
entendre.

— Il faut, pourtant, mon fils, que nous nous entendions au sujet de mademoiselle Eva de Nerdrel, qui va
sortir du couvent. C'est une jeune fille ravissante, accomplie, qui a toutes les qualités physiques et morales,

tous les dons du cœur et de la beauté. C'est un
ange...

— Toutes les femmes sont des anges quand on les
aime...

— Vous aimerez Eva.

— Lorsque je la connaîtrai.

— Sans doute. Dans le mariage, mon fils, il n'y a pas
que l'amour. Il y aussi des considérations de famille, de
position, d'intérêt.

— Ah !

— Sous ce rapport, vous ne trouveriez pas de parti
plus brillant que celui d'Eva. Elle vous apportera une
belle dot et les hautes relations de son père qui a l'oreille
des ministres, du pouvoir. Il poussera son gendre. Votre carrière dans la magistrature sera rapide et facile.
Et puisque vous avez de l'ambition, elle sera largement
satisfaite par cette union.

— Je n'avais pas encore envisagé le mariage comme
un moyen de parvenir.

— Etes-vous donc né d'hier, et ignorez-vous que les
familles maintiennent leur prospérité et leur éclat par
des alliances convenables ? Par exemple, croyez-vous
que si monsieur Renaudot eût pris une jeune fille sans
dot, au lieu de m'épouser, moi qui lui ai donné une
fortune et l'étude de mon père, il aurait, à cette heure,
l'aisance dont il jouit et dont vous jouissez ?

— Evidemment non, ma mère. Mais vous aimiez mon
père et il vous aimait.

— Ce qui doit vous prouver que l'affection et l'intérêt marchent parfaitement de pair. Ainsi, Edmond,
soyez persuadé que votre bonheur et votre avenir dépendent de votre union avec mademoiselle Eva de
Nerdrel. J'ai amené le baron à souscrire à mes vœux. Il
a consenti.

— Ah ! vous avez arrangé cela avec le baron.

— Tout est convenu. Votre présentation se fera le lendemain du jour où Eva sortira du couvent des *Oiseaux*.

— Ma mère, je vous supplie de renoncer à un projet qui ferait peut-être le malheur de ma vie.

— En quoi, s'il vous plaît ?

— Parce que je n'aime pas mademoiselle Eva.

— On ne se marie pas seulement par amour, je vous le répète ; on doit songer avant tout à se créer une position.

— Ceux qui sacrifient le repos de leur vie à l'ambition s'en repentent souvent.

— Il faut toujours chercher une femme au-dessus de soi.

— On peut chercher un ami, un protecteur au-dessus de soi, mais non pas sa femme, car alors on épouse son maître. Celle qui entre dans une maison avec un grand nom veut y primer, et celle qui y apporte des richesses croit avoir acheté le droit d'y commander et d'y installer son orgueil.

— Est-ce que l'épouse ne doit pas diriger sa maison ?

— Sa maison, oui, mais pas son mari.

— Edmond, vous raisonnez du mariage sans le connaître. Laissez-vous guider par votre mère.

— Il y a en outre un autre motif sérieux qui m'empêcherait d'entrer dans la famille de Nerdrel.

— Et lequel ?

— J'ai remarqué son ton de hauteur vis-à-vis de mon père, sa préoccupation constante, quand il est avec lui, de placer la noblesse au-dessus de la bourgeoisie, et je ne m'asseoirai pas à un foyer où mon père, qui vaut bien monsieur de Nerdrel, ne serait pas reçu comme il doit l'être. Je prétends que ma maison soit la sienne, et ma femme sa fille.

— J'ignorais ce froissement entre votre père et monsieur de Nerdrel, mais il n'est pas aussi grave que vous l'avancez et ne pourrait en tout cas nuire à votre établissement.

— Ma mère, veuillez ne pas insister. Il m'est imposble de me prêter à vos projets.

— Je désire, je veux ce mariage.

— Et moi je ne le désire pas.

— Vous résistez à plaisir à mes volontés.

— Dites-moi, ma très-chère mère, ai-je la propriété de mon cœur, et suis-je libre d'en disposer à ma guise ?

— Mon fils, ce langage...

— Tant qu'il s'agira de rentrer à telle ou telle heure, de me conformer aux convenances de votre maison, je m'inclinerai. Mais quant à mes sentiments intimes, c'est tout autre chose. Je désire me marier moi-même, avec la femme que je choisirai.

— Vous entendez rester maître de vos passions et les déchaîner comme bon vous semblera. Quelque courtisane, quelque aventurière s'emparera de votre esprit, si ce n'est déjà fait, et vous perdrez avec elle votre honneur, celui de votre famille. Est-ce là votre idéal, votre rêve ?

— Non, ma mère. Ne craignez pas que je tombe dans cette ornière, mais n'espérez pas non plus que je prenne femme, sans que mon cœur l'ait acceptée.

— Il suffit que j'aie en vue un parti pour que vous le repoussiez... Tenez, monsieur, vous êtes un mauvais fils !

— Ma mère !... Je me retire, puisqu'il m'est impossible de me mettre d'accord avec vous. Bonsoir, ma mère.

— Bonsoir, mon fils.

En s'en allant, Edmond murmura :

— Il faut que je trouve un moyen de couper court à ces insupportables scènes !

Quand Edmond fut parti, la colère de madame Renaudot tomba pour faire place à un abattement complet.

Elle sonna sa femme de chambre.

— Mariette, dit-elle, allez voir si monsieur a besoin de vos soins. Je vais rentrer chez moi.

— Vous ne voulez pas que je vous accompagne à la chambre à coucher, madame ?

— Pas encore, Mariette. Je me sens bien devant ce feu.

La femme de chambre s'en alla et revint un instant après pour annoncer que monsieur était sorti.

— Sorti ! s'écria madame Renaudot surprise. Ah ! il sera allé trouver son ami Durand.

— Il est bien en colère monsieur. Il a frappé toutes les portes...

— Mariette, conduisez-moi. Ah ! je suis faible, je suis brisée, murmura madame Renaudot en s'appuyant languissamment sur le bras de sa cameriste.

— O les enfants ! quels ingrats ! s'écria-t-elle, douloureusement affectée de l'issue de sa scène avec son fils Edmond. Et les maris ! les maris ! ajouta-t-elle au milieu de sanglots à peine comprimés, quels perfides ! Etre sûre de leur trahison et se voir obligée de dissimuler sa juste indignation pour éviter un danger plus grand encore !

Peu à peu cependant son vif chagrin s'atténua, et elle songea à sa situation.

Avec la sagacité habituelle aux femmes qui, après les
irritations, les vivacités auxquelles les pousse leur or-
ganisation nerveuse, ne tardent pas à revenir à de sages
réflexions et à réparer l'éclat de leurs scènes, de leurs
téméraires sorties par de prudentes retraites et d'habiles
rentrées, madame Renaudot avait mesuré d'un coup
d'œil le danger qui résulterait pour elle d'une brouille
sérieuse avec son fils, d'une sorte de divorce moral avec
son mari. Elle songeait à sa situation assez critique, surtout après la lettre qu'elle venait de recevoir, se disant
que si son mari connaissait la vérité, il serait à son tour
en droit de lui adresser de vifs reproches et qu'elle serait
fort embarrassée de lui répondre.

Complétement apaisée par ce retour sur elle-même,
elle fit un changement de front et dit à sa camériste de
sa voix la plus douce :

— Mariette, ne faites pas le lit dans la chambre
verte.

— Bien, madame, répondit la camériste en dissimulant
un sourire.

XX

Comme l'avait prévu madame Renaudot, son mari
s'était rendu chez son ami Durand, qu'il trouva seul,
occupé à parcourir les journaux.

En voyant la figure bouleversée de Renaudot, Durand
alla à lui, et lui pressant avec affection les mains, lui
dit :

— Qu'y a-t-il, Renaudot, qu'y a-t-il? Tu as ta figure des mauvais jours.

— Il y a, mon cher ami, qu'à cause de toi, je viens de subir la scène de ménage la plus désagréable et la plus violente que j'aie encore eue.

— Madame Renaudot t'a fait une scène? fit Durand ébahi.

— Cela te surprend?

— Beaucoup.

— Pourquoi?

— Il me semble qu'au contraire c'était toi qui devais...

— Que veux-tu dire?

— Rien, rien.

— Mais si, parle franchement.

— Rien. Je suis étonné, voilà tout.

— Il n'y a pourtant pas de quoi manifester tant d'étonnement. Ma femme m'a épié, et par conséquent m'a surpris allant chez ta Marie.

— Ah! diable.

— Tu vois, mon ami, qu'il est impossible que je continue à te servir d'intermédiaire et de truchement. La tranquillité de mon ménage est en jeu.

— Comment! c'est à ce point?

— A ce point que j'ai failli livrer ton secret.

— Et tu ne l'as pas livré, n'est-ce pas?

— Non, j'ai préféré essuyer toutes les bourrasques et m'entendre accuser de tous les crimes plutôt que de te trahir.

— Excellent ami... Et tu ne me gardes pas rancune de ce qui est arrivé?

— Non. Tu sais combien je te suis dévoué!

— Et moi donc!

— Mais je n'ai jamais vu madame Renaudot dans cet

état, et il faut désormais que je prenne des précautions.

— Renaudot, je ne te demande pas l'impossible. Je m'arrangerai dorénavant pour voir Marie. Tu l'as trouvée en bonne santé ?

— En parfaite santé. Mais elle comptait sur toi.

— Dès qu'il me sera possible, je me rendrai place Saint-Georges.

— Je crois que tu feras bien.

— Ma présence est-elle donc absolument nécessaire ?

— Peut-être. Lorsque l'associée de Marie demeurait avec elle, j'avais rencontré souvent un jeune homme que je croyais son parent, et sa présence m'avait paru fort naturelle, mais aujourd'hui que cette dame est retournée dans son pays, je m'explique moins cette fréquentation du voisin.

— Que m'apprends-tu là ?

— J'ajouterai que ces assiduités ont revêtu un caractère d'intimité. Ils font de la musique ensemble et chantent des duos d'opéra. Et tu n'ignores pas combien la musique entraîne les femmes et où elle les conduit ? La clef de sol ouvre bien des portes.

— Je ne le sais malheureusement que trop. Aussi je vais aviser sans tarder.

— Je te conseille de la prémunir contre le danger de certaines liaisons.

— Je n'y manquerai pas.

— J'ai déjà commencé à lui en toucher quelques mots.

— Tu as bien fait. Je suis vivement contrarié de ce que tu m'apprends. Moi qui la croyais si prudente et si réservée.

— Il n'y a sans doute rien de grave.

— Je l'espère bien.

— Mais cela pourrait le devenir, et pour ta sécurité même, c'est dangereux. Il faut que tout le monde ignore tes relations avec Marie.

— Sois sans crainte. J'y remédierai.

— Ah ! mon ami, tâche d'être plus heureux que moi, et prends bien garde d'avoir la guerre dans ton ménage. Le mien est un enfer.

— Et c'est moi qui te cause tous ces désagréments !

— Ne ferais-tu pas à l'occasion pour moi ce que je fais pour toi ?

— N'en doute pas, Renaudot.

— Puis-je présenter mes civilités à ta femme ?

— Comme elle était un peu fatiguée, elle s'est retirée de bonne heure chez elle.

— Alors, je rentre chez moi. Je vais retrouver madame Renaudot. Tu es bien heureux d'avoir une douce et bonne femme. La mienne devient chaque jour plus irritable, plus emportée.

— Comment ! la querelle a été aussi vive ?

— Tu n'as pas idée de pareille chose. Un déluge d'injures ! Je me figurais être Socrate devant Xantippe. Le tout a fini par une attaque de nerfs, suivant l'usage.

— Elle te croit donc l'amant de Marie ?

— Elle en est bien capable.

— Pauvre ami ! Ah ! je m'en veux de ce déplorable événement.

— Ce n'est pas de ta faute. De ton côté, prends bien tes précautions. Comme madame Renaudot sait maintenant l'adresse de Marie, elle pourrait en informer madame Durand, et alors tu te verrais comme moi chargé de tous les péchés d'Israël.

— Je chercherai un moyen de dérouter toutes les investigations.

— Tiens-toi bien sur le qui-vive. Il n'y a rien de pénible comme les scènes de ménage. C'est insupportable.

— Cher Renaudot, que ton dévouement pour moi te coûte cher !

— Toujours à toi quand même, Durand.

— Merci, Renaudot.

— Bonsoir.

Et les deux amis se serrèrent affectueusement la main.

— J'en suis pour ce que j'ai dit ! monologua Durand après le départ de Renaudot. Ces satanées dévotes ont le diable au corps ! Elle lui a fait une scène pour mieux dissimuler ses intrigues. Ah ! les femmes... les femmes !... Souples comme des chattes et rusées comme des serpents, elles savent toujours vous enlacer. J'en excepte pourtant la mienne. Allons lui raconter ce que vient de m'apprendre Renaudot. Je suis curieux de savoir ce qu'elle en pensera.

Renaudot demanda à Mariette qui était venue lui ouvrir, sa colère lui ayant fait oublier son passe-partout, si elle avait préparé la chambre verte.

— Non, monsieur, répondit Mariette en souriant. Madame m'a dit que c'était inutile.

— Ah ! ah ! fit Renaudot avec soulagement. Eh bien, je vais me coucher, Mariette. Je suis fatigué.

— Je crois bien, monsieur, après une secousse comme celle-là !

— Il paraît qu'elle est revenue à des sentiments plus doux, murmura Renaudot. Allons ! ma femme n'est pas aussi irritée qu'elle a voulu le faire paraître, puisqu'elle n'a pas mis ses menaces à exécution. Elle est

profondément endormie, fit-il en s'approchant du lit et
en contemplant avec intérêt madame Renaudot dont
les cheveux noirs étaient épars sur l'oreiller et le bras
blanc sortait de sa chemise brodée hors de la couver-
ture. Elle est bien jolie, ma femme, quand elle dort. Ne
la réveillons pas, diable! si elle allait recommencer la
scène ! Demain elle sera moins irritée, et tout s'arrangera en famille. C'est la première fois de sa vie pourtant qu'elle s'endort sans me dire bonsoir. Je le lui repro-
cherai demain. — Bonsoir, madame Renaudot.

Et après avoir effleuré de ses lèvres la bouche ver-
meille de sa femme, d'où sortait une respiration égale,
Renaudot se coucha sans bruit auprès d'elle, de manière
à ne pas l'éveiller.

XXI

Les meilleurs ménages ont leurs moments de trouble,
leurs crises, et voient courir des nuages sur l'azur de
leur ciel. La phase la plus intéressante de ces brouilles
inhérentes à la vie à deux est le moment où il s'agit de
se réconcilier, car en fin de compte, il faut toujours en
arriver là. Les époux ont *in petto* le plus vif désir de
revenir à la paix du ménage, mais chacun d'eux cherche un prétexte qui ne fasse pas trop souffrir son amour-
propre et qui ne contienne pas l'aveu implicite de son
tort, et le plus souvent c'est à qui des deux laissera

l'autre faire les avances. Ce jeu d'amour-propre donne
lieu à des scènes pleines de ruses.

Monsieur et madame Renaudot se trouvaient dans
cette situation délicate. Madame Renaudot s'était ré-
veillée avec une figure fatiguée, et cet accident lui avait
donné de l'humeur, car il est toujours désagréable pour
une femme un peu coquette comme l'était madame Renaudot de trouver dans sa glace un visage pâle et des
yeux battus. Probablement elle avait fait quelque mauvais rêve, et dans ses songes elle avait surpris son
époux rempli de prévenances pour mademoiselle
Marie.

Renaudot, de son côté, comprenait qu'il devait faire
les premières avances, car toutes les apparences étaient
contre lui. Plusieurs fois il avait essayé de tendre la
branche d'olivier sans que sa femme eût daigné la prendre. Elle ne lui avait répondu que par monosyllabes, ce
qui rendait difficile la signature du traité de paix. Mais
Renaudot était obstiné et revenait toujours à la charge.

— Quel triste temps il fait aujourd'hui, Ernestine,
disait-il. Je ne bouge pas de la maison. Je veux rester
auprès de toi, ma chère amie.

Pas de réponse.

Renaudot ressentait l'embarras d'un comédien sur la
scène à qui l'on ne donne pas la réplique.

— Ernestine, reprit-il, sais-tu qu'hier, pour la première fois de notre mariage, tu as oublié de me dire
bonsoir ? Mais j'ai réparé ton erreur, et je t'ai embrassée
pendant ton sommeil. Dormais-tu ?

Silence de mort.

Renaudot commençait à être déconcerté. Ses petites
roueries diplomatiques s'épuisaient, madame Renaudot
laissant tomber systématiquement le volant que son
mari lui lançait.

— Quelle heure est-il donc? Il me semble que je mangerais bien. Et toi, as-tu de l'appétit, Ernestine? Veux-tu que je dise à Mariette de servir le déjeuner?

Toujours bouche close de madame Renaudot.

Son mari commençait à se promener avec agitation dans la salle à manger, à remuer et à déranger les meubles sous le fallacieux prétexte de les remettre en place. Puis, ne pouvant plus maîtriser son impatience, il s'écria tout à coup :

— Ah çà, es-tu devenue muette?

Aucune réponse à cette interrogation perfide.

— Au diable les femmes qui ne parlent pas! Elles parlent toujours trop ou pas assez. Elles ne gardent jamais la mesure, et on ne sait pas à quoi s'en tenir avec elles?

Madame Renaudot laissa passer le sarcasme de son mari sans daigner lever la tête de la broderie qui semblait absorber toute son attention.

— Il est dix heures, reprit Renaudot, furieux de l'insuccès de ses tentatives conciliantes et cherchant à passer sa mauvaise humeur sur quelqu'un. Comment se fait-il qu'Edmond ne soit pas encore venu nous dire bonjour?

— Il est rentré hier soir de si bonne heure, répondit madame Renaudot d'un ton aigre, qu'il n'aura pas pu se lever ce matin.

XXII

Précisément Edmond ouvrait la porte de la chambre pour venir embrasser son père et sa mère.

— Ah ! te voilà, noctambule ! lui dit Renaudot à brûle-pourpoint.

— Noctambule ! pourquoi cette épithète, mon cher père ?

— Ta mère me dit qu'hier tu es rentré fort tard. Cela t'arrive souvent, à ce qu'il paraît.

— C'est vrai. Avec quelques amis qui ont eu comme moi leur licence, nous avons fêté notre prochain début dans la carrière d'avocat.

— Ah ! c'est différent, dit Renaudot. Tu avais un motif. J'aurais voulu être des vôtres et prendre part à ce banquet de Cicérons en herbe.

— Cependant je reconnais que j'ai eu tort, reprit Edmond. Il n'est peut-être pas convenable que je revienne ici trop tard. Aussi ai-je songé à obvier à cet inconvénient en prenant un appartement dans un quartier plus central.

— Tu songerais à nous quitter ? s'écria Renaudot abasourdi, comme s'il eût reçu un violent choc.

— Je ne vous quitterai pas, mon père, pour vivre à quelque distance de votre maison. Je suis avocat, et vous pensez bien que les clients ne viendront pas me chercher aux Champs-Élysées. C'est donc une nécessité de position.

— Ah çà, Edmond, tu es reçu licencié, mais tu as encore ton stage à faire. Ensuite on croirait à t'entendre que tu attends les procès pour vivre. Dieu merci, si j'ai une certaine aisance, c'est pour que mon fils en jouisse de mon vivant. Par conséquent, ne t'inquiète pas de chercher des moyens d'existence et ne fais pas encore la chasse aux clients. Pourvu que je t'entende plaider ta première cause, je serai content.

— Pardon, mon père ; si par vous je suis quelque chose sans avoir rien fait pour cela, je désire être quelqu'un par moi-même. Il ne me semble pas honorable de me reposer sur votre bien-être pour me dispenser de travailler. J'ai étudié sérieusement ; à tort ou à raison, je crois avoir quelque talent, et je tiens à honneur de suivre votre exemple, de ne devoir ma fortune qu'à mon travail et à mes efforts.

— C'est une résolution grave que tu prends là, Edmond, et je crains pour toi les luttes et les périls que tu ne prévois peut-être pas.

— D'autres ont affronté ces périls, mon cher père, et sont parvenus à les surmonter. Je ne comprends pas qu'on se dérobe à la lutte avant d'avoir essayé de vaincre.

— Il est dangereux de s'éloigner trop jeune du toit paternel.

— N'essayez pas de ramener votre fils, monsieur Renaudot. Ne voyez-vous pas qu'il a hâte de fuir notre maison pour vivre en liberté !...

— Ma mère, vous interprétez mal mes paroles.

— Voyons, Edmond, dit Renaudot avec une émotion dans la voix qui remua son fils, n'as-tu pas trouvé ici toute l'affection que tu eusses désirée ? Sois franc ; dis tout ce que tu as sur le cœur ; ne cache aucune de tes pensées, aucun de tes sentiments à ceux qui t'aiment.

— Je serais bien ingrat si je me plaignais. Vous avez été pour moi le père le plus affectueux, l'ami le plus dévoué qu'un fils puisse désirer. Quant à ma mère, sauf quelques observations un peu sévères, j'aurais également tort de mettre en doute sa tendresse.

— Il est heureux, mon fils, que vous n'alliez pas jusqu'à me reprocher de ne pas vous aimer.

— Jamais cette pensée ne m'est venue à l'esprit.

— Pourquoi vous refusez-vous à suivre la route que ma sollicitude maternelle vous a tracée ?

— Parce que je ne veux rien devoir qu'à moi-même. Je redoute les appuis qui m'imposeraient certaines obligations. Ne voulant pas remplir les conditions d'un marché, il répugnerait à ma conscience d'en accepter les bénéfices. Je vous le répète, je suis en âge de me mesurer avec les difficultés de l'existence, et je vous demande la liberté indispensable pour poser les premières assises de mon avenir.

— Je n'admets pas qu'il soit nécessaire de nous séparer pour cela, objecta Renaudot. Tu réfléchiras, Edmond, et tu reviendras, je l'espère, sur une détermination qui rendrait ton père malheureux, et ta mère aussi, j'en suis sûr.

— Mais non. Du moment que notre fils juge qu'il est trop esclave dans notre intérieur, et qu'il veut jouir de sa complète indépendance, je ne vois pas pourquoi nous lui imposerions le martyre en le gardant malgré lui près de nous.

— Ma mère, vous vous méprenez sur les sentiments et les mobiles qui me font agir. Je regrette de vous voir aussi mal disposée contre moi.

— Faut-il que je vous admire et vous loue, mon fils, parce que vous voulez vous éloigner de votre père et de votre mère ?

6

— Ce n'est pas la pensée de notre cher Edmond,
tempéra Renaudot. D'ailleurs il ne part pas demain ; il
aura tout le temps de bien peser la portée et les conséquences et ses nouvelles résolutions.

— Mon père, je vais au Palais.

— Tu ne restes pas à déjeuner avec nous !

— Je vous prie de m'excuser, mais je n'ai pas d'appétit, et je préfère déjeuner plus tard avec un ami.

— Vos amis vous font oublier vos parents. Nous
sommes si peu de chose à côté d'eux !

— Ma mère, ne vous lasserez-vous donc pas de
m'adresser d'injustes reproches ?

— Paix ! N'envenimons pas les choses. Ta mère t'aime
autant que moi, Edmond. Va au Palais et reviens-nous
vite.

— Au revoir, mon père, dit Edmond en pressant la
main de Renaudot.

— Et ta mère ? fit celui-ci en poussant son fils vers
sa femme.

Edmond embrassa sa mère, qui ne lui rendit pas son
baiser.

— Ma chère Ernestine, dit Renaudot après le départ
de son fils, tu es vraiment trop grondeuse vis-à-vis
d'Edmond. Parfois, si je ne connaissais pas ton cœur de
mère, je serais vraiment tenté de croire que tu ne l'aimes
pas !

— Parce que je ne le gâte pas et que je ne lui passe
pas tout, comme vous le faites si complaisamment.
C'est à moi qu'incombe l'obligation de le redresser de
ses torts et de ses manquements de conduite. Quant à
vous, vous n'avez que de douces et câlines paroles pour
lui. Naturellement vous l'admirez, puisqu'il marche
sur vos brisées, et vous mettez votre orgueil à ce qu'on
puisse dire un jour : Tel père, tel fils !

— En vérité, je ne te comprends pas, Ernestine.

— Ah ! vous avez bien réussi dans l'éducation que vous lui avez donnée. A vingt-un ans, il songe à conquérir ce qu'il appelle son indépendance, mais ce qu'il veut en réalité, c'est de pouvoir mener la conduite qui lui plaira, et de se débarrasser de tout contrôle gênant. Oui, ses parents le gênent, et il s'en délivre.

— Tu exagères, Ernestine.

— Tenez, dimanche dernier, je l'avais prié de m'accompagner à la Madeleine. Je ne sais pourquoi il préféra entendre la messe à Notre-Dame de Lorette. Enfin, je lui cédai : mais au lieu d'être tout entier au saint sacrifice, il ne cessa de tenir les yeux attachés sur une jeune fille à laquelle il souriait. Il m'a scandalisée, et je tremblais qu'on ne le remarquât. Ah ! vous avez fait un bon sujet de votre fils, monsieur Renaudot ; je vous en adresse mes bien sincères compliments.

— Tu ne comprends pas la jeunesse, Ernestine, et tu transformes de simples peccadilles en véritables crimes. Tu regardes tout par le gros bout de la lorgnette.

— De l'irréligion, du sacrilége, une peccadille ! Courtiser une jeune fille en pleine église, une peccadille ! Mais cela vous paraît tout naturel à vous, qui êtes aussi impie que lui. Que vous importe aussi qu'il soit irrévérencieux avec sa mère, et qu'il lui réponde souvent avec aigreur. Peccadille ! peccadille !

— Tu méconnais notre fils, Ernestine. Il est bon, généreux et aimant. Ton tort est de ne pas avoir su le voir grandi ; tu le traites toujours comme un adolescent de quinze ans, tandis que c'est aujourd'hui un jeune homme de vingt-un ans. Edmond est un homme d'une valeur réelle, un avocat ! Ne l'oublie pas, les lisières ne lui conviennent plus. Sois persuadée qu'il songe uniquement à travailler, à se créer une position honorable, comme

il nous l'a affirmé. S il avait des vices, s'il était pares-
seux, débauché, il imiterait beaucoup d'autres fils de
famille. Il se dirait : « Mes parents sont assez riches
pour que je ne m'inquiète pas de l'avenir. Je man-
gerai à leur râtelier tant qu'ils vivront, et après leur
mort, je jouirai de leur héritage, que j'aurai longtemps
convoité. » Eh bien, non, il ne veut rien devoir qu'à lui-
même, à son talent, à ses efforts. C'est d'un bon fils et
d'un honnête homme. Je ne puis que l'approuver,
quoiqu'il m'en coûte de le voir sortir d'ici, et que j'espère encore le faire changer d'idée sur ce point.

— Enfin, monsieur Renaudot, les paroles et les actions de votre fils sont admirables. Vous ne voyez dans
le monde que lui. Quant à votre femme, elle ne compte
pas plus à vos yeux que si elle n'avait jamais existé.
Tout est bien venant de lui, tout est mal venant de
moi.

— Ernestine !...

— Toutes vos paroles ne me feront pas départir de la
résolution que j'ai prise à son égard. Il doit y avoir quelque anguille sous roche, et cette détermination cache
quelque projet moins sublime que tout ce que vous venez de me dire de lui. Je suis mère ; on ne trompera
pas mon instinct secret qui me dit de veiller, et je veil-
lerai.

La scène de ménage eût peut-être continué sur ce ton
aigre si la femme de chambre, jouant en cette circonstance le rôle de la Providence, ne fût venue mettre le
holà et couper le débat en annonçant que le déjeuner
était servi.

XXIII

Comme on a pu s'en convaincre par son attitude dans ses explications avec ses parents, Edmond Renaudot était un jeune homme d'un caractère élevé, de sentiments sérieux et de vive intelligence. Il avait toutes les qualités, toutes les séductions de la jeunesse, sans en avoir les travers, sauf quelques vivacités que ses camarades d'étude lui reprochaient. Une ou deux amourettes sans importance avaient un peu dérangé sa vie d'étudiant, mais elles avaient été assez discrètes pour que ses parents ne s'en aperçussent pas. Il aimait beaucoup son père, peut-être moins sa mère, dont la nature lui avait donné le charmant visage ; mais il eût été au désespoir de leur causer le moindre chagrin, en un mot, il était ce qu'on appelle un bon fils. Il avait depuis longtemps deviné les projets de sa mère qui ne rêvait qu'alliances aristocratiques pour lui, et qui s'était mis en tête de lui faire épouser mademoiselle Èva de Nerdrel.

Pour se soustraire à ces tentatives maternelles menaçant la liberté de ses sentiments, il avait cherché un dérivatif dans une affection sincère. Marie lui avait inspiré le premier sentiment profond qui eût fait battre son cœur, et il était épris à ce point de la jeune fille que, bien qu'il eût sucé le lait de Voltaire sur le banc des écoles, il se fût bien gardé de manquer la

messe à Notre-Dame-de-Lorette où il avait l'occasion de
la voir le dimanche.

Le désir de se soustraire à un mariage qu'il ne voulait
accepter à aucun prix et la pensée de Marie n'avaient
pas été étrangers à la résolution d'Edmond Renaudot de
ne devoir son existence qu'à sa profession d'avocat. Il
avait jugé non sans raison que s'il dépendait absolument
de ses parents, il n'aurait pas le droit de prendre une
femme dans un rang au-dessous du sien, tandis que vivant du produit de son travail, il parviendrait à amener
plus facilement son père et sa mère à lui permettre de
se marier suivant ses convenances et selon ses goûts.

Pourtant sa conscience n'était pas bien tranquille ; il
comprenait ce qu'il pouvait y avoir d'irrégulier dans une
affection désapprouvée d'avance par sa mère et peut-
être même par son père, mais il était entraîné par un
sentiment irrésistible qui luttait victorieusement contre
ses scrupules.

Pour le moment ce qui l'inquiétait le plus, c'est de
savoir s'il serait agréé par Marie. Ce qui le tourmentait,
c'était son entrée en matière. Il ne se dissimulait pas la
difficulté de se déclarer à une jeune fille qu'il avait rencontrée quelquefois et de la convaincre de son amour.
A aucun prix il n'aurait voulu paraître ridicule ou impertinent. Il eut recours à l'expédient des amoureux
dans l'embarras, au classique bouquet. Un beau jour,
il se dirigea vers le passage de l'Opéra, entra chez une
marchande de fleurs et y acheta un bouquet de violettes
et de myosotis.

Se sentant plus fort depuis qu'il avait fait son emplette, comme s'il eût acquis un irrésistible argument
pour soutenir sa thèse, Edmond Renaudot prit le chemin de la place Saint-Georges, entra dans la maison de
Marie et monta au deuxième étage. Sur une plaque

en cuivre de respectable dimension, il lut ces mots :

MADEMOISELLE MARIE

Fabrique et Magasin de dentelles.

Ses craintes redoublèrent au moment d'entrer dans la place. Comment allait-elle le recevoir? Tout dépendait peut-être de cette première entrevue. Il frappa doucement à la porte qui céda sous le choc de ses doigts, car elle n'était pas fermée. Il pénétra dans le magasin de la jeune marchande et n'y vit personne.

— Elle est sans doute dans le voisinage, pensa-t-il. Que vais-je faire? L'attendre. Mais mon entrée en son absence est indiscrète, et je risque fort de lui déplaire du premier coup.

L'idée lui vint alors d'écrire à Marie quelques mots au crayon sur une page de son carnet qu'il introduisit au centre du bouquet, puis il le plaça dans un vase bleu au long col qu'il avisa sur la cheminée.

— Maintenant, dit-il, esquivons-nous. Je reviendrai tout à l'heure pour savoir si elle a lu mon message, et si la surprise lui a été agréable ou désagréable.

Et il sortit de la chambre.

Il descendait, en éteignant le bruit de ses pas, les marches de l'escalier lorsqu'il entendit une voix dont le timbre lui était bien connu.

— Paul, reconduisez-moi jusqu'à ma voiture, disait cette voix.

Edmond s'arrêta un instant pour comprimer les battements de son cœur et plongea un regard au dessous de lui en s'appuyant sur la rampe de l'escalier. Une femme était accompagnée d'un jeune homme, et cette femme était sa mère!

Il descendit derrière elle, et la vit presser la main du
jeune homme, puis monter en voiture.

Le visage d'Edmond avait passé du rouge au blanc
mat. Le grand air le remit un peu.

— Ma mère ! s'écria-t-il, ma mère !... Pourquoi suis-je
venu ici ?... Pourquoi ai-je vu ?

Mais quelque effort qu'il fît pour se donner le change,
le doute envahissait l'esprit d'Edmond et le torturait. Il
sentait bouillonner son sang dans ses veines et avait
peine à contenir sa fureur. Il avait envie de revenir sur
ses pas et de sauter à la gorge de Paul. Puis il se calmait en repoussant ses absurdes suppositions et en se
qualifiant d'insensé.

— Retournerai-je dans cette maison ? se demanda-t-
il. Oui, par mademoiselle Marie, peut-être aurai-je
quelque éclaircissement de ce mystère.

Et de la rue Notre-Dame de Lorette il revint à la place
Saint-Georges.

XXIV

Marie était rentrée quelques minutes après le départ
d'Edmond. Ses oiseaux avaient salué sa venue par leurs
trilles les plus vifs, comme pour lui annoncer que quelqu'un avait osé pénétrer chez elle durant son absence.

— Comme ma chambre embaume ! fit la jeune fille
en humant l'air parfumé d'odorantes émanations. —
Un bouquet ! s'écria-t-elle en voyant les fleurs qu'Edmond

avait mises dans le vase bleu. Il n'est pas venu tout seul
ici. C'est peut-être le père Girard qui me l'a apporté.
Voyons donc.

Elle écarta délicatement les pétales des violettes et
mit la main sur un carré de papier blanc. Elle le déplia
et lut ces quelques lignes tracées au crayon :

« Mademoiselle,

« Je vous laisse ma carte de visite, puisque je n'ai pas
« eu le bonheur de vous trouver. Puisse le parfum de
« ces modestes fleurs vous révéler la sincérité du senti-
« ment que je ressens pour vous et plaider heureuse-
« ment la cause de celui qui tremble de vous aborder.
« Ne repoussez pas mes messagères ; je les ai chargées
« de vous exprimer tout ce qu'eût voulu vous dire votre
« dévoué.

           « EDMOND RENAUDOT. »

— Ah ! cette fois il a signé, fit Marie en levant le
papier de soie qui servait de corsage aux violettes et en les
replaçant dans le vase où elle avait versé un peu d'eau.
— C'est le fils de monsieur Renaudot. Son père ignore
certainement son escapade. Lui qui est si sévère et qui
m'a grondée, parce que je recevais monsieur Paul, que
ne me dirait-il pas s'il s'agissait de son fils? Et puis le
père et le fils pourraient se rencontrer chez moi. Ce
serait une aventure dont je ne me tirerais pas à mon honneur. C'est dommage pourtant. Il s'exprime très bien et
très respectueusement, ce jeune homme. Le recevrai-je?
Au fait, pourquoi pas? quand ce ne serait que pour lui
faire comprendre qu'il perd son temps et ses violettes
avec moi. Ces beaux fils s'imaginent qu'il n'y a qu'à
offrir des bouquets et des déclarations pour qu'on les

accepte. Si je jetais ces fleurs? Vraiment elles ont si
bon air dans mon petit vase bleu que je n'en ai pas le
courage. Après tout, ce ne sont pas elles qui sont les
coupables. On prétend que les fleurs ont un langage.
Ecoutons donc. Il me semble que les violettes me disent:
« Prends garde! C'est sous mes apparences modestes
que l'on s'insinue auprès des jeunes filles pour les induire
à mal. » Et les vergiss-mein nicht ajoutent: « Ne pense
pas à lui. » Non, décidément, je ne le recevrai pas.

Mademoiselle Marie en était-là de son monologue et
de ses hésitations lorsque sa porte s'ouvrit doucement,
et un jeune homme d'allure distinguée, de mine séduisante, se montra sur le seuil. Il parut satisfait de voir
que son bouquet était à la même place.

— Mademoiselle, dit-il avec quelque embarras en
cherchant à faire son entrée, vous avez daigné accepter
mes fleurs?...

— Pour vous les rendre, monsieur, répliqua Marie,
et pour vous dire qu'elles se sont trompées de personne.
Reprenez-les.

— A quelle autre jeune fille plus charmante et plus
gracieuse pourrais-je les remettre? Mademoiselle, soyez
indulgente pour elles et pour moi.

— Vous comprenez, monsieur, qu'il m'est impossible
d'accueillir d'un inconnu ces témoignages de galan-
terie.

— Je n'aurais pas cru, mademoiselle, que vous qua-
lifieriez de la sorte le sentiment noble et désintéressé
qui m'a porté vers vous. Il ne me semblait pas non plus
que je dusse être traité en inconnu. Nous avons prié ensemble, mademoiselle, nous avons élevé en même temps
nos âmes vers celui qui voit le fond des cœurs et scrute
les plus secrètes pensées. C'est dans une enceinte sacrée
que j'ai ressenti cet amour que vous dédaignez. Tous

les dimanches, ne m'avez-vous pas trouvé à côté de vous à Notre-Dame de Lorette, et ne vous dois-je pas ces élans vers l'infini, ces saintes émotions que jusque-là j'avais ignorées et que j'étais heureux de partager avec vous?

— Monsieur, vous avez une singulière façon de prier et d'adorer Dieu.

— J'adore Celui qui a créé tous les sentiments, tous les amours, et qui les ayant créés les accueille quand ils sont vrais et purs. Ah! si vous saviez, mademoiselle, quels ravissements célestes me transportaient quand je m'agenouillais devant l'autel en même temps que vous; il me semblait que tous deux nous étions bénis par le prêtre officiant. Quel beau rêve je faisais quand, près de nous, à la chapelle des mariages, je voyais de jeunes époux, pénétrés de recueillement et de joie intime, recevoir la bénédiction nuptiale! Si un jour, pensais-je, j'avais le bonheur de la conduire ainsi devant les saints autels, quelle félicité, quel enchantement de ma vie!... Décidez de mon sort, mademoiselle, et dites-moi si dans l'avenir ce rêve deviendra la réalité.

— Monsieur, vous m'avez offert à l'église l'eau bénite qui ne se refuse pas, quelle que soit la main qui la présente. Il vous a plu aussi d'entendre la messe à la même heure que moi. Mais entendre la messe ensemble ne constitue pas un droit à l'affection, ce me semble. Vous n'étiez pas le seul à Notre-Dame de Lorette à remplir ce pieux devoir. Nous nous trouvions trois ou quatre cents personnes, et aucune de ces personnes n'a songé à s'en faire un mérite auprès de moi, pas plus que moi auprès d'elles.

— Vous m'accablez de votre raillerie, mademoiselle.

— Je ne vous raille pas, monsieur, mais en vérité...

— Vous ne croyez pas que je vous aime!

— On n'aime ni on ne se marie avec cette rapidité, lorsqu'on se connaît à peine. D'ailleurs, qui a pu vous persuader que je songeasse à me marier?... Rien dans ma vie ni dans mon attitude n'a été de nature à vous suggérer cette pensée.

— Vous ne croyez pas à la sincérité, à la vérité de mes paroles. Vous vous imaginez que par caprice ou par désœuvrement, que sais-je? je viens vous importuner d'un amour que je ne ressens pas, en un mot, que je joue une comédie galante. Si vous vous trompez à ce point sur mes sentiments, mademoiselle, je n'ai plus qu'à m'excuser d'avoir osé paraître devant vous et à me retirer.

— Je regrette, monsieur, que vous vous blessiez de ma franchise. Croyez bien que je n'ai aucune pensée désobligeante à votre égard. Je me suis bornée à vous signaler l'étrangeté de votre démarche et l'imprévu d'un sentiment que, vous le reconnaîtrez, je n'ai encouragé et n'ai l'intention d'encourager en aucune façon.

— Vous avez raison, mademoiselle Marie, et c'est moi qui suis dans mon tort. Mais vous devez être bien malheureuse de douter de ce qui fait le bonheur de la vie, de croire que parce que l'on est jeune on ne peut être pris soudainement d'une irrésistible tendresse pour une jeune fille belle et adorable comme vous l'êtes.

— Eh bien, détrompez-vous, monsieur. Je suis fort heureuse. Le travail et la gaieté remplissent toute ma vie et ne laissent pas de place en mon cœur pour d'autres soucis.

— Douter à votre âge d'un amour vrai...

— Je vous répète que vrai ou faux je ne veux pas me donner le souci de m'en préoccuper.

— Dois-je entendre, mademoiselle, que vous êtes insensible?

— Admettez-le.

— Qu'à l'encontre de toutes les jeunes filles, vous aimer, c'est vous déplaire?

— Vous êtes dans le vrai.

— Cependant une âme si belle se révèle dans votre regard, votre visage exprime avec tant d'éloquence tous les tendres sentiments, que je refuse d'ajouter foi à votre froideur apparente, à votre insensibilité.

— Rien de trompeur comme la physionomie.

— Non, vous n'êtes pas telle que vous vous efforcez de le paraître à mes yeux. Le croire serait vous faire injure.

— Le contraire serait bien plus blessant. Je vous prie de ne pas vous imaginer qu'à votre exemple je sois susceptible de ces soudaines sympathies qui naissent dans une église et profanent l'asile consacré à la prière et à l'oubli des préoccupations d'ici-bas.

— Mademoiselle...

— Croyez-moi, monsieur Edmond, renoncez à une idée chimérique, à un sentiment qui n'a aucune raison d'être et aucune issue. Vous appartenez à une riche famille, moi, je suis une petite marchande de dentelles; nos rangs nous séparent. Et monsieur votre père éprouverait une pénible surprise, j'en suis sûre, s'il apprenait votre visite chez moi.

— Connaîtriez-vous mon père, mademoiselle Marie?

— Non, monsieur, répondit en rougissant la jeune fille.

— Je comprends alors que vous portiez sur lui ce jugement. Mais il serait le premier à approuver mon amour... le sentiment désintéressé qui m'a porté vers vous, et si vous le désirez, je suis prêt à lui en parler aujourd'hui même.

— Gardez-vous-en bien! répliqua vivement Marie. Je

7

vous le dis une dernière fois, monsieur Edmond, tout nous sépare : rangs, convenances, et rien au monde ne saurait unir deux destinées qui suivent un chemin tout différent.

— Elles s'uniraient sans obstacle, si au lieu de vous éloigner, vous penchiez de mon côté.

— Je ne le dois pas, et je suis esclave de mon devoir qui m'oblige à vous faire revenir d'une erreur...

— Vous aimer, une erreur !...

— Oui, monsieur, une erreur dont vous vous repentiriez amèrement plus tard. Et quand vous aurez épousé une jeune fille riche et belle, peut-être vous rappellerez-vous celle qui vous a détourné d'elle. Ce sera ma récompense.

— Eh bien, mademoiselle, je vous déclare que personne n'est capable de me détourner et de m'éloigner de vous, pas même vous, quelque persistance que vous y mettiez !

— Cependant vous n'avez pas la prétention de m'aimer malgré moi, je suppose ?

— Si, mademoiselle.

— Voilà qui est nouveau !

— Suis-je maître de briser cette affection qui m'a pénétré et me tient sous son charme ? Ai-je la volonté, la force de rompre un lien que je chéris ?

— Vous retrouverez cette force et cette volonté.

— Jamais. Je souffrirai, je serai malheureux, et ma douleur sera votre ouvrage. Puissiez-vous ne pas ressentir un jour le martyre que vous m'infligez et vous attacher à un cœur froid et dur !

— Monsieur Edmond, vous reviendrez de vos vivacités, et vous regretterez les paroles que vous venez de prononcer. Je laisse au temps le soin de vous rendre plus raisonnable et plus juste. Maintenant, il faut nous séparer.

— Vous vous séparez de moi sans un mot sympathique, sans me donner une lueur d'espoir ?

— Les espérances irréalisables sont plus cruelles que les bonnes résolutions.

— Qui vous a donc rendue si forte, mademoiselle, si résolue ?

— La réflexion et la sagesse que comporte une vie laborieuse.

— Vous pensez et vous vous exprimez, mademoiselle, comme une jeune fille qui a reçu une belle éducation.

— J'ai eu cette faveur du sort, il est vrai ; mais elle ne m'a pas entraînée hors de ma modeste sphère. J'ai vécu heureuse en travaillant ; je suis devenue ce qu'on appelle une petite patronne. Je suis à l'abri du besoin, et je jouis d'un bien-être relatif. Cependant je n'ai jamais été tentée d'élever mes vues plus haut que ma situation, sachant bien qu'il ne m'est pas permis de songer à devenir la femme d'un fils de famille.

— Vous êtes d'une modestie désespérante, mademoiselle Marie. Il vous plaît d'ignorer que les dons de l'esprit, de la grâce et de la beauté, rehaussés par les qualités morales que vous avez, valent tous les trésors du monde. Et vous oubliez que l'amour comble toutes les distances, rapproche toutes les classes, renverse toutes les barrières.

— Ce sont là de généreuses illusions et de nobles élans qui ne tiennent pas devant la réalité.

— Ainsi vous me repoussez en vous renfermant dans une attitude glaciale et de froids raisonnements. Vous m'oublierez et maudirez jusqu'à mon souvenir.

— Mais non, monsieur Edmond, puisque je garde vos fleurs...

— Ah! mademoiselle, si ces fleurs avaient un langage, elles vous exprimeraient tout ce qu'il y a d'adoration en moi pour vous, de tendresse dans mon cœur, d'admiration enthousiaste pour vos irrésistibles attraits, pour les charmes de toute votre personne. Je vous aime, mademoiselle Marie. Qu'exigez-vous de moi, que faut-il que je fasse pour vous en convaincre? Je suis prêt à tout.

— Eh bien, monsieur Edmond, s'il en est ainsi, je vous prie de vous retirer...

XXV

A ce moment, Paul se montra. En voyant Edmond Renaudot, il s'arrêta sur le seuil de la porte.

— Lui!... murmura sourdement Edmond en se contenant.

— Monsieur Paul, soyez le bienvenu, dit Marie avec affabilité et l'invitant par un geste à s'avancer.

— Mademoiselle, veuillez me pardonner ma brusque entrée, dit Paul en jetant un regard de côté à Edmond.

Je serais au désespoir de vous importuner et d'imiter certains individus qui ne craignent pas de pénétrer au foyer d'une jeune fille pour leur imposer leurs madrigaux.

— Encore faut-il avoir le talent de les tourner, répliqua vivement Edmond.

— Il y en a de tout faits, dit Paul. Mademoiselle

Marie, ajouta t-il, je ne croyais pas vous trouver en compagnie, et je me retire.

— Croyez bien, monsieur, reprit Edmond, piqué au jeu, que votre présence ne m'empêcherait en aucune façon de continuer mon entretien avec mademoiselle.

— Mais je n'ai jamais songé à être un obstacle.

— J'ai l'habitude, monsieur, de braver les obstacles et de passer outre.

— Monsieur...

— Mademoiselle, fit Edmond en saluant Marie, je vous présente mes respects.

Edmond toisa Paul et sortit.

— C'est sans doute le jeune homme à la déclaration? questionna Paul aussitôt après le départ d'Edmond.

— Vous êtes bien curieux, monsieur Paul, répliqua ironiquement Marie. Est-ce que je m'informe, moi, du nom et de la qualité de la dame voilée qui vous rend de secrètes visites?

— L'allusion que vous faites à une personne honorable n'entache en rien, croyez-le, ma conduite ni sa réputation.

— Mon Dieu, monsieur Paul, je n'ai pas le droit de prendre ombrage de votre conduite, pas plus que vous de la mienne.

— Pardon, mademoiselle, si j'avais su que vous vous intéressiez si fort à ce jeune homme...

— Et quand cela serait?

— Que vous semblez avoir pris en amitié.

— Je n'ai rien contre lui.

— Enfin, du premier coup il vous a charmée.

— Il a mon estime.

— Et votre affection peut-être?

— Pas encore. C'est la première fois qu'il me parle.

— Alors je ne comprends pas votre vif intérêt pour lui.

— Il a été digne, convenable, réservé, enfin tel que sa lettre me l'avait fait présumer.

— Bref, il vous a plu?

— Cela me regarde.

— Excusez-moi, mademoiselle, si je n'ai pas pu m'empêcher de vous exprimer mon étonnement de vous voir accueillir avec cet empressement un inconnu.

— Ce n'est pas un inconnu. Il s'appelle Edmond Renaudot.

— Ah!

Paul devint extrêmement pâle et murmura sourdement :

— Son fils!...

— Ce nom vous a frappé, monsieur Paul. Est-ce que vous connaîtriez monsieur Edmond Renaudot, par hasard?

— Non, mademoiselle...

— Vous avez jeté une exclamation qui me l'avait fait croire. Vous voyez, monsieur Paul, que je ne mets aucun mystère dans mes relations, et que je vous ai livré le nom de monsieur Edmond Renaudot sans exiger en retour celui de la femme voilée.

— Mon Dieu! mademoiselle Marie, si vous saviez...

— Je ne veux rien savoir. Nous sommes bons amis et bons voisins. Restons sur ce terrain, monsieur Paul, et n'entrons pas dans des explications qui pourraient tout gâter.

— Cependant...

On frappa deux coups sonores, et Durand entra.

Par un mouvement irrésistible, Marie courut à lui et se jeta dans ses bras. Une ardente rougeur couvrit le

visage de Paul, qui se contraignit cependant et put dire
d'un ton assez calme :

— Mademoiselle, je vous salue.

En se dirigeant vers la porte, Paul vit le chapeau de
Durand posé sur le guéridon. Il s'arrêta.

— Monsieur, demanda-t-il à Durand, me sera-t-il
permis de vous faire une question ?

— Parlez, monsieur.

— D'où vient que vous portez mon chapeau ?

— Votre chapeau ! s'écria Durand stupéfait. Il doit y
avoir un nom... Vous êtes monsieur Paul ?

— Oui, monsieur.

— Alors, vous devez avoir le mien.

— Vous vous appelez monsieur Durand ?

— Sans doute.

— En effet, j'ai chez moi un chapeau dont la coiffe
porte le nom de Durand.

— C'est le mien. Mais comment se fait-il que mon
chapeau ait été chez vous ?

— Ah ! par exemple, je vous serais fort obligé de me
le dire, car je suis à cet égard dans la plus profonde ignorance.

— C'est bizarre.

— Fort bizarre. Depuis trois jours, je cherche en
vain le mot du rébus.

— Je n'y comprends rien de mon côté. Enfin, monsieur, votre chapeau vous sera remis. Vous me permettez de reprendre le mien.

— Parfaitement.

Paul salua et emporta le gibus.

— Il me semblait aussi, dit Durand, que ce chapeau
ne m'allait pas et me faisait mal à la tête. Je l'ai pris
étourdiment en partant de chez moi... Mais comment
se fait-il ? Ah ! j'y suis. C'est mon imbécile de bonne

qui en portant les effets aura pris mon chapeau pour celui de ce monsieur Paul.

— De quels effets parlez-vous? dit Marie.

— Est-ce que je sais? Je m'y perds. Ah çà, ce serait donc chez ce monsieur Paul que madame Renaudot serait venue...

— Madame Renaudot! répéta Marie.

— Oui... c'est-à-dire non, reprit Durand, contrarié d'avoir prononcé le nom de madame Renaudot devant Marie.

— Madame Renaudot serait donc la femme voilée qui vient en secret rendre visite à monsieur Paul? interrogea Marie.

— J'ignore absolument... Garde-toi bien, Marie, de répéter ce propos. D'ailleurs, je ne sais rien... sinon qu'il se passe dans cette maison des choses irrégulières, et que ce monsieur Paul est un personnage d'allure assez libre que je te conseille de ne plus voir.

— Lui! C'est le jeune homme le plus honnête, le plus rangé...

— Les jeunes gens honnêtes et rangés ne reçoivent pas de dames voilées.

— Mais il n'y a pas de mal à cela, puisque c'est une honnête femme... madame Renaudot.

— Je ne t'ai pas dit que ce fût madame Renaudot. J'ai fait erreur.

— Je reçois monsieur Paul à titre de voisin.

— Enfin, Marie, je te prie de cesser tout rapport avec ce monsieur, surtout en l'absence de ta vieille Gertrude. Quand elle sera là, je serai plus tranquille.

— Elle reviendra de son pays le mois prochain. Mais soyez tranquille, je n'ai pas besoin d'elle pour me garder.

— Tu es jeune, un peu étourdie, et à ton âge on ne

mesure pas assez la portée de ses actions. Apporte plus de réserve, plus de circonspection dans les relations. Souvent on s'engage plus qu'on ne croit, et on se trouve compromise sans qu'on s'en doute. Tu ne reçois pas d'autre visite que celle de monsieur Paul? Ne me cache rien.

— Aujourd'hui, pour la première fois, j'ai vu monsieur Edmond Renaudot.

— Et qu'est-il venu faire ici?

— Eh bien, puisqu'il faut tout vous avouer, il s'est permis, à ma grande surprise, de me déclarer son amour.

— Il ne manquait plus que cela. C'est le bouquet !

— En effet, il m'a offert un bouquet...

— Et tu reçois des jeunes gens qui te font des déclarations, qui t'apportent des bouquets?

— Mais je ne l'ai pas autorisé.

— Pourtant on ne vient pas comme cela de but en blanc déclarer sa flamme...

— Vous ne me croyez pas?

— Si, je veux te croire. Mais, je t'en prie, réfléchis où te conduirait un engagement avec un jeune homme aussi léger qu'Edmond Renaudot. A quoi cela aboutirait-il ?

— Il m'a paru fort sérieux.

— Tu le défends ?

— J'entends dire qu'il ne s'est pas un instant départi des convenances et m'a tenu un langage sensé.

— C'est l'éternel miroir aux alouettes. Marie, il faut couper court à tous ces rapports et te tenir sur les gardes.

— Je suivrai vos avis.

— Bien, ma chère Marie. Mais il faut que je songe à

7*

Renaudot qui m'a donné rendez-vous à la Bourse. Il est trois heures à ta pendule.

— Elle avance de dix minutes.

— C'est égal. Je tiens à ne pas me trouver en retard... Mais voyez si ce monsieur Paul me rapportera mon chapeau. Je ne peux pourtant pas m'en aller nu-tête ! Va m'acheter un chapeau chez le premier chapelier venu.

— Voulez-vous que j'aille demander le vôtre à mon voisin ?

— Aller chez ton voisin ! Je te prie de ne plus le revoir, entends-tu !

A ce moment, le père Girard, un chapeau d'une main, sa casquette de loutre de l'autre, se présenta, salua et dit à Durand en avançant le gibus :

— C'est pour monsieur?

— Oui, c'est pour moi, répondit Durand. Tenez, mon brave homme.

Et le père Girard, en refermant la main sur la pièce de cinq francs que Durand lui avait donnée, battit en retraite avec force remercîments et salutations.

Durand embrassa à la hâte Marie et sortit rapidement.

Les reproches de Durand avaient péniblement affecté Marie, dont les yeux s'emplirent de larmes quand elle fut seule. Heureusement que par une grâce d'état les chagrins passent dans le cœur de la jeunesse comme les pluies d'orage pendant les jours d'été. A peine l'ondée a-t-elle cessé qu'on voit briller l'arc-en-ciel au firmament. Les beaux yeux de Marie se séchèrent bientôt en se portant sur les violettes d'Edmond, et un imperceptible sourire effleura ses lèvres.

L'arc-en-ciel de l'espérance et de l'amour se levait-il déjà en elle ?...

XXVI

Le père Girard était revenu dans sa loge en annonçant à sa femme la nouvelle générosité du gros monsieur, — c'est ainsi qu'il appelait Durand.

— Il vous donne de l'argent pour que vous gardiez
le secret de ses intrigues, répliqua vivement la por-
tière. Ce n'était pas la peine d'interrompre la lecture
de mon roman.

— Tu as bien le temps. Il doit se passer quelque
chose chez mademoiselle Marie.

— Et que me fait mademoiselle Marie? Laissez-moi
reprendre la lecture de *Monte-Cristo*.

— Toi, ma femme, tu ne t'intéresses qu'aux fictions,
mais les choses réelles ne te touchent pas. Les romans
t'ont rendue sèche comme de l'amadou. Eh bien, moi,
je suis plus sensible à ce que je vois qu'à des jeux
d'imagination. C'est singulier! ce chapeau que monsieur Paul m'a fait porter au gros monsieur. Qu'est-ce
que cela veut dire? Il y a là-dessous du mystère.

— Notre maison est pleine d'intrigues scandaleuses,
monsieur Girard. Et c'est votre faute. Mais faites un
peu silence.

Madame Girard remit majestueusement ses grosses
lunettes sur son nez crochu et prit le volume de *Monte-
Cristo*.

— Je n'aime pas ce roman de Dumas. Tu ne lis que

des œuvres de cet auteur. Ah ! si c'était un roman de
M. de Balzac, à la bonne heure !

— Il déshabille trop les femmes. J'ai en horreur les
écrivains qui déshabillent les femmes...

— Ou bien de madame George Sand.

— Elle est toujours dans les nuages. Avec elle, ça
n'est jamais arrivé. Enfin me donnerez-vous un moment de tranquillité ! Où en étais-je restée ?

Et la mère Girard lut :

« En même temps, Dantès se sentit lancé en effet
dans un vide énorme, traversant les airs comme un
oiseau bleu, tombant, tombant toujours avec une épou-
vante qui lui glaçait le cœur. Dantès avait été lancé
dans la mer, au fond de laquelle l'entraînait un boulet
de trente-six attaché aux pieds. Alors... »

— Le cordon, s'il vous plaît !

— Dis donc, ma femme, c'est le gros monsieur qui
s'en va. Il a l'air pressé ! Que se passe-t-il ?

— Voyez si on me laissera un moment en paix !

— Suspends ta lecture. C'est l'heure de préparer le
dîner.

— Quand j'aurai fini le chapitre.

— Mais j'ai faim.

— Ça m'est égal. Je ne peux pas laisser Edmond
Dantès au fond de la mer !

— Sois tranquille, il reviendra sur l'eau. Les héros
de romans ne meurent jamais aux premiers chapitres.
Je m'empare de *Monte-Cristo*, ajouta le père Girard
en prenant le livre, et je ne te le rendrai qu'après
dîner.

— Mon Dieu ! s'écria la mère Girard avec des larmes
dans la voix et en joignant les mains dans une attitude
de martyre, dire qu'il y a des rentières, des créatures
favorisées du ciel qui, assises au coin de leur feu

et porte close, peuvent à leur aise lire jusqu'au bout
le roman qui leur plaît sans être dérangées, sans qu'on
leur corne aux oreilles : *le cordon, s'il vous plaît !* ou
qu'on leur demande à dîner... Ah ! quand aurai-je
donc ce bonheur ?

— Le dîner ! le dîner ! cria le père Girard.

— Glouton, affamé qui ne pense qu'à son ventre !

— Ce n'est pas nourrissant du tout ta sempiternelle
lecture de romans, ça me creuse l'estomac.

La concierge se leva en colère et alla à sa cuisine.
Le père Girard était tout radieux de sa victoire. Il se
promenait triomphalement dans sa loge, le roman de
Monte-Cristo sous le bras.

XXVII

Longtemps Edmond Renaudot avait souffert en silence les froideurs et les mercuriales de sa mère. Mais,
en avançant en âge, il avait ressenti plus vivement ce
qu'il croyait être un manque d'affection de madame
Renaudot. S'il est un être au monde que la jeunesse soit
disposée à aimer et à adorer, c'est la mère ; aussi est-
elle toujours vivement affectée lorsque cette tendre affection manque au foyer. Il est vrai que Renaudot chérissait son fils ; toutefois cet amour ne pouvait remplacer
les caresses maternelles.

Le lendemain du jour où Edmond Renaudot avait annoncé son intention de quitter la maison paternelle, Re-

naudot voulut avoir une explication avec lui. Ce dissentiment entre sa femme et son fils l'inquiétait, non sans
raison. Il sentait bien que le lien le plus solide d'un ménage, c'est l'enfant, et que si ce lien vient à se relâcher
ou à se rompre, le reste va à vau-l'eau.

Renaudot se leva à une heure plus matinale que de
coutume, et monta dans la chambre de son fils.

— Edmond, lui dit-il, hier tu as prononcé une parole
sérieuse, qui m'a douloureusement ému, je te l'avoue.
Tu nous as dit que tu désirais vivre chez toi et sortir de
notre maison. Donne-moi, je te prie, la raison, la vraie
raison de cette étrange détermination qu'à mon sens
rien ne justifie.

— Mon père, répondit Edmond gêné, je n'ai pas d'autre
motif que l'obligation où je suis de me créer une clientèle, de commencer un cabinet d'avocat.

— Tu n'es pas franc, Edmond, et je t'avais demandé
de la franchise. Ceci n'est que le prétexte, que la raison
apparente de ton départ. Mais je désire savoir le fond
de ta pensée. Voyons, quelque chose te manque-t-il ici?
La tutelle paternelle te pèserait-elle déjà? Parle-moi sans
crainte, et surtout sans détour. Il faut que je sache la
vérité.

— Mon père, je sais combien vous m'aimez. Avez-vous
à vous plaindre que je ne vous aie pas payé de retour,
et douteriez-vous de mon affection pour vous?

— Mais non, je n'en doute pas. Voilà pourquoi tes
paroles d'hier m'ont péniblement affecté.

— Elles n'allaient pas à votre adresse, mon père. C'est
à ma mère que je répondais.

— Pourquoi prends-tu cette attitude gourmée vis-à-
vis de ta mère?

— C'est que ma mère...

— Eh bien?

— Ma mère ne m'aime pas.

— Et toi, Edmond?

— Moi, j'aime ma mère, Autrement, je serais moins sensible à son indifférence, à son hostilité.

— Son hostilité ! Peux-tu avoir une semblable idée ?

— Oui, mon père. C'est la réalité.

— Sais-tu que, de son côté, ta mère t'accuse de ne pas avoir de déférence pour elle, de dédaigner ses avis, d'être rebelle à toutes ses remontrances ? Par exemple, lorsqu'elle te prie de sortir avec elle, il semble qu'elle t'impose un supplice.

— C'est que je cherche à éviter autant que possible des discussions avec ma mère, préférant recevoir en silence ses leçons, plutôt que de lui répondre avec vivacité, comme je suis parfois tenté de le faire.

— Mon Dieu ! je sais bien que ta mère avait rêvé de faire de toi un religieux, un homme d'église, et que, de ce côté, tu as trompé son attente, en obéissant à mon influence. Je t'ai mis à la hauteur de ton temps ; tu as les idées larges de ta profession libérale ; ton intelligence s'est élevée au-dessus de tous les préjugés devant lesquels on se courbe ; en un mot, tu es un homme de ton siècle, et je suis content de toi, fier de ce que je pourrais appeler mon œuvre. Mais dans une même famille, la divergence des points de vue n'entraîne pas nécessairement une séparation morale. Et je prétends, entends-tu, qu'entre vous deux, ces malentendus disparaissent.

— L'amour maternel ne se commande pas, mon père.

— Non, mais il s'éclaire. Et j'éclairerai ta mère à ton sujet. Ces discussions intestines qui me chagrinent ne

doivent pas continuer plus longtemps. Et si tu aimes
ton père...

— Si je vous aime, mon père ! s'écria Edmond en prenant les deux mains de Renaudot.

— Eh bien, tu attendras quelque temps avant de
mettre à exécution ton projet de te séparer de nous. Je
t'en prie, Edmond.

— Je n'ai rien à vous refuser, mon père. Mais je n'espère pas...

— Tu n'espères pas que je te rapprocherai de ta mère,
que j'unirai vos deux cœurs ? Quant à moi, j'en suis sûr.

— Je voudrais vous croire.

— Tous les nuages se dissiperont, te dis-je, car ta
mère l'aime.

— Plût au ciel !

— Embrasse-moi, mon cher Edmond. J'étais sûr que
tu ne refuserais pas à ton père de rester avec lui. Tu es
un bon et digne fils.

Renaudot, après avoir serré son fils dans ses bras,
sortit brusquement de la chambre pour lui dérober sa
vive émotion et ses yeux pleins de larmes.

Edmond, aussi attendri que lui, s'écria :

— Excellent père, comme il m'aime ! Mais il s'aveugle
sur ma mère. Si je savais au moins la cause de sa froideur, si je découvrais le misérable qui l'excite contre
moi. Elle doit avoir un conseil, une influence. Je
chercherai, et si je mets la main sur le traître qui s'est
glissé entre nous !... L'abbé Glaize peut-être... que j'ai
rencontré l'autre jour dans la maison de la place
Saint-Georges. Il me surveille. Depuis notre discussion
religieuse, il ne me voit pas d'un bon œil. Quand il viendra, je lui parlerai de façon à ce qu'il n'ignore pas que
j'ai deviné ses menées.

Edmond descendit.

XXVIII

L'abbé Glaize était au salon, attendant madame Renaudot.

— Monsieur l'abbé, lui dit Edmond en s'avançant vers lui, je suis bien aise de vous voir.

— Et moi aussi, répliqua avec bonhomie l'abbé Glaize.

— Monsieur l'abbé, vous n'ignorez pas que la jeunesse n'aime pas à dissimuler et à garder longtemps quelque chose sur le cœur.

— Je sais aussi, répliqua avec finesse l'abbé Glaize, voyant venir Edmond et pénétrant ses intentions, que la jeunesse est prompte dans ses jugements, et que, pour cette raison, elle tombe souvent dans l'erreur.

— Vous êtes le conseiller de ma mère, monsieur...

— Madame Renaudot m'a confié la direction de son âme, le soin de son salut, et je m'acquitte de cette mission sacrée du mieux que je puis.

— Qui a l'âme a la pensée et le cœur. Le conseiller religieux est presque toujours le conseiller de famille.

— Détrompez-vous. Madame Renaudot ne m'initie pas à ses affaires de famille, et si elle m'appelait jamais sur ce terrain, je me ferais un devoir de ne pas manquer au respect et à l'intérêt du foyer où l'on me reçoit.

— Enfin, monsieur l'abbé, à tort ou à raison, je vous

soupçonne d'irriter contre moi ma mère et d'avoir une part sérieuse dans le refroidissement qui existe entre nous.

— Vous voyez bien, monsieur Edmond, que j'avais, raison de vous dire tout à l'heure que la jeunesse juge trop vite et s'égare trop souvent.

— Vous ne répondez pas à ma question.

— On ne répond pas à de telles questions, monsieur. Comment, a-t-il pu entrer un instant dans votre esprit que je fusse capable de détourner madame votre mère de son amour pour son fils? La religion nous garde, Dieu merci, de ces mauvais sentiments, et si un prêtre s'abaissait jusqu'à se conduire de la sorte, il serait au-dessous des autres hommes. Le contraire de ce que vous venez d'avancer, monsieur Edmond, serait plutôt vrai. Mais je n'ai pas à me défendre d'injustes préventions que votre âge et votre inexpérience excusent.

— C'est seulement un doute que j'exprimais. Je n'ai aucune raison de ne pas vous croire, monsieur l'abbé, et je n'insiste pas.

Edmond salua l'abbé Glaize et prit congé de lui au moment où sa mère entrait.

— Mon Dieu! madame, que se passe-t-il donc dans votre maison? lui demanda l'abbé Glaize.

— Rien d'anormal, que je sache, répondit madame Renaudot.

— Je m'étonne alors que monsieur votre fils ait porté contre moi une accusation aussi grave qu'insensée.

— Laquelle?

— Selon lui, je serais un brandon de discorde à votre foyer, et j'aurais cherché à lui nuire dans votre esprit.

— L'impertinent! Je ne l'aurais pas cru capable d'une telle insolence.

— Soyez aussi calme que je l'étais en entendant son singulier langage.

— Vous manquer de respect à vous, monsieur l'abbé ! C'est le comble de l'impudence. Comme s'il ne lui suffisait pas d'être irrévérencieux avec sa mère ! Voilà les fruits d'une éducation de libre-penseur, d'une vie irreligieuse !

— Il ne faut pas s'irriter, madame, de ces soubresauts d'incrédulité de la jeunesse. Si les jeunes gens mettent un faux orgueil à afficher leur manque de foi, à trente ans ils réfléchissent, commencent à revenir de leur impiété, et devenus vieux, ils sont heureux de mourir dans nos bras et dans le giron de l'Église. C'est par la douceur qu'il est convenable de les traiter, comme les fous et les malades. Et je crains, madame, que votre irritation contre votre fils n'ait été trop vive, et n'ait dépassé la mesure.

— Dois-je approuver ses écarts, son irreligion, ses irrégularités de conduite, son humeur orgueilleuse qui rejette tout frein, toute direction de famille !

— Je ne dis pas cela. Mais souvenez-vous que la douceur et la persuasion qui font la force de notre religion font aussi la force des mères et des épouses. Il y a une douceur chrétienne, obstinée dans sa foi, qui désarme les fils et les maris. Supportez, sans laisser entamer votre volonté. Ne vous blessez pas de ce que votre fils vous fasse le reproche chimérique de manquer d'affection. Il obéit à cette ingratitude inconsciente trop habituelle aux enfants. Cherchez à le ramener vers vous en faisant la part de son étourderie et de son âge.

— Il faudrait avoir la patience d'une sainte pour rester insensible à tout le mal qu'il me fait.

— Ayez-la, madame. Songez à la gravité de votre situation. La désaffection du fils amène parfois celle du père. Et puis une autre considération me force à vous rappeler que tous ces petits différends, en s'envenimant, pourraient amener la découverte de votre secret.

— Vous avez raison, mon cher directeur, asquiesça madame Renaudot en rougissant jusqu'au blanc des yeux.

— La douleur acceptée avec résignation purifie l'âme et l'agrandit, loin de l'abattre.

— Je serai résignée.

— Si vous êtes martyre dans votre intérieur, songez à Celui qui a voulu et subi le martyre pour le salut de l'humanité.

— Oh ! oui, j'ai besoin de toutes les consolations de notre sainte religion pour supporter avec courage les douleurs de ma vie. J'ai besoin d'adorer le Christ qui a dit : « Priez et souffrez en mon nom. »

— Dans huit jours s'ouvre une neuvaine à la Madeleine pour l'adoration des reliques de saint Jean-Baptiste. Le saint Père a accordé des indulgences plénières aux fidèles à l'occasion de cette neuvaine. Votre intention est-elle de la suivre ?

— Certainement, monsieur l'abbé. Je m'y prépare depuis huit jours. Je ne suis heureuse qu'à l'église. J'y trouve la paix du cœur et de l'esprit que ne me donne pas le monde, pas même mon foyer domestique.

— La chrétienne qui se réfugie en Dieu comme dans une inexpugnable forteresse est invincible. Tout s'apaisera et se conciliera, si vous-même vous vous apaisez et vous vous fortifiez en prenant l'armure divine. Je constate avec joie la ferveur toujours croissante de votre foi, et je suis heureux que vous m'ayez confié la direction et le salut de votre belle âme.

— Mon cher directeur, vos paroles d'encouragement

sont ma plus grande consolation au milieu de mes épreuves.

— Monsieur le curé de la Madeleine et moi nous vous avons désignée comme première dame de charité pour la quête pendant la neuvaine.

— J'accepte avec reconnaissance cette mission.

— Il serait bon de ranimer le zèle et la générosité des fidèles. Nous avons en ce moment beaucoup de bonnes œuvres en souffrance.

— Veuillez accepter pour ces œuvres pies ce billet de cent francs que j'avais mis de côté dans cette intention.

— Je vous bénis en Christ, ma chère sœur, dit avec onction l'abbé en prenant le billet.

Dans un élan de dévotion, madame Renaudot embrassa le christ en or béni par le pape qu'elle portait sur sa poitrine.

— Que la foi et la paix du Seigneur règnent toujours en votre âme, ma sœur! dit l'abbé en prenant congé de sa pieuse ouaille.

XXIX

Ce fut Renaudot qui succéda à l'abbé Glaize. Il paraissait de mauvaise humeur et sa mauvaise humeur ne diminua pas lorsqu'il vit sa femme agenouillée devant un tableau qui représentait Jésus en croix entre les deux larrons traditionnels.

— Prier, c'est très-bien ! s'écria-t-il avec brusquerie, mais laissez le ciel, s'il vous plaît, madame, pour vous occuper un peu de la terre.

Madame Renaudot ne remua pas plus qu'un cierge, absorbée qu'elle était dans son extase.

— Madame, reprit Renaudot impatienté en élevant la voix, êtes-vous déjà en paradis avec Dieu le père que vous ne m'entendiez pas ?

— Me laisserez-vous au moins finir ma prière, soupira madame Renaudot en songeant au martyre du Christ auquel elle comparait modestement le sien. Je suis à vous, monsieur. Que me demandez-vous ?

— La paix et l'union de notre ménage, madame, répondit avec fermeté Renaudot.

— Est-ce donc moi qui l'ai troublée ? riposta aigrement madame Renaudot.

— Ah ! combien de fois n'ai je pas envié le bonheur du ménage qui nous est voisin, celui de mon ami Durand. Quelle paix, quelle joie, quelle quiétude, quelle communauté de sentiments ! Comme on sent que l'union est parfaite dans cet intérieur, et que l'amour y est entré dès le premier jour pour n'en plus sortir. Quel contraste avec le nôtre !...

— Où voulez-vous en venir, monsieur ?... interrompit madame Renaudot émue malgré elle du tableau que son mari venait d'esquisser.

— Ecoute-moi, Ernestine. Il faut mettre un terme à cette situation. Le foyer, c'est la paix, l'amour et l'union ; autrement c'est un enfer insupportable. Je sais bien que tu prétends n'en être pas responsable. Eh bien, nous allons, si tu veux, examiner froidement les choses et faire la part qui revient à chacun de nous. Tu te le rappelles, Ernestine, j'avais contracté vis-à-vis de ton père une dette sacrée, celle de la reconnaissance. Après avoir tendu une main secourable à ma pauvre mère, il m'avait pris en amitié et donné sa confiance jusqu'à me faire le premier clerc de son étude. Atteint de la grave maladie qui l'a emporté et sentant sa fin venir, il m'appela auprès de lui pour me confier ses dernières intentions.

— « Je désire, mon cher Louis, me dit-il, que tu me remplaces dans la gestion de mes affaires et dans mon affection pour Ernestine. Je te la destine, et je mourrai tranquille quand tu seras devenu son époux.

— « Monsieur Blanchard, lui répondis-je, vous êtes mon bienfaiteur et celui de ma famille. Je vous appartiens tout entier et suis prêt à souscrire à vos volontés. Mais, regardant le mariage comme un libre contrat du cœur, je ne consentirai jamais à me prévaloir de l'autorité paternelle pour contraindre une jeune fille à consacrer une union que sa volonté n'aurait pas acceptée. J'aime mademoiselle Ernestine, mais j'ignore absolument si, de son côté, elle a pour moi les mêmes sentiments. Tant que ce doute ne sera pas dissipé, tant qu'elle ne m'aura pas manifesté sa sympathie, vous me permettrez donc de m'abstenir, de me tenir sur la réserve.

— « Tes scrupules sont honorables, mon cher Louis, me répliqua-t-il, mais avant de te parler de ce projet, je me suis assuré des sentiments de ma fille, et tu n'as à craindre aucun échec. Je te le répète, la certitude que ma fille trouvera en toi un protecteur, un ami, un honnête homme et un bon mari, cette certitude adoucira les derniers jours qui me restent à vivre.

— « Avant de devenir l'époux de mademoiselle Ernestine, je vous demande l'autorisation de la consulter pour que je sois convaincu qu'elle voit en moi le mari avec lequel elle pourra être heureuse.

— « Aie un entretien avec elle, Louis, je le veux bien, quoique je juge tes appréhensions chimériques et tes

craintes sans fondement. Ma fille t'apportera en mariage
une dot de cent mille francs, mon étude, et la succession de mes affaires.

— « Si le malheur veut que votre maladie s'aggrave,
mon cher bienfaiteur...

— « Elle ne saurait s'aggraver, interrompit monsieur
Blanchard. Je suis condamné par les médecins.

— « Je continuerai à diriger votre étude, mais je refuse la dot que vous donnez à votre fille, ayant l'intention de rester avoué toute ma vie, du moins jusqu'à ce
que ma fortune soit faite.

— « C'est ma volonté, Louis. Parle à ma fille, et ins-
truis-moi de l'issue de ton entretien avec elle. »

« Ce qui m'avait fait hésiter tout d'abord à acquiescer
aux vœux de ton père, Ernestine, c'est que j'avais remarqué en toi un caractère hautain, orgueilleux, des
habitudes légères et frivoles, et qu'il me semblait que tu
rêvais de faire un brillant mariage, de devenir la femme
de quelque haut personnage. Ta situation, ta fortune,
ta beauté, les hommages que tu recevais dans les salons,
dans les fêtes que tu recherchais alors avec avidité, te
permettaient assurément d'aspirer à un parti plus élevé
que celui d'un premier clerc, d'autant plus que tu me
considérais comme au-dessous de toi, comme un bon
serviteur de ton père dont j'étais l'obligé.

« Cependant je te fis part des intentions de ton père
en n'oubliant pas d'y apporter comme correctif mes ré-
serves, les scrupules qui me retenaient, et en te demandant en retour une entière franchise. Tu me répondis
que tu serais heureuse de devenir madame Renaudot.

« Obéissant à la volonté expresse de ton excellent
père, nous nous mariâmes quelques mois avant sa
mort.

« Après une année de deuil, je n'eus pas la cruauté

de te sevrer des plaisirs du monde vers lesquels, à mon sens, tu étais trop portée. Tu devins une femme à la mode, un oracle des salons, tu fus tout entière aux distractions de la vie parisienne, et je te donnai pleine liberté. Je t'ai toujours caché mes secrètes tortures, car mes prévisions s'étaient malheureusement réalisées, et tu n'étais pas l'amie, la compagne intime de ton mari que tu traitais toujours en premier clerc.

« Je récoltais les fruits amers d'un mariage sans amour. Hélas! j'en ai fait la cruelle expérience. Quand l'amour n'est pas l'invité du jour des noces, quand il n'entre pas dans un mariage dès le premier jour, il est bien difficile de l'y rappeler.

« Cependant j'espérais qu'avec le temps tu reconnaîtrais l'affection, les soins dont je t'entourais, et que la glace se fondrait entre nous. Vaine illusion. Tu devins mère de notre fils Edmond. La maternité qui ouvre des sources de sensibilité cachées au fond du cœur des femmes, est une crise heureuse pour presque tous les ménages. En chérissant l'enfant, il est rare que la mère ne projette pas une partie de son amour sur le père. Eh bien, je constatai encore avec douleur que ton caractère n'avait nullement changé, et que ta tendresse pour moi était toujours à l'état de lettre morte. Il n'est pourtant pas d'efforts que je n'aie faits pour obtenir de toi ce que j'avais rêvé, ce que j'avais désiré : l'amour dans le mariage, et je ne recueillis qu'une froide indifférence!

« Ah! si mes cheveux ont blanchi de bonne heure, si j'ai été vieux à trente ans, comme tu me le reprochais cruellement parfois, en voilà la vraie cause, Ernestine. Je ne t'ai jamais eue, je n'ai jamais pu faire battre ton cœur rebelle à ces douces émotions qui font de deux époux une même pensée, un même sentiment.

« Jusqu'ici, Ernestine, je n'avais pas découvert, — ni à

8

toi ni à personne, — cette blessure que tu m'as faite et que tu n'as pas voulu guérir.

« Je n'ai pas récriminé, je ne me suis pas plaint, je n'ai point cherché ailleurs les consolations, les émotions qui me manquaient à mon foyer. J'ai répondu dignement et complétement, je crois, aux intentions de ton père. J'ai subi résigné les aspérités, les inégalités de ton caractère. Quand il a changé, quand de mondaine tu es devenue dévote, je n'ai pas contrarié cette nouvelle évolution de ta pensée, de tes goûts. Ne pouvant avoir l'amour dans notre ménage, au moins j'ai tout fait pour que la paix y régnât. Tu me rendras au moins cette justice ?

— Ainsi, répliqua madame Renaudot au réquisitoire de son mari qu'elle avait entendu avec impatience, vous ne m'accusez de rien moins que de vous avoir épousé sans amour et de ne pas avoir rempli mon devoir de femme ?

— Non. Rigoureusement tu n'as pas failli à ce devoir. Mais le même soleil éclaire les climats froids et les climats chauds. S'il donne la lumière aux premiers, il pénètre, réchauffe, égaie les seconds. Tu as fait luire dans notre intérieur le soleil des climats froids.

— Monsieur Renaudot, vous vous êtes généreusement donné le beau rôle dans nos relations. Je me contenterai de vous répondre que si j'ai été le soleil d'hiver, au lieu d'être le soleil d'été, que vous auriez désiré, la faute vous en incombe. Nous sommes des reflets, nous autres femmes, c'est aux maris à jouer le rôle de soleil. Quand ils n'ont pas de rayons, ou quand ils les portent ailleurs, chez mademoiselle Marie par exemple, nous ne saurions refléter le néant.

— Tout en entrevoyant les difficultés d'une union sérieuse entre nous, continua Renaudot sans s'arrêter aux sarcasmes décochés par sa femme, je l'ai acceptée à mes risques et périls. Je serais donc mal venu à m'en plaindre. Si je me suis incliné devant tes exigences, c'est que la reconnaissance envers ton père et mon affection pour toi m'en imposaient l'obligation. D'ailleurs, j'étais seul à souffrir, à supporter ma douleur morale. Mais aujourd'hui la situation a changé. Tu as atteint et blessé au cœur ce que j'ai de plus cher au monde, notre fils. Tu veux être pour lui ce que tu as été pour moi. Epouse froide et rigide, tu te montres mère froide et rigide, oubliant que la jeunesse a surtout besoin de tendresse, d'affection, et qu'un fils n'est pas obligé d'accepter une situation qu'il n'a pas faite, de se courber comme un père se courbe, et de sacrifier ses droits, ses légitimes aspirations à un intérieur où il doit vivre heureux et libre, et non en paria, en déshérité d'amour.

— Je savais bien, s'écria madame Renaudot éclatant, qu'après m'avoir condamnée comme épouse, vous en arriveriez à m'accuser de n'être pas bonne mère !

— Ce matin, j'ai eu une longue entrevue avec Edmond. Je l'ai confessé.

— C'est la première fois assurément que pareille chose lui arrive...

— Je ne parle pas de cette confession qui consiste à s'agenouiller devant un prêtre pour lui confier ses secrets, ses fautes, et en recevoir l'absolution.

— Monsieur, interrompit d'une voix aigre-douce madame Renaudot, vous prenez à tâche de me blesser dans ma religion.

— Je parle, continua Renaudot imperturbablement, de la confession de famille, la meilleure, la seule que je reconnaisse, et que je pratique. Eh bien, Edmond m'a avoué la véritable cause qui le pousse à s'éloigner, et cette cause, c'est ton manque d'affection pour lui.

— Et vous l'avez approuvé ?

— Non. J'ai combattu au contraire ses idées, et j'ai obtenu qu'il restât avec nous, qu'il s'efforçât dorénavant de ne te contrarier en rien. Mais, je t'en conjure, Ernestine, fais disparaître ta froideur vis-à-vis de notre fils. C'est ce qui désole notre pauvre Edmond.

— Vous le croyez donc ?

— Oui, je le crois. Comme chef de famille, je suis le juge du camp. Je désire que la désunion cesse à notre foyer, et je te prie de ne pas oublier que je n'ai qu'une affection au monde, celle de notre Edmond. Si tu m'enlevais l'amour de mon fils qui m'a si souvent consolé au milieu des tourmentes de notre intérieur, je te déclare qu'autant vaudrait m'enlever la vie. Fais cesser cet état de choses, ces dissentiments qui n'ont aucune raison d'être. Tu ne voudrais pas désespérer notre enfant, notre unique enfant !...

— Et vous vous êtes bénévolement laissé prendre à la comédie qu'il a jouée devant vous ?

— Je le répète, Edmond souffre dans son amour filial, comme j'ai souffert dans mon amour d'époux.

— Je ne crois pas à cette affection filiale dont il ne m'a jamais donné aucune preuve. Il n'aime pas sa mère, et je ne m'en étonne pas, puisque vous l'avez tourné contre moi en l'élevant en dehors de mon influence.

— Tu le juges mal.

— Enfin, il vous plaît de rejeter sur moi les fautes d'Edmond. Au lieu de reprendre le fils, vous préférez accabler la mère.

— Je ne t'accable pas, ce me semble, pour implorer de toi la réconciliation avec notre fils, pour te demander d'être plus douce, plus mère.

Madame Renaudot allait répondre avec emportement, comme elle en avait l'habitude. Mais elle changea de tactique et s'apaisa en songeant aux recommandations de l'abbé Glaize, à sa théorie sur la résignation chrétienne, elle répliqua à son mari avec une feinte douceur :

— Eh b' soit. Je m'incline, puisque c'est à moi de baisser pavillon devant mon fils...

— Il n'est pas question de cela, reprit Renaudot, contrarié de voir sa femme glisser sans cesse entre ses arguments sans y répondre directement. Il s'agit de mettre un peu d'indulgence maternelle dans tes relations avec Edmond. C'est bien facile, ce me semble.

— Je vous obéirai, monsieur Renaudot. Je céderai, je me plierai, je ferai en sorte que mon fils soit content de moi.

— Voyons, Ernestine, accorde-moi de bonne grâce ce que je te demande.

— Je vous l'accorde.

— Bien, Ernestine. Je suis content.

Et comme dans sa joie, Renaudot voulait embrasser sa femme pour sceller le pacte d'union, elle le repoussa doucement en lui disant :

— Laissez-moi terminer la prière que vous avez interrompue à votre arrivée.

Madame Renaudot s'agenouilla de nouveau sur le coussin en velours de son prie-Dieu, le visage tourné vers le Christ, oubliant dans l'élévation de son âme vers l'Éternel et son fils et son mari.

— Ne la contrarions pas dans sa dévotion, murmura Renaudot à demi-satisfait en s'en allant. Ce serait le moyen de l'irriter et ne rien obtenir d'elle.

XXX

Madame Renaudot, sa pieuse invocation terminée, revint aux choses terrestres et songea aux intérêts de sa situation, ce que n'oublie jamais la plus dévote des femmes. Celte situation était assez critique. Elle avait la guerre dans son ménage. Renaudot, pour la première fois de sa vie, lui avait parlé avec une franchise qui l'avait étonnée, et il lui avait fallu tout son génie de dissimulation pour paraître insensible à ce réveil de l'autorité conjugale.

La réconciliation avec son fils lui était en quelque sorte imposée par son mari ; en outre, et c'était là le plus gros point noir de son ciel, elle était encore sous le coup de l'inquiétude causée par la lettre de Dulin.

Au milieu de ces périls, elle ne vit pas d'autre issue possible pour elle qu'une entrevue avec son fils Edmond. C'était le premier danger qu'il s'agissait de conjurer.

D'ailleurs, elle ne se dissimulait pas qu'elle avait eu peu de ménagements pour Edmond. Elle l'avait malmené, rudoyé. La fierté et la sensibilité du jeune homme s'étaient gourmées contre le despotisme maternel. Il fallait revenir aux moyens doux et empêcher Edmond de se cabrer derechef.

Madame Renaudot se remémora à propos ces habiles recommandations de l'abbé Glaize : avoir l'air de plier et rester inébranlable dans sa volonté en montrant cette résignation chrétienne qui défie tous les martyres et tous les orages intérieurs. Elle résolut de conformer sa conduite aux exhortations de son directeur.

Le tableau de sa vie passée que lui avait présenté Renaudot l'avait émue beaucoup plus qu'elle ne l'avait laissé paraître. Elle en ressentait maintenant le contre-coup jusqu'au plus profond de l'âme, car elle savait bien que Renaudot avait toujours agi en homme de cœur, et que les torts étaient de son côté. Il s'agissait de modifier les rapports qu'elle avait avec son mari et avec son fils en ménageant la partie sensible de Renaudot : son amour pour son fils.

Ayant entendu sonner, elle demanda à Julie qui était entré, et lorsqu'elle sut que c'était Edmond, elle chargea la femme de chambre de l'informer qu'elle désirait le voir.

— Vous me demandez, ma mère ? lui dit avec étonnement Edmond sur le seuil du salon.

— Oui, mon fils. Venez vous asseoir à mes côtés, fit madame Renaudot en l'invitant d'un geste amical à prendre place sur le canapé.

Edmond agréablement surpris obéit à l'invitation maternelle.

Madame Renaudot, lui prenant la main dans les siennes et l'enveloppant d'un tendre regard, lui dit :

— Edmond, votre père me quitte à l'instant. Il m'a comblé de joie en m'apprenant que, cédant à ses instances, vous nous restiez.

— J'ai vu mon père si désolé que j'ai dû revenir sur mes premières intentions.

— Croyez-vous que je ne fusse pas aussi désolée que lui ? Mais ce qui m'a le plus surpris, le plus affligé, mon fils, c'est que vos intentions eussent été dictées par la coupable idée que votre mère manquait de tendresse à

votre égard. Quoi! Edmond, vous avez pu vous laisser
égarer par un aussi déplorable sentiment, par une telle
erreur! Mais si je n'aimais pas mon fils, qu'aimerais-je
donc en ce monde? Non-seulement c'est mon devoir,
mais c'est aussi ma joie, mon bonheur. Je vous aime,
Edmond, comme un bon fils doit être aimé.

— Ma mère...

— Vous avez eu tort d'incriminer mon affection pour
quelques remontrances que je vous ai faites. Mon Dieu,
je le confesse. Peut-être, n'y ai-je pas mis toute la douceur désirable. Mais la vie vous apprendra, Edmond,
que la famille a de sévères obligations à remplir, et je
ne souhaite pas que vos enfants vous infligent la douleur de douter de votre amour lorsque vous aurez à critiquer leur conduite ou à relever leurs erreurs.

— Ma mère, je n'ai pas été si loin dans l'expression
de mes tristesses. Il me semblait que vous m'aviez pris
en antipathie, que je vous déplaisais en tout. Mais je
suis heureux de voir que je m'étais trompé, et que je
suis resté dans votre cœur.

— Oh! oui, vous y êtes resté, mon cher Edmond, et
il n'appartient à personne de vous en chasser. Une mère
qui n'aime pas son enfant, grand Dieu! vous savez comment cela s'appelle? une marâtre. Je ne fus, et ne serai
jamais marâtre envers vous, mon fils. Plutôt mourir!...

— Ma chère mère! s'écria Edmond transporté en
pressant dans ses bras madame Renaudot, qui lui rendit
caresse pour caresse.

— Qu'il ne soit plus question de ce malentendu entre
nous, Edmond, et que pareil dissentiment ne se renouvelle pas. Votre père et moi nous en étions navrés.

— Oh! non, ma mère. Je vous jure que mes injustes
défiances ont cessé pour toujours. Je vous aime, ma

mère, et le doute était pour moi une horrible torture.

— Il est impie de douter de sa mère, Edmond.

— Oh! je suis sûr à présent de votre tendresse.

— Ne croyez pas que mes exhortations religieuses qui vous ont froissé aient été inspirées par un autre sentiment que celui de votre propre intérêt. Quand la mère se montre régulièrement à l'église, on se demande où sont le fils et le père, et leur absence est commentée d'une façon malveillante. A défaut de piété, il faut un peu sacrifier aux convenances, aux exigences du monde.

— Désormais, je veux vous accompagner tous les dimanches à l'église.

— Bien, mon fils.

— Dimanche prochain, comptez donc sur mon bras pour aller à la Madeleine.

— Oh! je n'ai pas l'intention de forcer vos sentiments, ni de vous imposer une épreuve. N'affichez pas un zèle trop empressé. Revenez doucement à Dieu. De temps à autre, montrez-vous à l'église à mes côtés, et vous imposerez silence à ces médisants toujours prêts à mordre et à siffler.

— Alors vous ne désirez pas que demain dimanche...

— Non, mon fils. J'aurais l'air de vous contraindre. Il est convenu avec madame Durand que nous irons toutes deux à la Madeleine.

— Enfin, comptez que je suis toujours à votre dévotion, ma mère.

— Le mot est charmant, et je vous en remercie. Si j'ai cru devoir vous parler de mariage, c'est que je tremble que vous ne cédiez au déplorable courant de notre temps, que vous ne vous laissiez séduire par une de ces jeunes filles sans naissance, sans éducation, qui font descendre à leur niveau des jeunes gens de bonne famille. Défiez-vous des piéges tendus sous les pas de la jeunesse. Prenez garde de déchoir de votre rang, de prêter l'oreille à l'une de ces dangereuses sirènes si communes à Paris.

— Oh! ne craignez rien de ce côté, répliqua Edmond avec quelque embarras, car il songeait à Marie que les allusions de sa mère atteignaient directement.

— Et puis, reprit madame Renaudot, j'appellerai encore votre attention sur un autre point.

— Lequel, ma mère?

— Vous êtes de nature emportée, fougueuse, d'un caractère excessivement irritable. Déjà vous avez eu des discussions trop vives avec vos camarades d'étude. Songez, mon fils, au désespoir de votre père, au mien, s'il vous arrivait malheur, si quelque querelle survenait de nouveau, et que l'on vous ramenât ici blessé dangereusement. Je prie Dieu tous les jours pour que sa providence écarte de notre maison un tel événement. Ah! j'en mourrais.

— N'ayez pas cette appréhension, chère mère. J'évite toute discussion. Je serais trop ingrat si je ne songeais que ma vie est liée à la vôtre.

— Ah! vous êtes un bon fils! s'écria madame Renaudot en embrassant de nouveau Edmond.

— J'ai retrouvé ma mère! fit le jeune homme ému jusqu'aux larmes.

— Elle fut toujours vôtre, Edmond, et la mort peut seule vous l'enlever, dit madame Renaudot en se levant du canapé et en se retirant.

XXXI

Encore sous les chaudes effluves de ce sentiment maternel qui l'avait enthousiasmé, Edmond se promenait de long en large dans le salon comme s'il eût voulu dilater son excessive émotion, lorsqu'un carré de papier dont la blancheur tranchait sur la soie bleue du canapé frappa sa vue. Il le prit, croyant d'abord que c'était une lettre sortie de son portefeuille, et machinalement ses yeux étant tombés sur un passage de l'épître, qui était à demi-ouverte, il lut:

« Ne venez pas demain. Votre fils Edmond s'est rencontré avec moi chez mademoiselle Marie. Il m'a fallu une grande patience, un grand empire sur moi-même pour supporter sa fatuité, sa présomption et son ton provocateur. Pour ne pas être privé de vous voir longtemps, je serai dimanche à la Madeleine, et, au milieu de la foule, nous pourrons sans danger échanger quelques paroles. Toujours à vous.

« PAUL. »

En lisant cette étrange lettre, laissée par madame Renaudot sur le canapé, Edmond éprouva la sensation d'un homme qui, la tête en feu, reçoit subitement une douche d'eau froide. Il chercha à rassembler ses idées. Tout d'abord il saisit le sens de certaines paroles de

madame Renaudot qui lui avaient paru assez énigma-
tiques, assez obscures dans son entretien avec elle. Son
refus d'accepter son bras pour aller à la Madeleine où
elle devait rencontrer Paul, ses recommandations pour
qu'il ne se livrât pas à des amourettes indignes de lui,
ses épigrammes contre les grisettes et les sirènes parisiennes visant Marie, sa présentation de la fille du baron
de Nerdrel, la critique de son caractère emporté, violent, querelleur, tout se traduisit clairement à lui après
la lecture de la lettre.

Il se glissa dans l'esprit du jeune homme un doute
qui lui fit souffrir mille morts sur la sincérité de sa mère,
sur sa tendresse subitement revenue, sur cette réconciliation empressée qui l'avait tout d'abord surpris.

Edmond navré resta quelques instants immobile.
Puis, réagissant sur lui-même et sortant de son accablement :

— Allons, pas de faiblesse, ni de larmes d'enfant!
s'écria-t-il. Il faut pousser droit à l'ennemi. J'avais à
tort soupçonné l'abbé Glaize. A n'en plus douter, c'est
ce Paul qui m'a enlevé le cœur et l'affection de ma mère.
Lui seul a pu connaître mon entrevue avec mademoiselle
Marie et en informer ma mère. C'est l'agent de son
comité religieux. C'est mon espion. Ah! je le sens à ma
haine pour lui. Je suis sur la voie de la vérité. Je me
rendrai dimanche à la Madeleine... Mais avant tout il
faut que ma mère ignore que j'ai lu cette lettre. Repla-
çons-la à l'endroit même où je l'ai trouvée.

Edmond remit l'épître sur le canapé et sortit. Un instant après, madame Renaudot revenait au salon, et
apercevant sa lettre, s'écriait :

— Ah! Dieu soit loué! La voici. Il ne l'a pas lue!

Le dimanche venu, Edmond se rendit à la Madeleine. L'église aristocratique était comme prise d'assaut. Fidèles et profanes avaient voulu entendre la messe en musique dans laquelle on devait chanter le *Stabat* de Rossini. En outre, le révérend père Félix prononçait un grand sermon. Prédicateur et chanteur avaient attiré la foule. Les dames du faubourg Saint-Germain, de la Chaussée d'Antin et du quartier des Champs-Elysées rivalisaient de luxe, de bijoux et de toilettes. Leurs façons de se recueillir et de prier consistaient à s'observer entre elles, à critiquer ou à approuver leur mise. C'était un éblouissement. Le Christ qui dans l'évangile a fait l'éloge de la simplicité par la parabole du lys des champs eût été quelque peu scandalisé de cette fastueuse exhibition de modes sous prétexte de dévotion, s'il n'était muet comme la mort depuis dix-huit siècles, et si le révérend père Félix n'avait été chargé de parler pour lui.

Madame Renaudot semblait revivre et se rajeunir dans ces fêtes religieuses. Elle avait une riche toilette qui contrastait avec la modestie de celle de madame Durand, placée à côté d'elle.

Par instants, madame Renaudot jetait un coup d'œil du côté du chœur, et ses regards se croisaient avec ceux de Paul. Une autre personne l'observait sans qu'elle pût la remarquer, car elle était à moitié cachée par une des colonnades qui séparent la nef des bas côtés du temple.

La messe chantée, la prédication terminée et l'*Ite missa est* prononcé, le grand défilé commença. On eût cru assister à une sortie de bal de l'opéra. Robes de satin et de velours commencèrent leur harmonieux froufrou, et plus d'un œil féminin se baissa sous les regards d'élégants effrontés que la dévotion n'avait

9

pas amenés à la Madeleine. C'était la comédie mondaine qui se jouait après la comédie religieuse.

Madame Renaudot trouva, en sentinelle près du grand bénitier en rocaille de la porte d'entrée, Paul, qui s'empressa de lui offrir de l'eau bénite, et se rapprochant d'elle lui glissa à l'oreille cette interrogation :

— Vous avez reçu ma lettre ?

— Oui. Elle m'a bouleversée. Il faut que je vous voie. Demain, n'est-ce pas ? à quatre heures.

— Je vous attendrai, mais soyez prudente.

La dévote fit le signe de la croix sur sa poitrine resplendissante de bijoux et gagna à pas pressés la porte pour rejoindre madame Durand, qui était déjà sous le péristyle.

Aucun détail de cette scène n'avait échappé à l'observateur de la colonnade, qui n'était autre qu'Edmond Renaudot. Quand il vit Paul aborder madame Renaudot, il tressaillit, devint fort pâle et tortilla ses mains crispées. Il suivit Paul à quelque distance, jusque sur le Marché-aux-fleurs de la Madeleine. Là il le dépassa, revint sur ses pas, et allant à sa rencontre le salua pour tromper l'attention des passants, puis il l'arrêta en lui disant vivement :

— Monsieur !

— Plaît-il, monsieur ? fit Paul étonné de cet abord.

— Monsieur, puisque je vous rencontre, permettez-moi de vous demander de quel droit vous vous mêlez de ma vie privée ?

— Vous êtes dans l'erreur, monsieur.

— Je le sais pertinemment. Soyez assuré que je ne souffrirai pas une telle offense, et que j'en aurai raison.

— Monsieur...

Sans donner à Paul le temps de lui répondre, Edmond le salua et lui tourna le dos.

Paul se promena quelques instants dans le Marché-aux-Fleurs en se demandant comment Edmond avait pu avoir cette idée de lui? Sa lettre seule aurait pu éveiller son attention, mais elle avait été remise à madame Renaudot elle-même par un confident sûr, et rien de son contenu n'avait pu transpirer. Ne trouvant pas la solution du problème qu'il cherchait, il pensa qu'il était plus sage d'attendre au lendemain pour avoir l'éclaircissement que ne manquerait pas de lui donner sa mère.

XXXII

Madame Renaudot fut exacte au rendez-vous qu'elle avait assigné à Paul. Elle monta enfiévrée au premier étage ; sur le palier elle se croisa avec Durand, qui lui fit la politesse de se ranger pour la laisser passer, sans se douter le moins du monde que ce fût elle, grâce à l'épaisseur de son précieux voile. En arrivant chez Paul, elle tomba plutôt qu'elle ne s'assit sur un canapé.

— Paul, lui dit-elle d'une voix entrecoupée, depuis la réception de votre lettre, je ne vis plus. Je frémis à la pensée d'une nouvelle altercation avec Edmond.

— Elle a eu lieu, répondit laconiquement Paul.

— Comment?

— Hier, en sortant de la Madeleine, monsieur... votre fils m'a abordé en me demandant à brûle-pourpoint pourquoi je m'immisçais dans sa vie privée et en m'annonçant qu'il en aurait raison.

— Grand Dieu ! un duel entre vous. Mais ce serait monstrueux, sacrilége !

— Jusqu'à présent il n'est pas question de cartel. On m'en a seulement menacé.

— Paul, tu ne te battras pas.

— Permettez. Je ne suis pas le provocateur. Mais si l'on me défie, vous pensez bien que je ne fuirai pas comme un lâche. Qu'ai-je à perdre, moi? Si je ne vous avais pas, je disparaîtrais bientôt d'un monde où il n'y a pas de place pour moi.

— Ah! tais-toi! tais-toi! s'écria madame Renaudot en pressant Paul dans ses bras et en mouillant son visage de ses larmes. Tu as de la religion, tu crois en Dieu, en sa sainte providence qui n'abandonne jamais ceux qui se confient à elle, et tu parles de mourir !...

— Pardonnez-moi de vous avoir affligée. Vous savez bien que vous êtes tout pour moi, et que je donnerais avec joie ma vie pour vous épargner un chagrin.

— Eh bien, Paul, jure de ne pas me désespérer en exposant tes jours.

— Vous me demandez là plus que je ne puis vous accorder.

— Tu m'avais pourtant bien juré de ne plus revoir cette Marie pour laquelle tu vas te battre.

— Pour elle, non. Mais pour répondre, comme je le dois, à une insolente provocation, si monsieur Edmond y persiste. Mais comment a-t-il pu m'attribuer l'intention de m'occuper de lui, de ses actions? Vous seule avez lu ma lettre.

— Ciel! s'écria madame Renaudot, l'esprit traversé

d'un éclair. Cette lettre, je l'ai oubliée un instant sur le canapé de mon salon. Il l'aura lue !

— C'est fâcheux.

— Mais il n'y avait rien d'offensant pour Edmond.

— Il en juge autrement.

— Paul, mon Paul, jure-moi de ne répondre à aucune provocation, si obstinée qu'elle puisse être.

— Ainsi je n'ai pas même le droit de relever un outrage ?

— Venant de mon fils, non. Paul, c'est à moi que tu fais ce sacrifice, c'est moi que tu perdrais si tu te battais.

— Vous perdre ! oh ! jamais. Plutôt mille fois la mort. Plutôt la honte, pire que la mort.

— Tu me promets de ne pas te battre !

— Est-ce que je le puis maintenant...

— Oh ! merci, mon Paul. Je t'affectionnais plus que tout au monde. Mais à présent, tous mes sentiments, toutes mes pensées seront pour toi, cher cœur. Je t'aime, je t'aime !...

Et madame Renaudot pressa Paul dans ses bras avec une tendresse qui fit jaillir les larmes des yeux du jeune homme.

— Aie du courage, le vrai courage. Et songe que nous sommes seuls au monde contre tous.

— Je suis tout à vous, et je subirai tous les outrages plutôt que de me battre.

— Je t'en remercie, Paul, et je vais sortir d'ici rassurée, heureuse. Mais dis-moi, je viens de me croiser avec monsieur Durand dans l'escalier. Le connaîtrais-tu ; l'as-tu vu ici ?

— Oui, chez mademoiselle Marie. Il s'est même passé entre nous une scène assez étrange. Je lui ai repris mon chapeau qu'il portait, et je me suis mis la tête à l'envers pour deviner comment il l'avait eu.

— Je me suis déshabillée chez madame Durand. C'est le résultat d'une erreur.

— Ah ! je comprends. Mais alors il sait.

— Il ne sait rien. Sa femme seule qui m'est dévouée, connaît notre secret. Elle ne le trahira pas. Elle m'a accompagnée jusqu'ici.

— Prenez garde ! Une personne dans notre secret, c'est une de trop.

— Que veux-tu ? C'est la fatalité de notre situation. Mais je t'en conjure encore, Paul ; quelles que soient les provocations que l'on t'adresse, n'y réponds pas.

— Ne vous l'ai-je pas juré ?

— Embrasse-moi avant que je ne parte. Madame Durand m'attend en bas, dans la voiture.

Madame Renaudot s'arracha des bras de Paul et sortit radieuse. Elle avait obtenu tout ce qu'elle voulait.

XXXIII

Pendant que la voiture roulait doucement dans l'avenue des Champs-Elysées, madame Renaudot informa madame Durand de sa rencontre avec son mari dans la maison de la place Saint-Georges.

— En êtes-vous bien certaine ? objecta madame Durand désagréablement surprise de cette singulière nouvelle.

— Parfaitement. Je l'ai vu comme je vous vois. En outre, Paul m'a appris qu'il s'est trouvé avec monsieur

Durand chez mademoiselle Marie, cette sirène qui semble attirer tout le monde : Paul, Edmond, monsieur Renaudot, enfin monsieur Durand.

— C'est bizarre, en effet. Non pas que je sois jalouse. Je suis trop sûre de mon mari. Mais je cherche à deviner le vrai motif de ces mystérieuses visites de monsieur Durand.

— Je vous y aiderai, chère madame. Quant à moi, je n'ai pas en monsieur Renaudot la confiance absolue que vous inspire votre mari. Je saurai pourquoi il se rend chez cette petite marchande de dentelles.

— Et par quel moyen ?

— C'est bien simple. Nous possédons dans notre comité un homme précieux, fort expert à prendre tous les renseignements dont nous avons besoin. Je l'enverrai chez mademoiselle Marie. Il saura bien découvrir la vérité et me dire dans quel but cette fille reçoit jeunes gens et hommes mariés.

— De mon côté, j'interrogerai mon mari. Je suis plus fine que lui. Je lui arracherai facilement son secret. Cependant, jusqu'à preuve du contraire, je ne songe pas à l'accuser.

— Vous avez raison. Mais ne pourriez-vous en même temps le charger de prévenir Renaudot des équipées de son fils ? Si je le lui disais moi-même, il aurait quelque défiance, j'éveillerais ses soupçons, tandis que la nouvelle étant apportée par votre mari, il l'accueillera bien et empêchera son fils de donner suite à cette insignifiante querelle.

— C'est entendu. Je ferai d'une pierre deux coups. Mais Paul vous a bien promis...

— De rester tranquille, oui. Pourtant je préférerais qu'Edmond ne le revît pas, pour qu'un nouveau conflit entre eux ne pût se produire.

— Eh bien, en rentrant, je vais chapitrer monsieur Durand comme il convient.

— Ne vous irritez pas. Peut-être n'y a-t-il rien de grave.

— J'aime à le croire. Fiez-vous à moi pour tirer tout cela à clair.

La voiture s'arrêta en face de la porte de madame Durand.

— Nous voici arrivées, dit madame Renaudot en prenant congé de sa voisine. Au revoir et merci, chère amie.

Madame Durand trouva son mari plongé dans la lecture du *Constitutionnel*.

— Ah! ma femme, je t'attendais avec impatience pour dîner, fit Durand en mettant de côté son journal.

— Je viens de quitter madame Renaudot, qui est vivement contrariée...

— De quoi donc ?

— D'une escapade de son fils Edmond. Il paraît qu'il a eu une altercation à propos d'une jeune fille, mademoiselle Marie.

— Marie !... répéta Durand avec inquiétude.

— Vous la connaissez ?

— Moi, non...

— Pourquoi cette dissimulation avec votre femme, monsieur Durand ?

— Je te certifie...

— Que vous-même vous êtes allé dans cette maison de la place Saint-Georges. Inutile de nier. Je sais tout.

— Tout. Mais il n'y a rien.

— Il y a que vous êtes un cachotier, un mystérieux, monsieur Durand. Mais je n'entends pas qu'il en soit ainsi entre nous. J'aime la franchise avant tout. Avouez donc la vérité, que je connais d'ailleurs.

— Eh bien, oui, dit Durand avec effort. Je suis allé une fois chez mademoiselle Marie. Mais c'est Renaudot qui m'y a conduit.

— Ah! c'est monsieur Renaudot... Alors pourquoi tout d'abord avoir cherché à me cacher cette visite?

— Mon Dieu! pour que tu ne croies pas... pour que tu ne supposes pas...

— Que voulez-vous que je suppose? Vos airs mystérieux pourraient me donner une mauvaise pensée. Mais si vous me dites ce que vous faites, je ne songerai pas à interpréter à mal vos visites à mademoiselle Marie.

— Ma visite. Il n'y en a eu qu'une... avec Renaudot.

— Donnez-moi donc quelques détails sur cette demoiselle Marie. Est-elle bien?

— Je ne l'ai pas remarquée... Une figure chiffonnée.

— Cependant, pour tourner toutes les têtes, elle doit être jolie. Quel âge?

— Elle paraît avoir dix-huit ans.

— Sa profession?

— Marchande de dentelles. Elle est fort intelligente, m'a dit Renaudot.

— Comment le sait-il?

— Elle lui a été recommandée pour les dentelles de sa femme. Si tu en as besoin pour les tiennes?...

— Oui, j'y songerai, puisque vous lui portez tant d'intérêt.

— Moi, pas du tout. Je te jure...

— Oh! pas de serments. On n'en fait que pour les trahir. Maintenant il s'agit de voir notre voisin tout de suite.

— Tout de suite. Mais le dîner?

— Quand il s'agit de rendre service à un ami, on remet son dîner. Monsieur Renaudot doit être prévenu

9*

sans retard de ce qui arrive, de cette querelle d'Edmond avec monsieur Paul.

— Est-ce que madame Renaudot, qui voit ce monsieur Paul...

— Comme vous voyez mademoiselle Marie.

— Mais c'est le hasard... J'accompagnais Renaudot.

— Admettons que ce soit le hasard.

— Eh bien, il me semble qu'elle pourrait bien mieux que moi parler à son mari.

— Et si elle a des raisons pour ne pas lui avouer qu'elle connaît monsieur Paul ?

— Quelles raisons ?

— Les mêmes peut-être que les vôtres, à l'endroit de mademoiselle Marie.

— Ce n'est pas la même chose. Tu ne vas pas comparer nos situations. Je n'en suis pas là heureusement.

— Madame Renaudot n'en est pas où vous croyez. Enfin, je vous répète qu'il faut vous rendre à l'instant chez Renaudot. Suivez mon conseil. Il est bon.

— Eh bien, j'y vais. Mais ne t'imagine pas...

— C'est bien, c'est bien, gros mystérieux. Allez. Je vous attends pour dîner.

Durand prit son chapeau, — le vrai, cette fois, — et sortit, assez tourmenté de ce qu'il venait d'entendre, et tremblant que sa femme ne fût sur la voie de ses rapports avec Marie.

XXXIV

L'explication entre Durand et Renaudot fut vive. Ce dernier reçut avec émotion la communication de son ami.

— Mais comment est-ce arrivé? Comment cette folie a-t-elle été amenée? questionnait Renaudot. Tu ne me le dis pas, et voilà justement ce qui m'intéresse.

— Je ne puis que te répéter ce que l'on m'a dit, car tu penses bien que je n'étais pas présent à la scène.

— Voyons, je t'écoute.

— Il paraît que ton fils courtise Marie.

— Ce n'est pas possible. Comment se connaissent-ils?

— Le sais-je! Sait-on jamais comment un jeune homme et une jeune fille se lient, par quelle électricité ils se rapprochent... Veux-tu me laisser achever!

— Parle, parle!

— Eh bien, au moment où ton fils se trouvait avec Marie, monsieur Paul est survenu.

— Quel est ce monsieur Paul?

— Je l'ignore absolument. Et toi, n'as-tu aucun indice sur lui?

— Comment en aurais-je?

— Monsieur Paul habite la même maison que Marie. En entrant chez elle, il y vit Edmond, et il se serait permis vis-à-vis de lui quelques railleries qu'Edmond au-

rait vivement relevées. Tu sais qu'il a la tête près du
bonnet, qu'il est bouillant comme Ajax.

— Il est vif, fier, susceptible. S'il a été insulté, il a eu
raison de répondre.

— Ne défends pas ton fils sur ce point. Je t'ai entendu
plus d'une fois blâmer sa vivacité.

— Je ne vois pas jusqu'ici qu'il ait eu tort.

— Enfin des paroles acerbes auraient été échangées
entre ces jeunes gens, et une rencontre pourrait s'ensui-
vre. Il faut arrêter à tout prix cette fâcheuse affaire. Tu
comprends combien il serait désagréable pour moi
qu'elle eût des suites.

— C'est Marie qui est la première cause de tout ce
qui arrive. Comment souffres-tu qu'elle se laisse courtiser par des jeunes gens?

— Je ne lui épargne pas les remontrances. Mais ton
fils a été trop vif, trop léger. Il se dérange, il cherche
des amourettes.

— Tu rejettes sur mon fils les torts de Marie. Ce n'est
pas bien, Durand.

— Elle n'est pour rien dans cette altercation.

— N'est-ce pas à propos d'elle que la querelle est
venue?

— Qu'allait faire ton fils chez Marie? C'est un acte de
mauvais sujet, de séducteur.

— Si les séducteurs ne trouvaient pas des filles
qui leur ouvrent leurs portes, ces choses-là ne se ver-
raient pas.

— Tu es impitoyable pour Marie et aveugle pour ton
fils. Je ne t'aurais pas cru aussi partial.

— Ni toi.

— Ta faiblesse paternelle égare ton jugement.

— Je défends mon fils quand il a raison. Je le blâme-
rais de même s'il avait tort.

— Eh bien, aujourd'hui il est dans son tort. ·

— Non !

— Si !

— Renaudot, ton obstination m'afflige.

— Et la tienne m'exaspère.

— Je n'aurais pas cru que ma vieille amitié dût être ainsi traitée.

— Il faut avant tout que l'amitié soit juste.

— C'est toi qui manques de mesure et de justice.

— Il était de mon devoir de t'informer de cet événement. Je le fais, et tu me reçois avec colère.

— Oui, je suis furieux...

— Songe avant tout à prévenir le mal.

— Qu'ils s'arrangent comme ils l'entendront ! Je ne m'en mêle pas.

— Ah ! Renaudot, voilà une mauvaise parole, une parole égoïste, que je m'étonne de trouver dans ta bouche.

— Je te le répète, Marie s'est conduite en coquette.

— Renaudot, ne vas pas plus loin. Tu me blesses dans ce que j'ai de plus cher.

— Eh bien, crois-tu que je sois ravi de voir mon fils dans cette aventure ?

— Raisonne-le, apaise-le. Agis.

— C'est bien facile de dire : agis ! quand le mal est fait. S'il croit son amour-propre en jeu, Edmond ne reculera pas. Il n'y a pas de père qui tienne. Je le connais bien, moi.

— Tu avoues donc qu'il a mauvaise tête ?

— Pas du tout. Il est fier, voilà tout.

— Il n'y a pas de honte à revenir d'un emportement.

— Quand l'emportement est justifié, c'est difficile. Pourquoi te refuses-tu à reconnaître l'erreur et la légèreté de Marie ?

— Renaudot, tu aimes ton fils, je le comprends. Mais moi aussi, j'aime Marie. Et je ne peux pas de sang-froid entendre dire qu'elle est une coquette.

— C'est pourtant la vérité.

— Puisque tu ne veux pas en démordre, je te quitte, attristé de voir que je ne suis plus pour toi le vieil ami que je croyais être.

— Durand, je t'ai rendu assez de services, ce me semble, et t'ai donné assez de preuves de mon amitié pour que tu n'en puisses douter.

— Me les reprocherais-tu ?

— Oui, si tu continuais à accuser systématiquement mon fils et à innocenter Marie. N'ai-je pas compromis pour toi le repos de mon ménage ! Ne suis-je pas en guerre avec ma femme à cause de toi ? Comment ! je joue la tranquillité de mon intérieur pour couvrir les intrigues de ta vie, et tu tombes à bras raccourcis sur Edmond ! Tu oublies que celui qui attaque le fils attaque le père. Je défends ma famille, moi !

— Renaudot, je ne te croyais pas aussi injuste.

— Moins injuste que toi.

— Je te laisse à ta colère, et je reste sous le coup de tes mauvaises paroles. Bonsoir.

— Bonsoir !

— Ainsi, dit Durand en revenant sur ses pas, tu ne feras pas le moindre effort pour apaiser un conflit qui compromettrait la réputation de Marie ? Tu resteras impassible ?

— Je verrai ce que me dira Edmond.

— Eh bien, agis à ta guise. Adieu.

Les deux amis se quittèrent en froid.

XXXV

Comme elle l'avait annoncé à madame Durand, madame Renaudot agit auprès de son comité religieux, que chacun de ses membres utilisait d'ailleurs pour ses intérêts personnels, bien que le but avoué consistât à combattre l'impiété toujours croissante du siècle, à propager la foi, à encourager les œuvres pies et à soutenir ceux qui défendaient les intérêts sacrés de l'Eglise catholique, apostolique et romaine. Ce comité avait réalisé le rêve de madame Renaudot ; elle se trouvait là en compagnie d'ecclésiastiques, de jésuites à robe courte, de comtesses et de baronnes. Enfin elle avait réussi à se mêler à la noblesse ! Et nous l'avons vu, elle caressait le projet d'entendre appeler son fils Renaudot de Nerdrel.

Quand elle parlait de son comité, madame Renaudot semblait grandie de dix coudées. L'abbé Glaize en était l'âme et elle en était la cheville ouvrière ; aussi, le jeudi de chaque semaine, n'eût-elle pas manqué pour un empire la séance de convocation.

Le vicomte Théodore de Vilpierre, la fine mouche du comité de la rue Grenelle-Saint-Germain, fut dépêché à Marie par madame Renaudot avec les instructions diplomatiques nécessaires.

Quand la jeune fille vit apparaître dans son intérieur la figure de renard de cet envoyé dont les petits yeux perçants brillaient derrière le carreau de son lorgnon, elle eut quelque appréhension. Mais elle fut bientôt rassurée par le ton patelin du visiteur et par l'exposé du motif de sa présence.

— Vous êtes bien mademoiselle Marie ? lui dit il.

— Oui, monsieur.

— Marie ?...

— Marie Desgranges.

— C'est bien le nom que mon comité m'a donné. — Desgranges, je retiendrai ce nom, pensa le vicomte.

— Votre comité, monsieur ? questionna Marie étonnée.

— Oui, mademoiselle. Notre comité est en rapport avec les fabriques des principales églises de Paris, notamment la Madeleine. Nous faisons les fournitures, nous nous chargeons des achats en nous adressant de préférence aux personnes qui nous sont signalées par leur piété. Une dame de notre comité à laquelle vous avez été recommandée s'intéresse vivement à vous.

— J'ignore absolument ce qui me vaut un tel honneur, monsieur. Quelle est cette personne ?

— Madame Renaudot.

— Madame Renaudot, répéta Marie, qui ne put s'empêcher de tressaillir à ce nom.

— Elle-même. Vous tenez toutes sortes de broderies, y compris des broderies d'église ?

— Oui, monsieur.

— Eh bien, auriez-vous la complaisance d'apporter un choix de ces broderies après-demain jeudi au siége du comité où se trouvera madame Renaudot. Elle choisira ce qui lui paraîtra le mieux convenir pour la fourniture de l'église de la Madeleine.

— Ne pourrais-je vous donner des échantillons, monsieur ? proposa Marie cherchant à éviter une entrevue avec madame Renaudot.

— Non, mademoiselle. Ce ne serait pas la même chose. Les achats seront assez importants, et madame Renaudot désire voir les pièces. Quelle réponse lui ferai-je ?

— Que je la verrai après-demain.

— Bien, mademoiselle. Voici l'adresse : rue de Grenelle-Saint-Germain, numéro 30. Entre deux et trois heures, je vous prie.

— Je serai exacte.

— Nous comptons sur vous, mademoiselle.

— Comptez-y, monsieur.

Le vicomte se préparait à poser quelques questions à Marie pour remplir consciencieusement la mission qu'on lui avait donnée, lorsqu'Edmond Renaudot entra dans le magasin de dentelles.

— Ah ! monsieur Renaudot, fit le vicomte, je suis charmé de vous voir. Il y avait longtemps que je n'avais eu le plaisir...

— Monsieur de Vilpierre, je vous salue, répondit froidement Edmond.

Choqué de cet accueil, le vicomte ne renouvela pas ses politesses et tourna les talons.

— Vous connaissez ce monsieur ? questionna Marie.

— Oui. Je l'ai vu deux ou trois fois chez ma mère. Et tenez, ajouta Edmond en se portant vers la fenêtre, et en regardant du côté de la place, je parie qu'il n'est pas sorti. Je ne l'aperçois pas. Il se sera arrêté chez monsieur Paul. Les deux font la paire.

— Encore vos injustes préventions contre M. Paul.

— Serai-je indiscret, mademoiselle, en vous demandant ce que M. de Vilpierre venait faire ici ?

— Il s'est présenté de la part de votre mère pour que je lui porte jeudi des dentelles.

— Ma mère vous a fait appeler ?

— Oui, au siège de son comité, rue de Grenelle-Saint-Germain.

— Et vous irez?

— Assurément.

— Je ne vous le conseille pas, mademoiselle Marie.

— Pourquoi donc?

— Parce que je prévois autre chose qu'un achat de dentelles, quelque interrogatoire qui vous sera pénible. Elle n'ignore rien, grâce à votre voisin, monsieur Paul, qui a pris soin de la renseigner.

— Oh! ne l'accusez pas.

— Je suis certain de ce que j'avance.

— Vous voyez, monsieur Edmond, que j'avais raison de vous rappeler vos obligations de famille lorsque vous vîntes pour la première fois ici.

— Mes sentiments ne relèvent que de moi. Je vous aime, mademoiselle Marie, et quels que soient les projets qu'on ait formés sans mon assentiment, ils ne se réaliseront pas.

— Monsieur Edmond, pour votre famille et pour moi, il faut vous abstenir de reparaître dans cette maison.

— Si ma présence vous est à ce point désagréable, mademoiselle...

— Je ne pensais vous avoir dit rien de blessant en vous montrant l'abîme qui nous sépare, les obstacles insurmontables qui se dressent devant nous.

— Tout est obstacle pour qui n'aime pas. Mais quand on éprouve un véritable sentiment, tel que celui que vous m'avez inspiré, mademoiselle, on ne craint rien et on marche droit devant soi.

— Je n'ai ni votre courage, ni votre confiance.

— En vérité, mademoiselle Marie, je ne comprends pas que vous vous croyiez inférieure à qui que ce soit, parce que vous demandez votre existence au travail. Le travail n'a jamais abaissé personne. C'est la noblesse de notre temps. Mon père n'a acquis sa fortune que par le travail. Et moi, à son exemple, rejetant l'oisiveté comme une compagne indigne d'un homme, je prétends vivre de ma profession d'avocat. Nous sommes égaux, mademoiselle Marie, et si l'un de nous deux est supérieur à l'autre, c'est vous qui ne devez votre position qu'à votre courage. C'est ce que j'honore et admire en vous.

— Monsieur Edmond, j'applaudis à vos sentiments. Mais tout le monde ne partage pas vos idées et n'a pas votre justice.

— Ni mon amour.

— Monsieur Edmond...

— Persistez-vous à vouloir vous rendre jeudi au comité de la rue de Grenelle ?

— C'est promis, et je n'ai pas l'habitude de manquer à mes promesses. D'ailleurs, comme vous j'aime aussi à marcher droit devant moi.

— Ah ! tenez, vous êtes adorable !

— Que faites-vous, monsieur ? dit Marie, rouge comme une cerise en retirant sa main dont Edmond s'était emparé et qu'il avait pressée sur ses lèvres.

— Je n'implore de vous qu'une grâce, mademoiselle Marie, c'est d'apprendre de votre bouche le résultat de votre entretien avec ma mère. Acquiescez-vous ?

— Puisque ce sera la dernière fois que nous nous verrons.

— Oui, si vous l'exigez. Je ne vous dis pas adieu, mademoiselle. En vous quittant, j'emporte encore un peu d'espoir. A bientôt.

Edmond laissa Marie vivement impressionnée. Le noble langage qu'il lui avait tenu, la franche déclaration de ses sentiments, son air résolu, et jusqu'au baiser que ses lèvres avaient imprimé sur sa main, tout était allé

à l'âme de la jeune fille. L'amour, qui était entré en elle
à l'improviste par la porte dérobée, éveillait son imagination et lui faisait battre la campagne ; elle ressentait
ce trouble des sens, cette tendre inquiétude qu'apporte
avec elle une affection naissante. Avant Edmond, elle
avait plus d'une fois entendu résonner de doux propos
d'amour à son oreille, mais elle les avait accueillis en
riant. Paul l'avait trouvée insensible à ses affectueuses
protestations. Edmond seul avait su prendre le sentier
discret et fleuri qui mène au cœur.

Malgré ses agréables émotions intimes, Marie était
fort perplexe. Maintenant elle avait peur de madame
Renaudot ; elle craignait qu'elle ne baissât brusquement
le rideau sur les splendides horizons que sa sympathie
pour Edmond lui faisait entrevoir. Comment la recevrait-
elle ? Malgré ses appréhensions, elle resta pourtant ferme
dans son dessein de se rendre au comité de la rue de
Grenelle-Saint-Germain.

XXXVI

Durand était comme une âme en peine depuis sa
brouille avec son vieil ami dont l'affection était indispensable à sa vie, de même que celle d'Oreste l'était à
Pylade. Il s'administrait à lui-même les plus sévères
remontrances, s'accusant d'avoir poussé à bout Renaudot, qui après tout avait été dans son rôle en prenant le
parti de son fils. Comment reprendre les relations, com-

ment rattacher le fil cassé? Voilà la question que se posait Durand au bout de toutes ses réflexions, car il lui était impossible de vivre en dehors de Renaudot, qui lui avait rendu tant de services. Il tournait comme un écureuil dans sa cage en arpentant son salon, muet et grave comme un ministre qui se prépare à prononcer un grand discours au Parlement. Madame Durand, remarquant son manége, lui dit :

— Eh bien, qu'avez-vous donc, monsieur Durand? Etes-vous atteint de la tarentule? Ah! je vois ce que c'est. Vous n'avez pas encore digéré l'accueil de monsieur Renaudot. Vous êtes un mauvais diplomate. Vous n'avez pas été adroit, convenez-en.

— Dis-moi, ma femme, tu m'as fait promettre de te conduire à l'Opéra la première fois qu'on y donnerait *Guillaume Tell.*

— Est-ce pour aujourd'hui?

— Oui. Mais ne conviendrait-il pas d'inviter nos voisins. Qu'en penses-tu?

— Je pense que vous raisonnez comme Salomon.

— Alors, charge-toi de l'invitation. Vois madame Renaudot pendant que j'irai louer une loge.

— Mais non, cet office vous revient, et c'est une occasion d'effacer toute trace de votre discussion avec notre voisin.

— Tu as peut-être raison. Mais si Renaudot allait refuser?

— Vous refusez quand vous faites le premier pas!... Soyez sûr du contraire.

— Je vais me risquer.

— Surtout, rapportez-moi la signature du traité de paix, dit madame Durand en riant et reconduisant son mari jusqu'à la porte.

A l'arrivée de son ami, Renaudot parut joyeux et s'écria :

— Ah ! te voilà, Durand. Enchanté de te voir. J'allais chez toi.

— Excellent ami ! dit Durand en pressant avec émotion les deux mains de Renaudot. — Tu ne m'en veux pas de notre scène d'hier ? ajouta-t-il avec quelque timidité d'expression.

— Cinq minutes après, je n'y pensais plus.

— Moi je n'en ai pas dormi de la nuit.

— Tu sais bien que lorsque mon fils est en cause, je m'anime toujours, et que je suis partial pour lui. Je l'aime tant, ce diable-là !

— C'est bien naturel. Mais tu es un peu vif... comme lui.

— Ne revenons pas là-dessus. Le terrain est brûlant. D'ailleurs, je lui ai parlé, et l'affaire n'est pas telle que tu me l'avais présentée. Cela s'arrangera.

— Ah ! tant mieux. Dis-moi, Renaudot, nous avons projeté avec madame Durand d'assister ce soir à la représentation de l'Opéra, et comme nous ne prenons jamais de plaisirs les uns sans les autres, nous avons compté sur vous.

— Madame Renaudot n'est pas encore descendue. Elle était un peu souffrante. Je lui transmettrai ton aimable proposition, et à moins qu'elle ne considère l'Opéra comme un lieu de damnation, je la déciderai.

— C'est cela. Moi je vais de ce pas retenir une loge au théâtre.

— Va, mon ami. A ce soir.

Durand donna de nouveau une énergique poignée de main à Renaudot et disparut, ingambe comme à vingt ans. La réconciliation avec Pylade était faite !

XXXVII

Les deux ménages étaient en fête ce soir-là. Renaudot avait levé les scrupules de sa femme en lui disant plaisamment que le code obligeait l'épouse à suivre l'époux partout, même en enfer, même à l'Opéra ! Madame Renaudot ayant ri, ce qui ne lui arrivait pas fréquemment, elle fut désarmée.

La salle de l'Opéra était pleine de lumières, de fleurs, de parfums, de sourires et d'œillades de jolies femmes. Il y avait beaucoup de monde, comme à toutes les représentations du chef-d'œuvre de Rossini ; çà et là quelques loges vides attendaient leurs locataires. Durand, à cent lieues de se douter de l'épée de Damoclès suspendue sur sa tête, était d'une gaieté communicative. Dans l'entr'acte, se promenant au foyer avec son ami, il lui dit :

— Te rappelles-tu, Renaudot, le temps, hélas ! bien loin déjà où nous venions applaudir Nourrit à l'Opéra ?

— Parfaitement. Je crois y être encore.

— Pauvre Nourrit ! Comme César, il n'a pas voulu être le second dans Rome, et la vogue s'étant portée sur Duprez, il s'est suicidé ! C'est pousser la passion de l'art jusqu'à la folie.

— Cette passion-là en vaut bien une autre.

— Tu jettes une pierre dans mon jardin ?

— Mais non, susceptible ! Il ne faut pas parler d'amour, surtout d'amour passé à l'Opéra.

Aux premières mesures de l'orchestre, les deux amis revinrent prendre leur place aux côtés de leurs femmes.

Pendant le second acte, Julia entra assez bruyamment dans la loge qui leur faisait face. Elle posa sur le devant de sa loge un énorme bouquet de roses et un cachemire rouge brodé d'or, sur lequel elle s'appuya nonchalamment en penchant la tête vers la scène. Un monsieur à cheveux grisonnants s'était assis derrière elle. Les lorgnettes se braquèrent sur les nouveaux venus. La toilette de Julia était d'un luxe assez excentrique. Elle portait une robe de satin bleu et blanc avec bordure cerise ; à son corsage découpé en cœur brillait une énorme et superbe émeraude qui renvoyait en éclairs les lumières de la salle ; à son cou de cygne un collier de diamants ; deux serpents en or marqueté de rubis mordaient les poignets de ses bras nus. Elle avait une coiffure La Vallière ; ses cheveux abondants et d'un noir ébène encadraient son visage frais et lisse, mais un observateur eût facilement deviné que l'art avait quelque peu aidé la nature, et que les fards, le coldcream et les poudres n'étaient pas étrangers à cette jeunesse factice.

Une conversation dont Julia était le sujet s'engagea entre deux messieurs assis dans la loge voisine de celle de Renaudot et de Durand.

— Je suis sûr que c'est elle, disait l'un en lorgnant la loge de face.

— Julia ! ce n'est pas possible. Elle serait donc revenue de son tour du monde ?

— De ses tours du monde, tu veux dire. Elle a beaucoup voyagé.

— Elle a une toilette de princesse et de vrais diamants.

— Oui, la Russie est hospitalière.

— Elle en revient donc?

— Il y a cinq ans, à pareille époque, je l'ai entendue chanter à la Scala de Milan. De là, elle s'est fait enle_ ver, m'a-t-on dit, par un opulent boyard.

— Elle a eu une vie galante.

— Non, ce n'est pas là l'expression vraie. C'était une femme artiste d'une grande beauté qui avait le diable au corps. Elle a été très-recherchée, très-disputée sur le marché, comme on dit, mais si elle était beaucoup courtisée, elle ne se donnait pas.

— Sans doute, si elle se vendait...

— Pas le moins du monde. Je lui ai fait la cour dans sa toute jeunesse. Je lui ai offert de véritables présents d'Artaxerxès. Eh bien, mon cher, elle a préféré rester fidèle à un obscur clerc d'avoué avec lequel elle filait l'amour sentimental et faisait ménage.

— C'est incroyable!

— Ces femmes artistes sont comme ça. Elles sont ca- pricieuses, fantasques, coquettes : elles ont l'imagina- tion dévergondée, le cœur inflammable, mais il n'est pas corrompu. En un mot, elles ne sont pas faites de l'étoffe de nos courtisanes qui ne résistent pas à un billet de mille, à un cachemire ou à un huit-ressorts. Elles sont fières. On ne les achète pas. De mon jeune temps, la belle Julia, comme on l'appelait, n'avait que l'embarras du choix. C'était l'étoile! Vraiment, j'ai plus vieilli qu'elle. N'était l'ampleur de ses formes, on lui donnerait trente ans. Sa figure est encore juvénile.

— Oui, c'est un beau travail. Elle lorgne toujours de notre côté. Si elle allait te reconnaître?

— Moi, je ne la reconnaîtrais pas.

Cependant Julia, ainsi que l'appelaient ses anciens courtisans, après avoir promené sa lorgnette de divers

côtés de la salle, l'avait obstinément fixée non pas sur
la loge des deux messieurs qui causaient d'elle, mais
sur celle des deux ménages.

L'objectif de Julia, c'était Durand. Lorsqu'il remarqua l'attention de la dame au gros bouquet, il sentit
comme un regain de jeunesse et une pointe d'amour-
propre, mais après avoir regardé de nouveau avec attention sa lorgneuse, il changea subitement de visage,
et imprimant un mouvement brusque à son fauteuil, il
marcha sur le pied gauche de Renaudot en murmurant :

— Elle !... Julia !

— Prends donc garde ! s'écria Renaudot. Tu es sans
pitié pour mes cors.

— Ah ! pardon, mon ami. Si tu savais....

— Quoi donc ?

— Je te dirai cela tout à l'heure.

Le monsieur qui était assis derrière Julia ne quittait
pas des yeux la loge de Renaudot et de Durand. En re-
levant la tête, les regards de madame Renaudot se croi-
sèrent avec les siens.

— Dulin !... fit-elle en donnant involontairement un
coup de coude à sa voisine.

— Qu'y a-t-il ? interrogea madame Durand en regardant madame Renaudot. Comme vous êtes pâle, chère
amie. Seriez-vous indisposée ?

— Non, ce n'est rien... balbutia madame Renaudot
plus morte que vive.

De son côté, Julia disait à Dulin :

— Faites signe à l'ouvreuse de venir, et montrez-lui
ce gros monsieur en face de nous. Elle aura tout à
l'heure une commission à lui faire.

Dulin exécuta l'ordre de Julia.

— Maintenant, reprit-elle, avez-vous votre carnet ?

— Oui.

— Eh bien, crayonnez de votre plus jolie main ce que je vais vous dicter.

— Je suis prêt.

— « Monsieur Durand, je serai demain chez moi, place Vendôme, 8. Je vous y attends. Surtout, que votre femme ne sache rien de tout ceci. — *Comtesse Julia Kourawieff.* »

— Soulignez mon nom, je vous prie.

— Voilà qui est fait.

— Donnez ce mot avec un louis à l'ouvreuse, pour qu'elle le remette à monsieur Durand dès qu'il sortira de sa loge.

— Quel est ce mystère?

— Les mystères ne s'expliquent pas, mon cher.

XXXVIII

Le deuxième acte terminé au bruit d'applaudissements enthousiastes, Durand, rouge comme un coq et redoutant une attaque d'apoplexie, invita son ami à faire un tour de foyer.

— Vous restez, mesdames? demanda Renaudot.

— Oui, lui répondit sa femme.

Au foyer, les yeux de Durand papillotaient. Des diables noirs dansaient devant lui. Il lui semblait que les bustes de marbre des génies de la musique quittaient leurs socles, s'animaient et prenaient la figure de Julia.

— Marche donc un peu moins vite, Durand, lui disait

Renaudot. J'ai peine à te suivre. Tu as le diable au corps, ce soir.

— Ah ! mon ami, ce qui m'arrive est inouï.

— Que t'arrive-t-il donc ?

— Je la croyais morte. Elle est ressuscitée, mon ami, elle est ressuscitée, cette diablesse, cette femme infernale.

— Quelle diablesse ?

— Et quelle autre que Julia ?

— Julia... Ah !

— Elle est dans la loge qui nous fait face.

— Je comprends maintenant ton bondissement de lion de tout à l'heure.

Lorsque les deux amis furent près de la porte du foyer, une ouvreuse s'avança vers eux et remit à Durand un pli.

— Pour vous, monsieur, lui dit-elle.

— De qui ?

— Je l'ignore, répondit l'ouvreuse en tournant aussitôt les talons.

Durand parcourut fiévreusement le papier et le passa à Renaudot.

— Tiens, lui dit-il en se contenant avec peine, lis ce qu'elle ose m'écrire. Elle me raille, elle me menace assez clairement d'avertir ma femme. Que faire ?

— C'est assez embarrassant, en effet, répondit Renaudot.

— Impossible que j'aille chez elle. Renaudot, mon vieil ami, il faut que tu me rendes encore un nouveau service, et que tu me remplaces dans cette circonstance critique.

— Mais, Durand, songe donc qu'autrefois, quand j'étais petit clerc dans l'étude de monsieur Blanchard,

j'ai eu la faiblesse de courtiser Julia, et qu'elle m'a
dédaigné pour te donner la préférence.

— Jolie préférence ! Tu as été bien heureux d'échap-
per à ses griffes de panthère.

— Sans doute. Mais elle n'a pas gardé un bon souvenir de moi. Et puis, elle n'ignore pas que je suis ton
intime.

— Tu la convaincras et éventeras ses projets plus facilement que moi. Renaudot, je t'en conjure, ne m'abandonne pas. Sauve-moi de ce mauvais pas.

— Toujours à toi, Durand. Je ne te laisserai jamais
dans l'embarras.

— Tu es le meilleur des hommes, Renaudot.

— Inévitablement Julia me parlera de Marie. C'est
l'intention qui perce entre les lignes de sa lettre.

— Tu lui diras qu'elle est morte.

— Me croira-t-elle ?

— Je ne veux pas qu'elle la voie. Pour tout au monde,
je ne le veux pas !

Le foyer se vidait ; l'orchestre jouait l'ouverture du
troisième acte. Les deux amis revinrent à leur loge.

Pendant leur absence, madame Renaudot et madame
Durand avaient pu causer librement.

— Je vous affirme, ma chère amie, répétait madame
Durand, que vous avez la figure toute défaite. Il ne faut
pas rester plus longtemps, si vous êtes malade.

— Je resterai, dussé-je mourir dans cette loge, répondit madame Renaudot.

— Que dites-vous ?...

— Voyez-vous en face cet homme qui attache sur
nous ses yeux de lynx ?

— Oui.

— Eh bien, c'est...

— C'est ?

— Richard Dulin.

— Lui ! Quelle fatalité vous a amenée en sa présence.

— J'avais déjà reçu une lettre de lui.

— Vous ne l'avez pas revu, au moins ?

— Non. Vous comprenez maintenant que si je sortais avant la fin de l'opéra, j'aurais l'air de fuir. Et puis mon mari pourrait se douter de quelque chose.

— C'est vrai. Il vaut mieux encore souffrir et ne pas vous trahir.

— Suis-je bien pâle ?

— Oui, mais si votre mari remarque votre pâleur, vous prétexterez une indisposition.

— Les voici.

En ce moment, en effet, les deux amis entraient dans la loge.

La fin de la soirée fut un martyre pour Durand et madame Renaudot, qui faisaient tous les efforts imaginables afin de contenir leurs émotions. Ils furent assez heureux pour que madame Durand et Renaudot ne se doutassent de rien. Le cinquième acte à peine terminé, madame Renaudot donna le signal du départ. Aussitôt la dame au gros bouquet se leva. Arrivés rue Lepelletier, Renaudot et Durand prirent une voiture. Ils avaient sur leurs talons Dulin et Julia qui montèrent en même temps qu'eux dans un coupé.

Sur le boulevard des Italiens, Durand dit à l'oreille de Renaudot :

— Il y a une voiture derrière la nôtre. Elle nous suit.

— Attends. Je vais m'assurer du fait.

Renaudot sonna le cocher pour qu'il s'arrêtât. Il descendit et acheta des cigares chez une marchande de tabac du boulevard des Capucines.

La seconde voiture s'était arrêtée comme la première.

Quand le premier cocher fouetta ses chevaux, le second cocher en fit autant.

— Tu as deviné juste, dit Renaudot à Durand. Julia est dans la seconde voiture. Le plus sage est de ne pas avoir l'air de s'en apercevoir.

— L'effrontée ! s'écria Durand.

— Mais tais-toi donc !

Enfin les deux ménages arrivèrent rue du Cirque. A l'entrée s'était arrêtée la seconde voiture. Julia se pencha pour voir entrer Durand et sa femme.

— Maintenant, je sais où il demeure, dit-elle triomphante.

Et elle donna l'ordre à son cocher de tourner bride.

— Dans cette même rue, lui dit Dulin, demeure une femme qui m'inspire le même intérêt que vous inspire monsieur Durand.

— Elle s'appelle ?...

— C'est un mystère. Et les mystères ne s'expliquent pas, madame.

— Vous me renvoyez ma réplique de l'Opéra, monsieur Dulin. C'est votre droit. Vous êtes libre de garder vos secrets comme moi les miens.

— Double secret, partie carrée, madame !

XXXIX

Le lendemain de la représentation de l'Opéra, Renaudot, après avoir reçu les dernières instructions de son ami Durand, se dirigea soucieux vers la place Vendôme. Sa mission était délicate. Il ne s'agissait de rien moins que de connaître les intentions de Julia, et dans le cas où elles fussent hostiles à la tranquillité du ménage de Durand, de les contrecarrer. Renaudot n'était pas sans quelque inquiétude. — Se mesurer avec une femme est toujours chose difficultueuse, pensait-il, surtout quand elle est de la trempe de Julia.

— Madame la comtesse est-elle visible? demanda Renaudot au valet de pied qui lui ouvrit.

— Oui, monsieur. Qui dois-je annoncer?

— Renaudot.

Julia reçut l'envoyé de Durand dans son charmant boudoir dont les tentures bleues faisaient ressortir son négligé ou plutôt son déshabillé rose. Rideaux et stores transformaient la lumière en jour mystérieux. L'ameublement Louis XV était coquet et pimpant comme une bergère de Watteau. Sur la cheminée, entièrement garnie de tulle brodé, des verres de Bohème aux reflets irisés, deux coupes et deux candélabres en bronze ciselé, des figurines en porcelaine de Saxe et une pendule en marbre blanc avec son petit Amour doré, lançant une flèche. Au-dessus d'une armoire en laque souriait un tableau enchanteur de Diaz. Sur le marbre blanc d'une table-console, un vase du Japon contenait dans son ventre renflé des roses et des violettes qui mêlaient leurs parfums aux senteurs s'échappant de flacons de cristal placés sur une toilette-duchesse.

Tout dans cet intérieur de femme élégante était voluptueux et flattait les sens.

Julia était mollement étendue à l'orientale sur la soie bleue d'une ottomane. Le bout de son petit pied jouait avec sa mule, et son peignoir un peu relevé par ses mouvements laissait voir le bas d'une jambe admirablement faite ; les blancheurs lactées de sa peau de satin éclataient à travers les mailles d'un bas de soie blanc à jours. Elle dissimula sa surprise ou son dépit de voir Renaudot lorsqu'elle attendait Durand, et sans se déranger elle invita Renaudot à s'asseoir en lui disant :

— Vous m'excuserez, monsieur Renaudot, de vous recevoir dans ce négligé. Ce n'est pas vous que j'attendais. Pourtant, je suis ravie de vous voir. Il y a si longtemps...

— Oui, quelque seize ans, madame.

— Vous avez bonne mémoire, monsieur.

— Le temps passe vite. On vieillit sans qu'on s'en aperçoive.

— Heureusement qu'à côté des parents qui vieillissent, grandissent les enfants.

Renaudot n'eut pas l'air de comprendre l'intention de Julia et reprit :

— Mon ami Durand a reçu votre pli hier au foyer de l'Opéra. J'étais avec lui. Empêché de venir, il m'a chargé de le remplacer auprès de vous.

— Monsieur Durand a eu peur de se compromettre.

— Avec vous, madame, je ne crois pas que ce soit possible.

— La petite phrase comminatoire qui terminait ma lettre n'avait d'autre but, il a dû le comprendre, que de l'amener ici.

— Je pense bien, madame, que vous n'êtes pas femme à déranger un ménage par un éclat inutile.

— Déranger le ménage de monsieur Durand... Dieu m'en garde !

— Hier, cependant, votre voiture a suivi la nôtre jusqu'au domicile de mon ami.

— Oui, au cas où il n'aurait pas répondu à mon appel, j'eusse avisé. Mais soyez certain que je n'ai aucune

raison d'en vouloir à votre ami. S'il a craint de ma
part des récriminations, des reproches, l'évocation de
souvenirs désagréables, il est complétement dans l'erreur.

— Ce n'est pas la pensée qu'il a de vous.

— Tenez, monsieur Renaudot, je n'aime pas à aller
par quatre chemins. Je jouerai avec vous franc jeu et
cartes sur table. Nous nous sommes connus autrefois.
Vous fûtes avec moi, si mes souvenirs sont fidèles, on
ne peut plus aimable...

— Ce m'était facile, madame.

— C'est du dernier galant. Bref, nous ne sommes pas
des étrangers l'un pour l'autre. Vous êtes au courant de
mes anciennes relations avec monsieur Durand.

— Oui, madame.

— Et des suites qu'elles ont eues.

— Oui, madame.

— Nous nous sommes connus, aimés quelque temps,
puis nos caractères absolument dissemblables, incompa-
tibles, comme on dit en termes de droit, ont amené une
rupture. Elle était inévitable. Monsieur Durand n'a
jamais été jeune...

— Permettez, madame.

— Ne m'interrompez pas, je vous prie. Monsieur Durand était jaloux, j'étais coquette. Il voyait la vie en
gris, moi je la voyais en rose ; je n'en comprenais que
les côtés frivoles et agréables ; il était d'un caractère sérieux, moi folle et ayant toutes les effervescences, tous
les caprices, toutes les fougues de l'artiste, bref, son
idéal était une caisse pleine de sacs d'écus, moi je ne
songeais qu'à les dépenser. Je suis persuadée que si
j'eusse consenti à passer ma vie derrière un comptoir, à
aligner des chiffres et des piles d'argent, monsieur Durand m'eût épousée. Mais comme l'oiseau en cage, je

ne songeais qu'à prendre ma volée, et je la pris. J'étais
jeune, jolie...

— Jolie, vous l'êtes toujours, madame.

— Mais plus jeune malheureusement. Je ne regrette
pas mes années. Elles ont été bien employées ! Que de
bravos, que de succès, que de couronnes, que de triom-
phes, que d'enthousiasmes, que de fleurs sur ma route !
Mais tout se fane et s'éteint, feux de la rampe, enthousiasmes et couronnes de fleurs ! Après avoir chanté à
Londres, à New-York, en Italie, je fus engagée pour
une saison à Saint-Pétersbourg. Le comte Kourawieff
me vit, m'aima et triompha de ma passion de la liberté
en m'offrant le titre de comtesse et les chaînes de l'hy-
ménée. L'âge venait, une foule d'incidents que je passe
sous silence...

— Passez, madame.

— Beaucoup de petites aventures, dis-je, m'avaient
fait comprendre qu'il ne faut pas trop fatiguer la fortune
et la renommée. Bref, je devins comtesse de Kourawieff. Mon odyssée vaut bien la position d'une dame de
comptoir et de commerce que m'offrait monsieur Durand. Qu'en pensez-vous ?

— Mon Dieu, madame, chaque position a ses grâces
d'état. La commerçante qui, par son intelligence et son
activité, contribue à la prospérité de sa maison et qui
le soir au foyer avec son mari, voit ses enfants, dont l'a-
venir est assuré, l'entourer et la couvrir de leurs caresses,
cette femme-là n'est pas à plaindre, croyez-le. Et plus
d'une artiste au milieu de sa vie bruyante, accidentée
et semée d'aventures, a dû envier son sort.

— C'est vrai. Il sonne toujours une heure dans l'existence où l'on songe aux bonheurs tranquilles du foyer
domestique, aux enfants qui en font le charme et les
délices. Ni les satisfactions du luxe, ni les vanités du

monde, ni même le titre de comtesse ne remplacent
dans le cœur d'une femme l'absence de l'enfant; rien
ne vaut cette blonde et riante tête qui sourit à la mère.

— Eh quoi, madame, vous n'avez pas eu le bonheur
d'avoir...

— Des enfants du comte Kourawieff, non, monsieur.
Mon Dieu, je vous le répète, je tiens surtout à être franche avec vous. Si le comte m'eût rendue mère, peut-être
monsieur Durand n'eût-il jamais entendu parler de moi;
peut-être eussé-je oublié que j'ai eu de lui une fille. Il
l'adorait, et je ne pouvais douter qu'il ne l'eût bien
élevée, entourée de soins. Mais mon mariage avec le
comte a été stérile, et la femme a senti un vide en elle.
Aujourd'hui je n'ai qu'une idée, qu'un désir impérieux,
qu'un besoin, qu'une passion, c'est d'embrasser ma
fille. Où est-elle, monsieur? Que je la voie, que je l'étrei-
gne, que je la presse sur mon cœur. Il me la faut. Je la
veux!...

Dans son emportement maternel, Julia s'était levée de
son ottomane, l'œil en feu, secouant les parfums de sa
chevelure en désordre, semblable à une lionne dont on
vient d'enlever les petits. Renaudot, qui ne s'attendait
pas à ce que le récit paisible de Julia se terminât par
une semblable explosion, parut un peu décontenancé.

— De grâce, calmez-vous, madame, remettez-vous,
dit-il.

— Je me calmerai lorsque je saurai où et quand je
pourrai embrasser ma fille. Elle vit, n'est-ce pas?

Silence de Renaudot. Il songeait au mot d'ordre
donné par Durand.

— Oh! parlez, monsieur, supplia Julia. Ne voyez-vous
pas que vous me faites souffrir le martyre.

— Madame, il est des devoirs pénibles...

— Morte! Oh! non, elle n'est pas morte. Je l'aurais

su, je l'aurais deviné. J'en aurais ressenti le contre-coup. Oh! par grâce, dites-moi que Marie n'est pas morte.

Et Julia pressait les deux mains de Renaudot en plongeant ses yeux dans les siens pour lire sa réponse.

— Pour vous, madame, elle doit être morte, dit avec effort Renaudot.

— Pour moi, sa mère! C'est un blasphème que vous proférez là, monsieur Renaudot.

— J'ai une mission douloureuse à remplir.

— Quoi! monsieur Durand vous aurait chargé de me notifier l'acte de décès de ma fille! Il ne sait donc pas ce que c'est qu'une mère! Il me séparerait de ma fille?... Ce serait une action infâme.

— C'est vous, madame, qui vous en êtes séparée il y a seize ans. Et permettez-moi de m'étonner de la violence de ce tardif amour maternel.

— Mon Dieu! accablez-moi, adressez-moi tous les reproches qu'il vous plaira, je les ai mérités. Ne vous ai-je pas avoué tout à l'heure que j'avais trahi mes devoirs, que j'avais été folle, enfiévrée, désireuse de bruit et de gloire. Mais je n'ai abandonné ma fille que parce que j'étais assurée que son père me remplacerait auprès d'elle. Si monsieur Durand, au moment de notre séparation, ne m'avait pas offert de se charger de Marie, qui vous dit, monsieur, que je n'eusse pas renoncé à ma carrière d'artiste, que je n'eusse pas fait litière de mes idées vagabondes pour me dévouer à l'avenir de ma fille en restant à travailler du matin au soir près de son berceau! Souvent, c'est l'enfant qui sauve la mère et la maintient dans la ligne stricte du devoir. L'ange gardien m'a manqué, et je me suis livrée tout entière à mes penchants.

— Pendant ce temps, madame, pendant que vous vous promeniez d'Amérique en Italie, d'Angleterre en

Russie, Durand, à l'âge où le plaisir sourit au jeune homme, se consacrait à Marie, se privait de toute joie pour que son enfant ne manquât de rien; il était forcé de dissimuler sa paternité à tout le monde, à ses parents surtout. Moi seul la connaissais, et je l'aidais de mon mieux à conjurer les périls de sa situation. Dieu l'a récompensé de tant de généreux efforts. Il a épousé la meilleure des femmes, et il a été assez heureux pour qu'elle ignorât qu'avant elle une autre avait possédé son mari et l'avait rendu père. Après ce qu'a fait Durand pour sa fille, vous seriez vraiment mal venue, madame, surtout devant moi, le témoin de sa vie, à le mal juger et à prononcer contre lui des paroles qu'il ne me serait pas permis d'entendre.

— Monsieur Renaudot, je m'incline devant la conduite de monsieur Durand; je reconnais qu'il a poussé le dévouement paternel jusqu'à l'héroïsme, mais son abnégation, son sacrifice n'effacent pas mes sentiments de mère. Celle qui a porté un enfant dans ses entrailles a bien le droit de l'embrasser, et il serait criminel de le lui défendre. Monsieur Durand a si bien senti la légitimité de ma revendication maternelle qu'il s'y est dérobé, n'y voulant pas répondre, et qu'il vous a substitué à lui. Non, il n'aurait pas osé me dire en face que ma fille était morte pour moi. Il ne l'eût pas osé !

Julia s'était de nouveau levée par un mouvement fébrile, et son geste énergique semblait défier le monde entier.

— Je vous en prie, madame... tempéra Renaudot impressionné en prenant la main de Julia, et par une douce pression la faisant se rasseoir.

— Etes-vous père, monsieur Renaudot?

— Oui, madame, j'ai ce bonheur.

— Eh bien, je suppose qu'on veuille vous empêcher

de voir votre fils. De quelle façon accueilleriez-vous
cette prétention?

— Il n'y a aucune analogie entre nos deux situations,
madame. Je n'ai pas délaissé mon enfant.

— Ah! monsieur, vous êtes bien cruel... fit Julia dont
l'émotion se trahit par deux perles liquides qui, s'échappant de ses beaux yeux noirs, coulèrent lentement sur
ses joues et tombèrent sur ses seins que son agitation
avait fait saillir hors de son peignoir rose.

XL

Renaudot était remué, et tout diplomate qui perd son
sang-froid est condamné sans rémission. La beauté,
l'émotion feinte ou vraie de Julia plaidaient pour elle.
Renaudot se remémorait en la regardant l'antique
Niobé, Cléopâtre piquée par l'aspic. Julia était vraiment
séduisante dans l'expression de sa douleur. Toutes sortes
d'images agréables, de formes séduisantes flottaient
dans le cerveau de Renaudot, et il fallut qu'il se rappe-
lât plusieurs fois à l'ordre pour ne pas faillir à son man-
dat et passer avec armes et bagages à sa belle adver-
saire. En ce moment, il comprenait toute la vertu, tout
l'ascétisme de saint Antoine, résistant dans les solitudes
de sa Thébaïde aux voluptueuses tentations.

Après un silence, Renaudot reprit:

— Voyons, madame, ne ternissez pas l'éclat de vos

beaux yeux par d'inutiles larmes, et veuillez m'écouter sans emportements, sans nerfs. Je ne suis pas venu vers vous en ennemi, mais en conciliateur. Causons donc comme deux amis qui unissent leurs efforts pour dénouer une situation difficile. Cette situation, ce n'est pas moi qui l'ai faite, c'est vous. Vous vous êtes séparée jadis de votre enfant, aujourd'hui vous désirez le revoir; c'est le cri du cœur, la voix même de la nature.

— Ah! vous me comprenez, vous, monsieur Renaudot!

— Certainement.

— Et vous m'approuvez?

— Oui, dans votre tendresse pour Marie, non dans le cours brusque que vous prétendez donner à cette tendresse. Les choses doivent être conduites avec plus de ménagement, dans l'intérêt des diverses parties. Vous voyez que je parle comme jadis dans mon étude d'avoué. Vous ne songez pas, j'en suis persuadé, à mettre Durand dans l'embarras ni à placer votre fille entre son père et sa mère. Puisque vous aimez Marie, c'est à elle qu'il faut d'abord songer. Le devoir des parents est de se subordonner à l'intérêt de leurs enfants. Or, vous me permettrez de vous montrer les difficultés qu'il s'agit présentement de surmonter.

— Vous êtes de précieux conseil, monsieur Renaudot.

— Marie ignore que vous existez. Pour éviter ses questions embarrassantes à votre sujet, et dans l'impossibilité où se trouvait Durand d'expliquer à sa fille les causes de sa séparation avec sa mère, il a été forcé de lui dire que vous n'existiez plus.

— Ma fille me croit morte?

— Admettons qu'on lui annonce votre résurrection. La jeune fille se demandera pourquoi son père l'a trompée. En outre, des médisants, des bavards, des malveillants, comme il s'en trouve toujours à point nommé, viendront lui dévoiler votre passé, flétrir son sentiment filial et chercher à la faire rougir de sa mère.

— Ce serait une infamie.

— L'infamie est assez commune de notre temps. Tenez, je n'aurais pas voulu pour tout au monde que Marie eût entendu ce que l'on disait de vous hier à l'Opéra, dans la loge voisine de la nôtre...

— Je sais. Le petit Dulac et le comte d'Albret. Deux anciens viveurs, deux de ces hommes qui prennent une femme comme un objet de plaisir, et lorsque l'objet n'est plus à eux crachent dessus et cherchent à le briser. Cette lâcheté est la triste logique du vice.

— Ainsi va le monde, madame.

— De tels hommes eussent muré Magdeleine dans sa vie de courtisane, l'eussent empêchée de se faire chrétienne et de revenir au bien.

— Vous vous comparez à la Magdeleine du Christ?

— Comme elle, j'ai la foi, et de plus qu'elle la maternité, deux forces qui suffisent à relever une femme, si bas qu'elle soit tombée.

— Songez, madame, que Marie doit garder immaculés en elle le souvenir, l'adoration idéale de sa mère, car il n'est pas de souffrance morale plus grande que celle d'un enfant qui ne peut plus estimer son père ou sa mère.

— Que dites-vous, monsieur? N'ai-je pas effacé aujourd'hui ce que j'ai été?

— Sans doute, mais vous avez été. L'histoire d'une femme qui a eu des aventures, des faiblesses, est racontée, sculptée dans le marbre, coulée en bronze par tous ceux auxquels elle s'est abandonnée.

— Je suis mariée, comtesse. Le monde a pardonné, a

fermé les yeux sur mes antécédents. Je suis reçue, j'ai pris rang dans la société, je fais partie d'un comité religieux, où j'ai même eu le plaisir de rencontrer madame Renaudot...

— Ah ! vous connaissez ma femme ! dit Renaudot en manifestant quelque surprise, comme s'il eût déjà oublié son épouse auprès de la belle Armide de la place Vendôme.

— Oui, et je suis en fort bons termes avec elle.

— Ah ! fit Renaudot un peu contrarié.

— Et cependant madame Renaudot est une personne de mœurs rigides...

— Assurément.

— Qui n'a pas eu de faiblesses, ainsi que vous l'avez dit de moi.

— J'en suis certain.

— Et quand le monde m'a reçue à résipiscence, m'a ouvert ses salons, il y aurait danger pour ma fille à m'ouvrir ses bras !

— L'accueil qu'on vous a fait dans le monde, madame, n'empêche pas les propos de circuler. Mais il y a un autre péril auquel je m'étonne que vous n'ayez pas songé.

— Lequel donc ?

— Votre mari.

— Le comte a été rappelé à Saint-Pétersbourg par une grave maladie de sa mère.

— Il reviendra, et pensez-vous que le comte fût flatté d'apprendre votre précoce maternité ?

— Ce péril en tout cas ne regarde que moi. Je saurai bien le conjurer.

— Ne croyez pas que l'on cache un enfant comme une lettre. Ces événements se savent toujours, et les femmes les plus avisées sont encore celles qui par un franc aveu mettent à jour toutes les actions de leur vie.

— Lui avouer! oh! non, je n'oserais pas. Avant de m'épouser, le comte Kourawieff m'a demandé une entière confession de ma vie passée, et je ne lui ai pas dit que j'avais une fille.

— Vous voyez, madame, qu'il est sage de tâter le terrain avant que de s'y aventurer. Eh bien, si vous daignez suivre mes avis, sans vous compromettre, sans déranger le ménage de qui que ce soit, sans embarrasser et contrarier personne, vous verrez votre fille.

— Je la verrai! Mais je ne demande que cela. A cette condition seulement, je puis être heureuse.

— Je l'obtiendrai de mon ami Durand, que votre lettre d'hier a fort contrarié, je dois vous en informer.

— Eût-il préféré que je l'eusse abordé au foyer ou dans sa loge, lorsque sa femme y était?

— Non, sans doute. Mais la brusque nouvelle de votre résurrection l'avait un peu indisposé. Enfin, je le ferai revenir de ses premières impressions et de ses résolutions.

— Vous êtes un bon ami, un véritable ami, monsieur Renaudot. Vous êtes père, vous!

— Durand aussi est père, et il est meilleur que moi. Mais il avait gardé quelque irritation contre vous.

— Je n'en ai pourtant aucune contre lui.

— Je le comprends.

— Et je ne lui demande que de me réunir à ma fille.

— Réunir, non, ce n'est pas possible.

— Pourquoi?...

— Vous la verrez; nous vous en fournirons l'occasion. mais sans qu'elle sache que vous êtes sa mère. Vous serez une amie, une protectrice. Enfin nous arrangerons ce petit roman.

— Je ne pourrai pas embrasser Marie et l'appeler ma fille?

— L'embrasser tant que vous voudrez, pourvu que vous ne l'appeliez pas votre fille. Il faut vous imposer cette contrainte dans son intérêt, dans le vôtre et dans celui de Durand.

— Eh bien ! j'y consens. Renseignez-moi sur la demeure de Marie.

— Je ne le dois pas avant d'avoir averti Durand. Je ne suis qu'un intermédiaire, ne l'oubliez pas.

— Vous êtes un diplomate, un attaché d'ambassade.

— Vous feriez baisser pavillon à tous les diplomates du monde, belle dame.

— Toute mon habileté est dans ma franchise, et c'est ce qui déroute ordinairement les plus fins diplomates. Mais parlez-moi de ma fille. Elle est gentille, jolie, n'est-ce pas?

— Jolie comme les amours, jolie comme sa mère.

— J'accepte le compliment pour Marie. Intelligente, distinguée?

— Durand en a fait le modèle des jeunes filles. Après l'avoir placée dans l'un des meilleurs pensionnats de Paris, il en fait une femme utile, il lui a donné une profession.

— Ma fille travaille de ses mains... Cela me contrarie.

— C'est-à-dire qu'elle est à la tête d'un magasin de dentelles, et dirige ses ouvrières.

— Où?

— Vous sautez par-dessus les barrières et sortez de nos conventions.

— Attendre encore pour l'embrasser, quel supplice! Et vous, monsieur Renaudot, la voyez-vous souvent?

— Aussi souvent que Durand lui-même. Que de fois
ne l'ai je pas remplacé auprès d'elle! Je suis son second
père. Quand je l'embrasse, il me semble que c'est ma
fille.

— Vous avez embrassé et protégé ma fille! Ah! soyez-
en remercié, monsieur! s'écria Julia, emportée par son
mouvement maternel, frôlant le visage et prenant dans
les siennes les deux mains de Renaudot, qui en présence
de l'abandon de Julia se trouvait dans l'intéressante
situation de Joseph auprès de madame Putiphar. Comme
l'homme vertueux de la Bible, il se déroba à la tentation par une prudente retraite.

XLI

Sorti du boudoir de l'enchanteresse Julia, Renaudot
se carrait quelque peu sur l'asphalte de la place Vendôme. Il avait eu en une heure autant d'émotion que
dans toute sa vie. Cette Circé l'avait rajeuni, ragaillardi,
lui avait donné une nouvelle sève. — C'est une femme
superbe et surprenante, pensait-il. Elle a dû découvrir
l'eau de Jouvence. Elle a toujours vingt ans. Mais que
vais-je dire à Durand? J'ai dépassé ses instructions. J'ai
lâché la courroie. Aussi pourquoi m'a-t-il dépeint Julia
comme une sorte de diablesse, tandis que ce n'est qu'un
ange déchu qui cherche à remonter au ciel? Elle n'a
pas divorcé avec les bons sentiments; seulement ils ne

sont venus que dans un âge mûr. Il y a des natures
comme ça... Mieux vaut encore tard que jamais!

Renaudot en était là de son monologue lorsqu'il se
trouva en face de la maison de la rue Lepelletier, siége
de son cercle, où l'attendait Durand. Il trouva son ami
nerveux et impatient.

— Ah ça, Renaudot, lui dit-il à son arrivée, je déses-
pérais de toi aujourd'hui. Comment, tu es resté près de
deux heures chez Julia?

— La bonne diplomatie, mon cher, ne se fait qu'avec
le temps.

— J'espère que tu l'as bien employé. Je croyais que
tu ne sortirais plus de l'antre de la panthère.

— La demeure de Julia un antre... c'est un palais.

— Enchanté?

— Enchanté, tu l'as dit.

— Enfin le résultat de tous ces enchantements?

— Mon cher Durand, Julia n'est pas ce que tu crois.

— Comment?

— Elle n'est plus la femme d'autrefois. Les bons sentiments lui sont revenus.

— Pour qu'ils lui fussent revenus, il faudrait d'abord
qu'elle les ait eus. Ah ça, est-ce que cette sirène t'aurait
séduit?

— Pas du tout. Mais je l'ai trouvée tout autre et bien
mieux que de notre temps. Elle a gagné à vieillir, et je
ne m'étonne plus qu'un comte l'ait épousée. Il y a beaucoup de comtesses de par le monde qui ne la valent pas.

— La couleuvre t'a enlacé dans ses replis. Tu as
cédé.

— Non. Mais avant tout il faut être juste, Durand, et
personne n'est capable d'empêcher Julia de voir sa fille.
Elle est la mère de Marie, après tout.

— Tu ne lui as donc pas dit qu'elle n'était plus?

— Va donc faire croire à une mère que sa fille est morte! A moins de la conduire devant sa tombe... Et encore demanderait-elle le cadavre.

— Tu as faibli, te dis-je, Renaudot.

— J'ai au contraire, parfaitement arrangé les choses. J'ai obtenu de Julia qu'elle verrait Marie, sans que ta fille sache que c'est sa mère. Mon moyen est ingénieux, hein?

— Il n'a pas le sens commun. Ce n'est pas là ce qui avait été convenu entre nous.

— Tu es mécontent de moi. Alors acquitte-toi dorénavant de tes missions toi-même. Va trouver Julia, et tu verras si tu es plus heureux que moi. Elle est plus forte que toi, mon cher.

— A t'entendre, on dirait vraiment qu'elle m'est étrangère. N'ai-je pas vécu avec elle? Ne l'ai-je pas retournée en tous sens pour en faire une honnête femme, sans pouvoir y réussir! Elle m'a mystifié, berné, et finalement s'est fait enlever en me laissant sa fille. Voilà ton héroïne.

— Ce n'est pas mon héroïne. Mais je te le répète, elle a eu devant moi de grands mouvements.

— Je les connais, ses grands mouvements! Elle les a joués avec moi. Ah! c'est une habile comédienne. Fine comme l'ambre, décevante comme un nuage.

— Je t'affirme qu'elle n'a plus les travers d'autrefois. Elle s'est corrigée, transformée. Il y a des femmes à qui la conscience et la pudeur ne viennent que tard. C'est de la physiologie, cela.

— Tu parles physiologie maintenant, à propos de Julia! Ma parole d'honneur, je crois que c'est toi, et non pas elle, qui es changé. Elle semble t'avoir gagné à sa cause. Dans tous les cas, sois sûr qu'elle ne verra pas ma fille. Je ne souffrirai pas que Marie apprenne qu'elle a pour mère une Julia. A cette pensée, tout mon sang bout dans mes veines !

— Durand, tu vois toujours Julia dans le passé. Tu oublies qu'elle a repris rang dans le monde, qu'elle y est acceptée, qu'elle est comtesse, et qu'elle a ou paraît avoir une grande fortune.

— Singulière morale que la tienne, Renaudot. Du moment qu'une intrigante réussit, elle est absoute à tes yeux. Alors, quelle part réserves-tu aux honnêtes gens dans le malheur?

— Enfin, tu te flattes que Julia ne saura pas découvrir sa fille?

— Je l'espère bien.

— Ecoute, Durand. Tu as tort de traiter ainsi Julia, d'obéir à je ne sais quelle rancune tenace en toi. Par les moyens conciliants, on en aurait plutôt raison.

— Erreur, mon cher ami. Julia est la personnification de la ruse et de l'hypocrisie. C'est Circé et Dalila, le piége fait chair, le sable mouvant qui vous enlise. Pour peu qu'on lui donne le doigt, ou qu'on y mette le pied, il faut que le corps y passe tout entier.

— Je lui ai donné le doigt, et n'y suis point passé tout entier.

— Elle a joué la comédie avec toi.

— Alors elle l'a jouée au naturel.

— D'ailleurs, qui nous garantit qu'elle est réellement comtesse, et qu'elle n'ait pas repris son ancien train de vie?

— Dame, j'ai vu la mariée, mais je n'ai vu ni le mari ni le contrat de mariage.

— Enfin, mon cher Renaudot, je ne t'en remercie pas moins de ta démarche, quoiqu'elle n'ait pas abouti à ce que je désirais.

Les deux amis quittèrent le cercle et reprirent le chemin de leur foyer. La mauvaise humeur de Durand se traduisait, comme d'habitude, par un silence absolu. Quant à Renaudot, il était plein d'idées gaies et papillonnantes. Les Champs-Elysées lui semblaient un Eldorado. Il se croyait encore dans le boudoir de la piquante dame de la place Vendôme.

XLII

Le comité de la rue de Grenelle-Saint-Germain qui se tenait chez une vieille dame veuve, madame de Belluze, avait une réelle puissance politique et religieuse ; il se ramifiait à l'épiscopat et au personnel catholique du pouvoir. Par cette influence, un certain nombre de ses membres avaient eu de hautes fonctions.

Madame Renaudot était devenue l'amie intime de madame de Belluze. C'est sous ses auspices qu'avait été formé le gracieux projet d'unir Edmond Renaudot à la fille du baron de Nerdrel, encore pensionnaire au couvent des Oiseaux.

Après la séance du comité, madame Renaudot eut un entretien à ce sujet avec le baron de Nerdrel dans l'un des salons de madame de Belluze.

— Comment se porte votre chère enfant? lui avait demandé madame Renaudot, qui ne manquait jamais d'amener la conversation sur celle qu'elle considérait comme sa future belle-fille.

— Parfaitement, madame. Elle sort décidément la
semaine prochaine des Oiseaux, et elle m'accompagne-
ra dans la visite que j'aurai l'honneur de vous rendre.

— Vous me comblez, monsieur le baron. Je pourrai
présenter mon fils à mademoiselle de Nerdrel.

— C'est entendu. D'ailleurs je donne une fête à
l'occasion de la sortie de ma fille de son couvent. Monsieur Edmond y sera invité. Nos jeunes gens auront
donc toute facilité de se connaître et de nouer leurs rapports sympathiques qui répondront, je n'en doute pas,
à tous nos vœux.

— Aux miens surtout, monsieur le baron.

— Votre fils Edmond est un jeune homme accompli.

— L'estime qu'un gentilhomme comme vous fait de
mon Edmond me donne de l'orgueil.

— Vous en êtes justement fière, madame.

— Et la baronne partage-t-elle vos idées quant à ce
projet de fiançailles?

— Vous savez que les mères ne sont jamais trop pres-
sées de marier leur fille. Mais je déciderai la baronne.

— Tout est pour le mieux. Maintenant, monsieur le
baron, j'ai une requête à vous présenter.

— J'y souscris d'avance, s'il est en mon pouvoir de
vous satisfaire.

— Vous avez sans doute apprécié comme moi les
bons services qu'a rendus à notre comité le vicomte de
Vilpierre. Il s'agirait de l'en récompenser en lui faisant
obtenir un poste d'attaché d'ambassade à Rome. Le
nouvel ambassadeur, qui est tout-à-fait dans nos idées,
vient d'être nommé. Ne pourriez-vous lui présenter le
vicomte?

— Je le verrai, ainsi que le ministre des affaires étrangères, et j'userai de tout mon crédit auprès d'eux. J'espère obtenir satisfaction à l'endroit de votre protégé.

— Que je vous suis reconnaissante d'accueillir avec cette amabilité ce que je vous demande !

— Vous savez bien qu'entre nous c'est presque une obligation. Elle est bien douce pour moi quand il est question de vous être agréable.

— Vous êtes le plus charmant des gentilshommes.

En ce moment la comtesse Julia Kourawieff entra.

— Vous êtes en petit comité ? demanda-t-elle.

— Pas du tout, comtesse, répondit madame Renaudot. Vous êtes d'ailleurs toujours la bienvenue.

— Mesdames, vous m'excuserez de vous fausser compagnie. Quelques affaires me réclament.

Le baron de Nerdrel baisa galamment la main de la comtesse, et celle de madame Renaudot, puis il se retira.

— Quel admirable gentilhomme ! fit madame Renaudot.

— Oui, répondit la comtesse Kourawieff. C'est à qui se disputera l'honneur d'entrer dans sa famille.

— Comment ! vous, savez ? questionna madame Renaudot intriguée.

— Votre intention d'unir votre fils à la fille du baron. Ce n'est plus un secret pour aucun des membres de notre comité, chère madame.

— Je ne vous en ai pas parlé, car ce n'est qu'un projet...

— Qui est bien près de se réaliser.

— Je l'avoue, dit avec satisfaction madame Renaudot.

On annonça le vicomte Théodore de Vilpierre.

— Ah ! monsieur le vicomte, lui dit madame Renau-

dot, à l'instant je parlais de vous au baron de Nerdrel,
et il m'a formellement promis de vous appuyer près du
ministre pour le poste d'attaché d'ambassade à Rome
que vous ambitionnez, et dans lequel il vous sera loisible de servir encore utilement notre comité.

— Combien je vous suis obligé, madame ! s'écria le
vicomte de Vilpierre. Mon unique désir est de m'agenouiller devant le saint Père !

— Maintenant, monsieur le vicomte, dit madame Renaudot en riant, veuillez me faire votre rapport.

— Mademoiselle Marie Desgranges est à la tête d'un
magasin de dentelles qui paraît assez bien achalandé.
C'est une jeune personne qui m'a paru fort séduisante.

— Ah ! interrompit madame Renaudot. — D'autant
plus dangereuse, pensa-t-elle.

— Marie Desgranges ! murmura la comtesse.

— Suivant votre avis, j'allais lui demander s'il ne lui
déplairait pas de se déplacer de Paris, lorsque l'arrivée
imprévue de monsieur votre fils coupa court à mon ambassade.

— Mon fils chez elle ! s'écria madame Renaudot.

— Voilà qui dérange le projet matrimonial, pensa Julia.

— Il m'a même fait un accueil assez disgracieux, je
dois le dire.

— Il était sans doute contrarié d'avoir été surpris par
vous chez cette marchande de dentelles. Je n'ignorais
pas d'ailleurs ces relations, fort-inoffensives, à la vérité.

— Ah ! dit la comtesse, je comprends pourquoi vous
désirez envoyer mademoiselle Marie à Nancy.

— Mon Dieu ! répliqua madame Renaudot, il n'y a
rien qui m'alarme dans cette étourderie de mon fils.

— Parfois, objecta la comtesse, les étourderies mènent loin.

— Je n'ai pas cette crainte, madame.

Un domestique vint prévenir madame Renaudot qu'une personne apportant des dentelles pour le comité demandait à être introduite auprès d'elle.

— Faites entrer, ordonna madame Renaudot.

— Mesdames, permettez-moi de prendre congé de vous.

— C'est bien, monsieur de Vilpierre, je vous sais gré de votre démarche.

— Tout à vos ordres, madame.

Julia avait peine à dissimuler son agitation. Marie Desgranges était le nom sous lequel sa fille avait été inscrite à la mairie. On avait voulu éloigner l'enfant de sa mère, et un heureux hasard l'amenait devant elle. Sa joie perçait malgré tous ses efforts. Heureusement, madame Renaudot, qui ne pouvait se douter que la comtesse Kourawieff fût la mère de Marie, ne remarqua pas ses mouvements nerveux.

XLIII

A peine le vicomte avait-il disparu par la porte latérale du salon que Marie, un carton à la main, entrait par la principale porte. Elle salua sans nul embarras et dit :

— J'apporte, mesdames, ce que l'on m'a demandé.

— Veuillez vous asseoir, mademoiselle, Nous allons examiner vos dentelles.

— Permettez-moi de vous les montrer, fit Marie en ouvrant son carton.

— Eh bien, qu'en pensez-vous, comtesse? demanda madame Renaudot.

— C'est très-bien, c'est parfait! répondit la comtesse qui ne remarquait pas les dentelles, mais qui dévorait des yeux Marie en murmurant avec un sentiment d'orgueil maternel : — Elle est ravissante, ma fille !

— Mesdames, dit Marie en dépliant une dentelle et en la drapant sur sa main, voici un dessin dont j'ai eu l'idée, que j'ai créé dans mon atelier, et qui conviendrait bien, je crois, pour une nappe d'autel.

— Ah! le riche dessin! s'émerveilla madame Renaudot. Voyez donc, comtesse.

— C'est adorable!

— Mademoiselle, vos marchandises me conviennent. Vous voudrez bien envoyer votre note au comité.

— Oui, madame.

— Vous avez du talent, mademoiselle. Tout ce que vous nous avez montré est marqué au coin du bon goût.

— Madame, vous me donnez trop d'éloges.

— Mais non. Et votre modestie rehausse votre mérite. Je suis enchantée d'avoir eu l'idée de vous appeler pour nos fournitures d'église.

— Je vous en remercie, madame.

— Je m'intéresse à vous, mademoiselle, et je désirerais améliorer votre position.

— Quoique modeste, elle me satisfait, madame.

— Sans doute. Vous n'êtes pas ambitieuse, et je vous en félicite. Mais il n'est pas défendu de tirer parti de

son talent. Nous avons une place vacante de sous-directrice dans un couvent-ouvroir de Nancy. Il nous faudrait une personne capable, comme vous, mademoiselle. Mais peut-être avez-vous à Paris une famille que
votre départ contrarierait?...

—· Je suis orpheline, madame.

— Ah!... Vous avez perdu vos parents, ma pauvre
enfant?

— Oui, madame.

La comtesse Kourawieff pâlit à cette réponse de Ma·
rie.

— Pardonnez-moi, mademoiselle, ces questions, cette
investigation dans votre vie privée, reprit madame Renaudot. Nous avons besoin d'être renseignées sur la mo-
ralité des personnes que nous recommandons à nos
maisons religieuses. Il n'y a rien là que de très-légitime,
vous le comprenez.

—· Assurément, madame.

— Maintenant, s'il m'était permis de vous donner un
conseil, je vous engagerais à accepter l'offre que nous
vous faisons. Dans votre situation, la religion vous vien-
drait en aide en vous couvrant de son égide ; l'Eglise vous
tiendrait lieu de mère, et en vous appuyant sur son bras,
vous entreriez dans la vraie voie du salut. A Paris, souvent une personne charmante comme vous l'êtes, et qui
n'a pas de foyer, pas de conseil, est entraînée au mal,
est exposée à bien des dangers, à bien des tentations,
surtout quand elle se trouve en rapport avec un monde
au-dessus d'elle.

— Mais, madame... interrompit Marie froissée, je ne
suis pas venu ici pour faire ma confession, mais pour
vendre des dentelles.

—· En vérité, madame Renaudot, dit la comtesse Kourawieff, je ne comprends pas que vous sermonniez ainsi cette jeune fille.

— Permettez-moi, comtesse, répliqua sèchement madame Renaudot, étonnée de l'intervention de Julia, de m'acquitter de mon devoir. C'est dans l'intérêt même de cette jeune fille.

— Vous me semblez pousser un peu loin cet intérêt, répliqua énergiquement la comtesse.

— Enfin, mademoiselle, reprit madame Renaudot impatientée, vous ne pouvez me donner de réponse immédiate?

— Non, madame.

— Eh bien, mon enfant, réfléchissez. Seulement, souvenez-vous qu'il y a de grands avantages attachés à la fonction de sous-directrice de l'ouvroir de Nancy.

— Je vous ferai parvenir ma réponse définitive, madame.

— Ou vous me l'apporterez vous-même, comme il vous plaira.

— Je vous présente mes respects, mesdames.

— Mademoiselle Marie, dit Julia, si vous voulez monter avec moi dans ma voiture, je vous reconduirai jusqu'à votre domicile. J'ai besoin d'une parure de dentelles pour une robe de bal, et je la choisirai dans votre magasin.

— Bien, madame la comtesse.

— Attendez-moi un instant, je vous prie, dans le premier salon.

Marie s'inclina, puis elle se retira.

XLIV

Quand Julia fut seule avec madame Renaudot, elle lui dit avec quelque vivacité :

— Madame, ne comptez pas sur moi pour recommander mademoiselle Marie à l'ouvroir de Nancy. Je m'y refuse.

— Vraiment, je ne m'explique pas, chère comtesse, dit madame Renaudot d'un air mielleux, pourquoi vous vous refusez à être utile à cette intéressante jeune fille.

— Ce serait une singulière manière de la servir que de l'enfermer dans un couvent. Elle est d'âge à se conduire et elle n'a pas besoin d'ange gardien. Vous êtes par trop charitable, madame.

— C'est une dame de notre comité qui parle de la sorte !

— Je parle en connaissance de cause. Au surplus, j'ai pénétré vos véritables intentions à l'égard de mademoiselle Marie, chère madame.

— Et comment les jugez-vous, je vous prie ?

— Vous redoutez que les relations de votre fils avec cette jeune fille ne viennent aux oreilles du baron de Nerdrel et ne fassent manquer le mariage que vous avez projeté. Eh bien, c'est un faux calcul. Si votre fils aime réellement mademoiselle Marie, il la trouvera aussi bien à Nancy qu'à Paris. Vous oubliez trop, madame, que les chemins de fer ont supprimé les distances.

— Une telle supposition est une injure pour mon fils.

— Ce n'est pas la première fois que l'on verrait les inclinations des jeunes gens contrarier les vues de leurs parents.

— Mon fils ne peut avoir d'inclination aussi déplacée.

— En tout cas, il convient de respecter la liberté de cette jeune fille. Elle n'a nul besoin de votre protection, et si le malheur venait à la frapper, c'est moi qui lui viendrais en aide, sans la chasser de Paris.

— Votre subit engouement pour cette ouvrière est inexplicable, comtesse.

— Elle me plait. Vous savez que je suis prompte dans tous mes sentiments.

— Vous n'aviez pas entendu parler d'elle avant qu'elle vînt ici?

— Non.

— Vous n'aviez aucun renseignement sur son compte?

— Aucun.

— Alors je suis plus avancée que vous. J'ai appris d'elle des choses qui ne sont pas fort louables. Elle se conduit en grisette.

— Ce sont des calomnies.

— Qu'en savez-vous?

— On aime tant à calomnier la jeunesse et la beauté! Quoi qu'on dise et qu'on fasse, on ne me tournera pas contre mademoiselle Marie.

— Vraiment, comtesse, si elle était votre fille, vous ne la défendriez pas avec plus de chaleur.

— Je voudrais qu'elle le fût, madame, répliqua la comtesse avec émotion. Malheureusement, je n'ai pas d'enfants. Mais il me plaît de prendre mademoiselle Marie sous ma sauvegarde.

— A votre aise. Quant à moi, je saurai bien préserver mon fils des piéges que lui tend une grisette.

— Il y a des grisettes qui valent de grandes dames.

— Serait-ce une allusion à ma personne, comtesse?

— Dieu m'en garde! Je ne songeais pas à vous, chère madame. Mais je vous dis mon dernier mot. Qui touche à cette jeune fille me touche, qui l'attaque m'attaque!

— Je vous cède la place, madame.

— Non, madame, c'est à moi... Je vais rejoindre mademoiselle Marie.

La comtesse et madame Renaudot se firent deux grandes et froides révérences, comme en savent si bien faire les dames qui se déclarent la guerre.

Madame Renaudot était rouge d'indignation. Elle cherchait, sans la trouver, la cause de la scène qu'elle venait de subir de la comtesse Kourawieff. Tout à coup une lumière frappa son esprit. — Oui, c'est cela, plus de doute! s'écria-t-elle. Cette jeune fille, cette prétendue orpheline, chez qui Renaudot se rend en secret, est sa fille. Et cette femme serait... Oh! c'est monstrueux. Patience! Je verrai bientôt clair dans cette intrigue. Ah! monsieur Renaudot, vous m'avez caché jusqu'ici une telle aventure. Nous verrons bien...

Les pénibles réflexions de madame Renaudot furent interrompues par madame de Belluze, qui vint lui annoncer que monsieur Dulin désirait lui parler.

— Comment se trouve-t-il ici? demanda madame Renaudot en manifestant son étonnement.

— J'ai connu autrefois monsieur Dulin, avant ses longs voyages. Il est venu me rendre visite en m'exprimant le désir d'être membre de notre comité, et comme il me parlait de vous, je lui ai appris que vous étiez ici.

Alors il m'a dit qu'il avait absolument besoin de vous voir pour une importante communication.

Madame Renaudot accueillit cette nouvelle avec une vive émotion et resta silencieuse.

— Ma chère amie, si vous ne voulez pas recevoir ici monsieur Dulin, reprit madame de Belluze, je lui ferai un petit mensonge. Je lui dirai que vous êtes partie. Il se rendra chez vous.

— Chez moi ! s'écria madame Renaudot. Non. Je le recevrai ici.

XLV

Lorsque Richard Dulin entra au salon, madame Renaudot, qui était assise sur une causeuse, se leva pour le recevoir, mais ne lui dit pas un mot. L'accueil était peu encourageant. Dulin s'y attendait.

— Mon Dieu ! madame, dit-il en manière d'exorde, je vois que ma présence ne vous est pas agréable. Il eût dépendu de vous cependant de l'éviter en répondant quelques mots à ma lettre. Vous ne l'avez pas fait. Ne pouvant, ou plutôt ne voulant pas par délicatesse me présenter chez votre mari, j'ai pensé qu'il n'y aurait aucun inconvénient ni pour votre dignité ni pour votre réputation à ce que je vinsse ici. Le hasard m'a fait rencontrer madame de Belluze, que j'avais connue jeune fille. J'ai argué auprès d'elle du désir d'être reçu de votre comité, et sachant que vous y veniez tous les jeudis, j'ai trouvé ce moyen plausible de me rapprocher de vous. Vous voyez, madame, que j'ai sauvé les apparences, et que je ne mérite peut-être pas la réception que vous me faites.

— Enfin, monsieur, dit madame Renaudot sans regarder Dulin et sans se déranger de sa causeuse où elle s'était rassise, lui tournant presque le dos, comme si elle eût craint de le regarder en face, que voulez-vous de moi?

— Comment, madame, vous me le demandez?

— Oui, monsieur.

— Vous n'ignorez pourtant pas l'intérêt puissant qui m'amène.

— Mon fils... vous me demandez mon fils, n'est-ce pas?

— Notre fils, madame.

— Il m'appartient. Je me suis imposée tous les sacrifices, j'ai bravé toutes les considérations, j'ai joué ma réputation de femme pour l'élever. Vous n'aurez pas l'audace d'exiger de votre victime qu'elle vous livre son enfant.

— Ma victime! Dites celle de la fatalité.

— Mon fils est à moi. Il n'est pas vôtre. Brisons là, monsieur. Il n'y a plus rien de commun entre vous et moi.

Madame Renaudot se leva de la causeuse et se dirigea vers la porte. Mais Richard Dulin se plaça résolûment devant elle en lui disant d'un ton qui n'admettait pas de réplique:

— Vous resterez, madame. Vous ne sortirez pas avant que vous m'ayez entendu.

— Prétendriez-vous avoir recours à la violence, comme autrefois? Mais alors j'étais jeune, inexpérimentée, livrée à vous par la confiance, par l'affection

12

que vos hypocrites déclarations m'avaient inspirée.
Aujourd'hui je vous connais, et je ne redoute rien de
vous. Je suis ici chez moi, je vous en préviens.

— Madame, ce n'est pas un amant qui vous parle à
cette heure solennelle d'où va dépendre ma destinée,
c'est un père, au nom de son droit sacré...

— Qui a déserté son devoir et manqué à ses obligations n'a pas de droits à invoquer.

— Rien n'efface ceux d'un père.

— Ainsi, au prix d'efforts inouïs, de douleurs sans
nombre, mon fils aurait grandi, serait devenu homme,
et je n'eusse travaillé que pour vous le livrer, à vous qui
l'avez renié et abandonné après avoir trahi sa mère!
Ah! tenez, monsieur, vous eussiez été mieux inspiré en
ne me revoyant jamais, et en ne cherchant pas surtout
à revoir l'enfant qui ne peut avoir d'amour pour vous.

— Vous avez appris à mon fils à haïr son père, vous
l'avez préparé à me repousser. Vous m'avez dépeint à
ses yeux comme un de ces êtres sans cœur, sans âme,
qui, rejetant loin d'eux la sainte obligation de la paternité, sacrifient à leur égoïsme monstrueux la destinée
de leurs enfants! Si vous avez voulu me briser le cœur,
madame, vous avez réussi.

Richard Dulin porta la main à ses yeux pour retenir
les larmes qui allaient en jaillir. Madame Renaudot,
impressionnée par ce mouvement de sensibilité, lui dit
plus doucement:

— Je n'ai pas cherché à vous abaisser devant mon
fils. Il a été témoin de mes larmes, de mes tortures, de
ma vie d'angoisses, et il a bien fallu que je lui dise la
vérité!

— La vérité! Je ne la crains pas, et si vous la lui aviez
dite, il ne maudirait pas le souvenir de son père. Placez-
moi devant lui, madame, et je lui ferai à mon tour l'en-

tière confession de ma vie telle que je vais la faire devant vous.

« Mon enfant, lui dirais-je, j'ai connu ta mère jeune et belle. Nous étions fiancés ; bientôt nous devions nous appartenir. Un soir d'été, pendant les vacances de son père, sous les épais ombrages de sa maison de campagne, nous étions seuls, sans aucune défiance de nous-mêmes, nous entretenant de notre amour, de notre prochain mariage qui allait le couronner. Par un de ces irrésistibles entraînements auxquels la jeunesse est trop sujette, je pressai passionnément ta mère dans mes bras. Elle me céda, n'ayant pas même la force de se défendre. Ma passion, franchissant toute barrière, m'avait fait abuser de la confiance absolue que son père avait en moi et profaner un trésor qui m'était réservé. La certitude où j'étais d'épouser Ernestine Blanchard apaisa mes remords. Mais quelques jours après la scène du parc, je recevais de la Nouvelle-Orléans une lettre de mon père, gravement malade, qui m'appelait instamment auprès de lui. Mon mariage se trouvait forcément retardé par ce triste événement. Je consultai cependant ta mère, qui fut la première à me conseiller le voyage en Amérique, en me promettant au milieu de ses larmes et de ses baisers de m'attendre avec courage et résignation.

— Je n'ai pas manqué à ma parole, monsieur, interrompit madame Renaudot avec vivacité, mais vous avez failli à la vôtre. Je vous ai attendu, et vous n'êtes pas venu.

— En débarquant à la Nouvelle-Orléans, continua Richard Dulin sans s'arrêter à l'objection de madame Renaudot, j'eus la douleur d'apprendre la mort de mon pauvre père. Il n'avait pas pu recevoir le dernier baiser du fils qu'il chérissait au-delà de toute expression, et

que, dans l'excès de son amour paternel, il avait envoyé
en France pour y achever son éducation, en le recommandant à son vieil ami Blanchard et en le priant d'être
son correspondant.

« N'ayant jamais senti de vocation pour le commerce,
puisque j'avais fait mes études pour devenir ingénieur,
je liquidai l'importante maison de mon père, je réalisai
ma fortune, et je m'embarquai à la Nouvelle-Orléans
sur le *Rapide*, n'ayant qu'une pensée, celle de revoir la
jeune fille que j'avais compromise et de lui rendre l'honneur que dans un moment d'égarement je lui avais
ravi.

« Pendant la deuxième nuit de notre traversée, un
incendie se déclara dans la soute au charbon de notre
navire. Les pompes fonctionnèrent, mais en vain. Le
matin, le *Rapide* en flammes disparaissait dans les pro-
fondeurs de l'Atlantique. Deux canots mis à temps à la
mer avaient pu sauver quelques femmes et quelques
enfants. Quant à moi, au moment suprême, je m'étais
accroché à un débris flottant du navire. La mer, après
m'avoir longtemps roulé dans ses vagues, me jeta à la
côte. Je me croyais sauvé. Mais je comptais sans les
Indiens pilleurs d'épaves, qui du rivage avaient vu l'incendie du navire. Ils m'assaillirent, me dépouillèrent et
me martyrisèrent au point de me laisser pour mort sur
le rivage. Le lendemain, des voyageurs me relevèrent et
me portèrent au village le plus voisin. Dans mon délire,
je vous appelais, madame, mais je retombais inerte sur
ma couche d'agonie. Que m'importait la fortune que je
venais de perdre! J'eusse donné avec joie pour vous
revoir ce qui me restait d'existence. Je restai deux
années entre la vie et la mort. J'entrais en convalescence
lorsque j'appris en même temps et votre maternité et
votre mariage.

— Trois mois après votre départ, je vous avais écrit pour vous informer que j'allais être mère.

— Je n'ai pas reçu votre lettre, je le jure devant Dieu, mais dans tous les cas, je n'eusse pu y répondre, puisque j'étais cloué par la maladie sur mon lit de douleur.

« Désespéré, un instant j'avais songé à demander au suicide la fin de mes souffrances. Mais j'avais un fils. Je devais vivre pour lui. J'étais ruiné. J'avais tout perdu dans mon naufrage. Je me mesurai courageusement avec les difficultés de ma situation, et après de longues années de luttes, mêlées de succès et de revers, je parvins à reconquérir une partie de la fortune que mon désastre m'avait enlevée. Voilà le récit vrai de ma vie en Amérique, madame. Eh bien, pensez-vous que le jour où il me sera permis d'en instruire mon fils, il me maudira et me repoussera, comme vous m'en avez menacé tout à l'heure ? Non ; il me répondrait que je n'ai démérité ni de lui ni de l'honneur ; il m'ouvrirait ses bras, et je trouverais enfin la récompense morale que j'attends depuis si longtemps !... »

Pendant que Richard Dulin parlait, Ernestine Renaudot sentait s'évanouir son animosité contre lui. Cette voix sympathique qui jadis l'avait impressionnée au point de lui faire transgresser les sévères lois du devoir remuait toutes ses fibres. Sa jeunesse, avec ses enthousiasmes, avec ses riants souvenirs, se levait devant elle. De nouveau, elle revoyait en imagination le berceau fleuri sous lequel elle avait reçu ses serments d'amour. Les extases, les douces émotions du passé revenaient présents et vivaces à sa mémoire ; les effluves, les suaves émanations de son printemps, sorti tout à coup de son suaire à la voix de Dulin, la rajeunissaient et la vivifiaient avec d'autant plus de force qu'elle n'avait pas cessé de

l'aimer, car les premières affections restent embaumées
et ineffaçables au fond du cœur des femmes; du moins,
rien ne prévaut contre l'impression que laisse en elles
le premier amour.

Quoique Dulin eût beaucoup vieilli et qu'il fût presque méconnaissable, Ernestine Renaudot voyait ses cheveux noirs sous ses cheveux grisonnants; son regard
avait perdu la vivacité et l'ardeur d'autrefois, mais il
avait pris l'éclat métallique et la fermeté de l'homme
qui s'est mesuré avec le danger et a bravé la mort. Bien
que les lignes sévères qui sillonnaient le visage de Richard Dulin eussent plissé et ridé le front juvénile
qu'elle avait embrassé, Ernestine Renaudot recompo-
sait le passé et retrouvait la figure d'autrefois, la chère
image qu'elle avait adorée.

XLVI

C'est dans ces nouvelles dispositions, et d'une voix
plus douce, presque attendrie, que madame Renaudot
répondit à Richard Dulin :

— A votre tour, écoutez-moi, monsieur Richard. Si
vous avez souffert, de mon côté, moi aussi j'ai souffert,
et par votre faute, ne l'oubliez pas.

— La fatalité nous a séparés, madame, mais vous ne
pouvez incriminer ma volonté. Je vous ai écrit, j'ai écrit
à monsieur Blanchard. Que pouvais-je faire de plus ?

— Jamais mon père ne m'a parlé de cette lettre, mais, puisque nous faisons de l'histoire, monsieur, ayons-en la vérité et la froide impassibilité. Le temps de la fiévreuse passion et des illusions décevantes est loin derrière nous. Vous voyez où elles nous ont conduits.

— Il est vrai, madame, répondit Richard avec tristesse en regardant le visage un peu fané, quoique fort agréable encore de madame Renaudot, et en se remémorant l'éclat de sa beauté à seize ans. Nous nous sommes quittés printemps, et nous nous retrouvons automne.

— Monsieur Richard, continua madame Renaudot, il faut que vous sachiez de quel prix une femme paie les erreurs de sa jeunesse.

— Je m'en doute bien, madame.

— Monsieur Blanchard, mon père, avait lu dans les journaux le récit du *Rapide*, mais il se refusa à croire à la réalité de la longue maladie qui vous retenait en Amérique. D'ailleurs, si vous fussiez revenu, je crois qu'il vous eût fort mal accueilli, car il ne vous pardonnait pas, vous qu'il avait traité comme son propre fils, d'avoir trahi sa confiance, d'avoir déshonoré sa maison.

— J'avoue que j'ai été très-coupable.

— Obéissant à cette sorte d'antipathie, d'aversion qu'il avait conçue contre vous, mon père semblait s'attacher à détruire en moi et l'amour que je vous gardais et l'espérance que j'avais de vous revoir. Il me démontrait, et votre absence prolongée lui donnait malheureusement raison, que votre conduite ne pouvait être autrement interprétée que comme une trahison, un abandon.

— Vous aviez raison, madame, quand vous disiez que

monsieur Blanchard en était arrivé à la haine contre moi.

— « Les âmes faibles, me dit mon père, restent écrasées sous le coup qui les frappe, mais les âmes fortes se relèvent et réagissent contre les atteintes du sort et les arrêts du destin. Rappelle-toi, ma fille, que dans presque toutes les familles, le père est le dernier consolateur. Je serai pour toi ce consolateur. Tu as été fautive par entraînement, mais je n'en veux qu'à ton indigne séducteur. Quant à ton enfant, il devient le mien. Nous l'élèverons en Normandie. Personne ne saura la séduction dont tu as été victime, et tu prendras rang dans le monde comme si rien d'anormal ne s'était passé dans ta vie.

« J'obéis à mon père. Je m'étudiai à dissimuler sous les sourires, dans les fêtes où je paraissais, les angoisses de mon cœur. J'affectai même une coquetterie qui n'était pas mon penchant, en un mot, je jouai la comédie, mais aux dépens de moi-même. Que de fois, au sortir d'un bal, d'une brillante fête, n'ai-je pas fondu en larmes dans ma chambre !

— Vous avez été encore plus malheureuse que moi ! dit Richard.

— « Mon pauvre père étant tombé sérieusement malade, je ne quittai pas son chevet, le veillant, le soignant, le disputant à la mort. Malgré son accablement, il ne cessait de penser à moi, de s'inquiéter de mon avenir, de mon sort quand il ne serait plus là, lui, le consolateur ! Enfin, un jour, il me déclara que sa dernière heure serait empoisonnée, et qu'il ne mourrait pas tranquille s'il ne savait pas que je dusse appartenir à l'honnête homme sur lequel il avait jeté ses vues. — Me marier ! moi dont l'âme était encore pleine du souvenir de celui qui m'avait brisée, moi qui avais flétri la virginale couronne à laquelle le mari seul doit toucher ! Cependant j'eus la force de cacher à mon père cet amour persistant qui l'eût désolé et eût précipité sa fin, car il n'entendait pas prononcer votre nom sans ressentir une grande irritation, et j'acceptai le fiancé qu'il me destinait. C'était M. Renaudot, alors premier clerc de l'étude de mon père. Je n'aimais pas, je ne pouvais avoir que de l'estime pour Monsieur Renaudot. Cependant, pour obéir aux dernières volontés de mon père, et désespérant de vous revoir, je l'épousai.

« J'avais eu d'abord l'intention de lui avouer toute la vérité, de lui exposer ma véritable situation. Mais mon père m'en avait détournée en me disant:

— « Ma fille, si après ton aveu, Renaudot t'accepte pour femme, il se diminuera lui-même, il ne sera plus que l'époux de ta fortune; il fera un marché, qui ne te permettra plus d'estimer ton mari, et sans une mutuelle estime, il n'y a pas d'union, il n'y a pas de mariage. Si, au contraire, il refuse ta main, ton secret ne t'appartiendra plus, ta réputation sera perdue, et tu ne trouveras pas d'époux qui consente à prendre une fille-mère.

« Au lit de mort de mon père, je lui avais promis de garder mon secret, et je le gardai. Mais que de tortures j'ai subies, mon Dieu! A chaque instant j'étais forcée de mentir. Il me semblait que mon mari me voyait rougir et surprenait sur ma physionomie le mystère que je lui cachais. Si la religion ne m'avait fortifiée de ses inépuisables consolations en apportant son baume à mes douleurs, je n'aurais pas eu la force de vivre. Mais cette dévotion qui m'a valu si souvent les railleries de mon mari, et que des esprits superficiels m'ont reprochée, comme si, après le père, Dieu n'était pas le suprême consolateur, cette dévotion m'a soutenue à tra-

vers toutes les épreuves et a ouvert le ciel à mon Gol-
gotha.

— En effet, c'est une cruelle destinée que la vôtre,
madame.

— De Normandie, j'avais fait venir mon fils à Paris.

— Notre fils, rectifia avec intention Richard Dulin.

— Je le plaçai chez une femme de confiance dévouée
à mon père, Emma Lagrange. Pour le voir, je devais
recourir à des ruses, à des prétextes, à des manéges
dans lesquels ma dignité s'abaissait... J'abritais mon
amour maternel sous le manteau de la religion ; pour
justifier mes longues absences, je prétextais vis-à-vis de
mon mari mes devoirs de dame patronnesse, les obligations des bonnes œuvres, des comités religieux dans
lesquels j'étais entrée. Lorsque monsieur Renaudot
croyait que je passais mes journées à l'église, j'étais
avec mon fils, et en le pressant sur mon cœur, je demandais pardon à Dieu des mensonges que je commet-
tais pour l'embrasser... Ah ! monsieur, vous ne comprendrez jamais l'immense douleur d'une mère forcée
de cacher son amour comme une honte, et qui n'a pas
le droit d'embrasser son enfant à la face du ciel !

— N'oubliez pas, madame, que pendant vingt ans
j'ai désiré le baiser de mon fils, et que vous avez laissé
sans réponse les lettres que je vous adressai sous le
couvert d'Emma Lagrange, et dans lesquelles je vous demandais des nouvelles de notre enfant.

— Chaque jour, continua madame Renaudot, sans
répondre aux reproches de Dulin, je me révoltais contre cette existence de mensonge et de duplicité. Quand
j'étais près de me trahir, de révéler à monsieur Renaudot ce que j'avais été avant de devenir sa femme, je
m'arrêtais en me souvenant de cette recommandation
de mon père : — « Ne livre ton secret à personne, ma

fille, surtout à ton mari. » Et j'ai fermé mon cœur et ma bouche, et je suis restée seule, toute seule à dévorer ma honte, à panser l'inguérissable blessure que vous m'aviez faite.

— Madame, par pitié, ne m'accablez pas !...

— Mon courage se relevait sous les baisers de mon fils, comme la fleur desséchée sous la rosée qui la rafraîchit. Je le voyais grandir, j'assistais à la naissance de ses sentiments, à l'éclosion de sa jeune intelligence. Je l'aimais, je l'idolâtrais pour deux, pour moi et pour son père, que dans sa curiosité et sa tendresse enfantines il me demandait.

— Et vous lui répondiez ?

— Tu ne verras jamais ton père, mon enfant. Il t'a oublié, comme il a oublié ta mère.

— Vous lui avez dit cela, madame ! Mon fils croit que je l'ai volontairement abandonné !...

Deux grosses larmes s'échappèrent des yeux de Richard Dulin, et coulèrent lentement le long des rides verticales de son visage, comme l'eau qui suit la pente insensible d'un sillon.

— Grâce à Dieu, reprit madame Renaudot, mon mari ne soupçonna pas la véritable cause de mes irritations nerveuses, du trouble de mon esprit, de ma variabilité d'humeur. Je lui suis restée fidèle, j'ai fait strictement mon devoir d'épouse, sans le rendre heureux, sans l'aimer, comme il l'eût désiré et comme il l'avait espéré, car vous aviez tari en moi la source de tout amour.

— Madame !...

— Oh ! monsieur, ce n'est pas tout. Je ne vous épargnerai pas une plaie, pas un déchirement de la femme qui vous aimait, et que vous avez perdue. Il faut que vous mesuriez toute l'étendue de votre méfait, et que vous

sachiez quel triste cortége traîne après elle une première
faute.

— Vous êtes cruelle, madame.

—Une seconde fois, je devins mère. Mais j'accueillis
avec une sorte de tristesse cette nouvelle maternité.
Quelques efforts que je fisse pour donner à mon fils
légitime l'affection à laquelle il avait droit, cette affection ne pouvait sortir de mon cœur. Malgré moi, en dépit de ma volonté, de ma raison, de mes reproches intimes, je ne me sentais que la mère de mon premier fils,
de celui que j'avais enfanté avec amour. Par mon adoration, par mon excessive tendresse, j'avais cherché
à lui faire oublier qu'il lui manquait un père, une famille, un foyer ; je lui avais tout donné ; il ne me restait
plus rien pour l'autre ! Mais les enfants sentent bien qui
les aime ! A défaut des lumières de l'esprit, ils ont la
perspicacité du cœur. De bonne heure, mon fils légitime, plus clairvoyant que son père, s'aperçut que je
n'avais pas pour lui les entrailles d'une mère. Ma séche-
resse le blessa ; il me témoigna de l'indifférence, et
sous le toit de la famille devint presqu'un étranger pour
moi, reportant sur son père toute son affection. Voilà
mon expiation, monsieur, horrible châtiment que je n'o-
serais pas souhaiter à ma plus cruelle ennemie. Voilà la
vie d'écrasement que vous m'avez faite !

— J'eusse donné avec joie la mienne pour racheter
vos douleurs.

—Maintenant, monsieur, que vous avez entendu ma
confession, achevez votre œuvre. Allez trouver monsieur
Renaudot, et dites-lui que vous êtes le père de Paul !
Non-seulement mon mari me maudira, mais mon fils
Edmond me méprisera et sera vengé d'avoir trouvé en
moi une marâtre. Vous serez satisfait.

—Madame, le ressentiment vous égare. Comment !

vous me croyez capable d'une infamie, moi qui, après avoir vu mes lettres sans réponse et brûlant du désir d'embrasser mon fils, ai attendu patiemment une occasion favorable pour vous voir sans vous compromettre !

— Et qui vous assure, monsieur, que votre visite ne soit pas déjà l'objet de commentaires désobligeants pour moi ?

— Du moins, ai-je tout fait pour les éviter.

— Vous eussiez mieux fait de vous abstenir.

— C'est vous, madame, qui après avoir donné l'admirable exemple d'une tendresse maternelle à toute épreuve, bravant tous les périls pour élever votre fils, c'est vous qui vous refusez à comprendre mon amour paternel ! Mais je n'ai vécu, je n'ai travaillé que pour mon fils. Il a été mon étoile comme il a été la vôtre, et je n'ai été soutenu dans mes épreuves que par la douce pensée de le revoir un jour. Et ce jour est enfin arrivé !

— Oui, à présent qu'il est élevé, vous éprouvez le besoin de lui dire que vous êtes son père. Vous venez à point pour récolter la moisson que j'ai semée et occuper la maison que j'ai édifiée de mes mains. Qui sait si votre secrète intention n'est pas de vous emparer de l'esprit de mon fils, de l'éloigner de sa mère ? Mais je ne laisserai pas ainsi détruire l'œuvre de ma vie ; on ne me volera pas un trésor que j'ai eu tant de peine à amasser et à garder. Mon enfant, c'est mon bien, il n'est qu'à moi. Vous ne l'aurez pas. Vous ne me le prendrez pas !

— N'ayez pas une telle alarme, madame, et cessez de m'attribuer de mauvais sentiments que je suis incapable de ressentir. Je ne serai jamais tenté de prévenir notre fils contre vous, comme vous l'avez fait contre moi.

— Pensez-vous que sachant votre conduite à mon

13

égard, mon fils Paul soit disposé à vous bénir et à vous
remercier? Il aime trop sa mère...

— Pour être juste envers son père. Je ne le crois pas,
et je compte sur vous, madame, pour effacer de son
esprit les préventions que vous y avez déposées, et qui
ne peuvent subsister après vous avoir prouvé que notre
longue séparation n'était due qu'à des événements contre lesquels la volonté humaine est impuissante. Ne
craignez donc pas de rapprocher le père et le fils. Je
vous jure que dans mes entretiens avec lui, je ne lui
exprimerai à votre égard que la reconnaissance et l'admiration dont votre conduite et votre amour maternel
m'ont pénétré !

— Vous n'avez pas le droit de prêter de serment,
monsieur, lorsque vous avez trahi tous ceux que vous
m'avez faits. Pour mon malheur, j'y ai cru. Aujour-
d'hui je n'y ajoute plus aucune foi.

— Que vous êtes cruelle, madame ! Ni ma franchise,
ni le sincère aveu de ma faute, ni l'accent de vérité de
mes paroles n'ont pu porter la conviction dans votre
esprit. Vous doutez de moi ; vous m'adressez les plus
sanglants reproches, et cependant je me suis montré
plus fidèle que vous à mes sentiments. Je ne vous ai pas
imitée ; je ne me suis pas marié.

— Vous étiez libre, monsieur.

— Et savez-vous pourquoi je ne me suis pas marié?

— Je le répète, monsieur, vous étiez libre.

— On n'est pas libre quand on a un amour indestruc-
tible au cœur. J'eusse trompé la femme que j'aurais
épousée, et je ne l'ai pas voulu. Les serments d'amour
que je vous avais faits, je ne les ai jamais parjurés. Que
de fois dans les solitudes du Nouveau-Monde ai-je répété
votre nom, Ernestine, en me rappelant le jour où vous
vous êtes donnée à moi ! Ce jour qui a fixé ma destinée

est resté gravé dans ma mémoire. Vous me l'avez avoué tout à l'heure, votre mari n'a pas eu la meilleure part de votre âme. On aime pas deux fois comme nous nous sommes aimés, madame. Et en vous demandant pardon à genoux pour tous les maux qu'involontairement je vous ai infligés, je vous bénis d'avoir élevé avec tant de dévouement le fruit de notre amour !

— Richard !... murmura madame Renaudot, sous le coup d'une émotion qui, comme une marée, montait rapide et irrésistible à son cœur.

Richard Dulin était aux genoux de madame Renaudot, la main dans la sienne, les yeux dans ses yeux.

Ernestine Renaudot subissait le magnétisme qui avait jadis paralysé sa volonté et fait choir sa résistance. Après plus de vingt ans, elle revoyait à ses pieds l'homme qu'elle croyait avoir cessé d'aimer. Mais l'irritation qu'elle avait ressentie pendant sa longue absence n'était que de la tendresse blessée. Elle regrettait amèrement le dangereux aveu sorti de sa bouche. Si elle eût cru être aussi faible, elle eût évité une entrevue, une explication. Mais elle avait eu une confiance trop absolue en elle. Comment supposer, en effet, qu'elle pût prêter de nouveau une oreille complaisante à Richard Dulin, qu'elle fût heureuse d'être enveloppée de son regard, qu'elle se laissât fasciner par lui et qu'elle ouvrît son cœur fermé depuis si longtemps à celui qui avait versé tant d'amertume dans la coupe de sa vie? Elle eût repoussé loin d'elle une telle supposition. Et cependant elle cédait encore à cet ascendant fatal, à cette électricité qui se dégage de l'être sympathique. En présence de Dulin, les flots de sa tendresse contenus par la digue d'un mariage sans amour bouillonnaient en elle et s'échappaient de son cœur. Un regain de jeunesse l'animait. Il lui semblait qu'elle se retrouvait avec lui sous la

charmille du parc de son père comme aux jours passés.
Elle avait été en quelque sorte surprise par le brusque
réveil de ce sentiment qui dormait en elle depuis si
longtemps.

Cependant le nuage qui avait obscurci sa raison se
dissipa; elle songea à son mari, à sa réputation, mais
cette évocation du devoir, que ne manquent jamais de
faire les femmes dans les moments suprêmes, fut singu-
lièrement contrariée par ses soupçons sur la vie de Renaudot avant son mariage. Lui aussi, il avait aimé une
autre femme, il en avait eu une fille, et il lui avait
caché cette faute de sa vie comme elle avait caché la
sienne. D'ailleurs le souvenir d'un mari qu'on n'aime pas
est une faible défense, que le moindre assaut emporte.

Madame Renaudot, presque dans les bras de Richard
Dulin, se trouvait donc entraînée sur une de ces douces
et rapides pentes où les femmes glissent aveuglément,
ne se réveillant et n'ouvrant les yeux qu'à la chute,
lorsque la porte du salon s'ouvrit et donna passage à
madame de Belluze.

Qu'une semblable intervention eût été heureuse jadis,
sous la charmille du parc de monsieur Blanchard !

XLVII

Richard se leva par un brusque mouvement. Madame
Renaudot, ramenée à la réalité, se remit, rangea ses
cheveux un peu en désordre et chercha à se composer
une physionomie placide.

— Ma chère amie, dit madame de Belluze en n'ayant pas l'air de regarder, quoiqu'elle eût très-bien vu, monsieur Renaudot vient vous chercher.

— Mon mari!... fit madame Renaudot avec l'accent alarmé d'une sentinelle qui crie : — Voilà l'ennemi!

— Il est dans mon salon.

Mais Renaudot avait suivi à quelque distance madame de Belluze et se présentait en personne.

— Madame Renaudot, dit-il en entrant au salon, je viens vous prendre, si les délibérations de votre comité sont terminées toutefois. — Ah! monsieur... fit-il en apercevant et en saluant Dulin, qui ressentit une singulière sensation en présence du mari d'Ernestine.

— Monsieur Richard Dulin, dit madame Renaudot, cherchant à sauver la situation. Un candidat de notre comité.

— Monsieur... enchanté!... fit Renaudot.

— Monsieur Dulin, reprit madame Renaudot, jeudi prochain le comité délibérera sur votre demande d'admission. Et je n'ai pas besoin d'ajouter que je l'appuierai.

— Je serai votre obligé, madame.

Dulin s'inclina et salua, puis il fut reconduit par madame de Belluze.

— Comme tu as la figure fatiguée, chère femme, remarqua Renaudot. La séance du comité a donc été laborieuse?

— Très-laborieuse, appuya madame Renaudot, un peu inquiète de l'observation de son mari.

— Me trouvant dans ce quartier, j'ai eu l'idée de passer au siège de ton comité.

— Avez-vous une voiture?

— Oui.

— Eh bien, partons.

Lorsque madame-Renaudot fit ses adieux à madame de Belluze, celle-ci lui dit brièvement :

— Ai-je bien fait d'entrer pour vous avertir?

— Je vous en remercie, chère madame, répondit madame Renaudot en serrant à la dérobée la main de son amie. Je vous expliquerai...

— Sais-tu, ma chère femme, dit Renaudot dans la voiture, que je suis fort heureux de n'être pas jaloux?

— Pourquoi donc?

— Dame, tu as des entretiens particuliers avec des membres du comité, avec des candidats à votre association, que sais-je?

— Nos conversations se bornent aux intérêts religieux.

— De la religion, on glisse si facilement sur le terrain des choses mondaines et profanes.

— Vous ne prendrez pas ombrage sans doute d'hommes comme monsieur Dulin, que leur âge et leurs sentiments de piété défendent de toute imputation.

— Agés et religieux tant que tu voudras, mais le feu couve sous la cendre et la passion sous les cheveux gris.

— Je la crois plus dangereuse sous des cheveux blonds, comme ceux de mademoiselle Marie.

— C'est donc ton idée fixe?

— Jusqu'à ce que je sache la vraie cause de vos allées et venues chez cette marchande de dentelles, je vous avertis que je conserverai mes soupçons. Si cette jeune fille n'est pas l'objet de vos galanteries, il ne reste que deux hypothèses admissibles : vous êtes son protecteur ou son père...

— Comment, tu supposerais, Ernestine?

— Je suppose tout.

— Allons! laissons cela, ma chère amie, répliqua Renaudot impatienté. Ne te mets pas martel en tête, et ne t'égare pas dans le champ d'hypothèses absurdes.

— Bien, bien, nous verrons.

— Diable! pensa Renaudot, il ne manquerait plus que ma femme m'attribuât la paternité de Durand! Je serais dans une jolie situation!

Sur le pont des Saints-Pères, la voiture passa devant Dulin, qui salua. Renaudot lui rendit sa politesse.

— C'est votre candidat! dit Renaudot, ravi de rompre les chiens et de détourner la conversation, suivant l'exemple que lui avait donné sa femme.

— A la bonne heure! dit madame Renaudot. Voilà un homme qui a de la religion.

— Il ne me ressemble pas. Tu voudrais sans doute que je me fisse aussi recevoir de ton comité? Bien obligé! Je me contente de mon cercle et de ma société de propagande libérale. A chacun son goût et sa liberté, ma chère amie.

Madame Renaudot ne crut pas devoir répliquer. Il lui suffisait d'avoir détourné son mari de sa piste.

Richard Dulin suivit quelques instants des yeux la voiture qui emportait Ernestine Blanchard. Bien qu'il n'eût pas obtenu d'elle dans son entrevue tout ce qu'il désirait, il n'était cependant pas mécontent de son issue. En regagnant le cœur de la mère, il avait franchi la première et la plus difficile étape pour arriver jusqu'à son fils.

XLVIII

Julia Kourawieff, après avoir choisi ses dentelles dans le magasin de Marie, solda sa note de deux mille francs en donnant deux billets de banque à la jeune fille, et en la priant de lui apporter ses achats le lendemain à son domicile. Elle était sur le point de lui dire qu'elle était sa mère, mais elle se retint, songeant aux recommandations expresses de Renaudot, aux promesses qu'elle lui avait faites et qu'elle avait juré de ne pas transgresser.

— Je viendrai vous rendre une nouvelle visite, mademoiselle Marie, lui dit-elle. J'ai besoin de beaucoup de choses. Mais veuillez excuser mon indiscrétion et me dire si votre commerce suffit à vous faire vivre.

— Amplement, madame.

— Ah ! j'en suis bien aise... Ainsi vous n'êtes pas pressée d'accepter la proposition que vous a faite madame Renaudot ? Le couvent-ouvroir de Nancy ne vous tente pas ?

— Nullement, madame.

— Et je vous approuve, car madame Renaudot, sachez-le bien, ne cherche à vous éloigner de Paris que parce que son fils y habite.

— Je ne comprends pas la préoccupation de madame Renaudot à mon sujet, puisque je ne suis rien pour son fils.

— Mais peut-être pourriez-vous devenir quelque
chose, voilà ce qu'elle craint. Monsieur Edmond Renaudot a été fiancé par sa mère à l'héritière d'une noble famille, à mademoiselle Eva de Nerdrel.

— Ah !... fit Marie en pâlissant.

— Elle l'aime !... pensa Julia. Quoi qu'il arrive, mademoiselle, reprit-elle, sachez que vous avez une amie
en moi, prête à vous rendre tous les services.

— Madame, je vous remercie.

— Mademoiselle, dit brusquement Julia, voulez-vous
me permettre de vous embrasser ?

Avant que Marie n'ait eu le temps de répondre, la
comtesse l'avait serrée dans ses bras avec une vivacité
de tendresse qui avait surpris la jeune fille.

— Mais, madame, balbutia-t-elle un peu confuse, je
ne sais à quoi je dois...

— A vos qualités, mademoiselle Marie. La dignité,
l'esprit que vous avez montré dans vos réponses à madame Renaudot m'ont charmée. Rappelez-vous, je vous
prie, que vous n'avez pas au monde d'amie plus dévouée
que moi.

— Comment une grande dame comme vous peut-elle
affectionner une inconnue comme moi ? questionna Marie, étonnée des affectueuses démonstrations de la comtesse.

— Je ne calcule ni ne raisonne mes sympathies. Elles
m'emportent...

La sonnette du magasin retentit, et Durand entra. Il
resta pétrifié en voyant Julia tenir la main de Marie.

— Ah ! monsieur Durand, si je ne me trompe, dit
Julia, plus maîtresse de ses impressions que son ancien
amant.

— Oui, madame, moi-même, répondit sèchement
Durand en s'inclinant.

13*

— J'ai vu votre ami monsieur Renaudot, et je vous prie de lui dire que je n'ai pas oublié ses bons avis.

— Quelle audace! pensa Durand. Elle me raille. Renaudot lui a donc donné l'adresse de Marie?

— Vous voudrez bien aussi remercier votre ami de m'avoir parlé de mademoiselle Marie.

— Renaudot m'a trahi! murmura Durand sur les épines.

— J'ai trouvé dans son magasin tout ce que je désirais, et je suis enchantée d'être en rapport d'affaires avec elle. Mais je vois que vous avez apprécié comme moi mademoiselle Marie, puisque vous venez lui acheter des dentelles... pour madame Durand, sans doute?

— Oui, madame, grommela Durand.

— Je vous en félicite.

— Vous êtes bien bonne, madame.

— Puisque j'ai eu le plaisir de vous rencontrer, monsieur, reprit la comtesse en prolongeant avec intention le supplice de Durand et en lui remettant sa carte, vous me permettrez de vous laisser mon adresse. J'espère que lorsque le temps vous le permettra, j'aurai l'honneur de recevoir votre visite et de renouveler connaissance avec vous. Il y a si longtemps que nous nous sommes vus!

Julia appuya sur ces dernières paroles.

— Sans doute, madame... balbutia Durand. Je ne manquerai pas...

— Je reçois le samedi, et si ce jour est le vôtre, je compte sur vous samedi prochain.

— Comptez-y, madame.

— Le comte Kourawieff aura avec moi l'avantage de vous recevoir.

— Mais le comte est en voyage, m'a dit mon ami Renaudot.

— Je l'attends à Paris d'un moment à l'autre.

— Ce sera double agrément pour moi, madame.

— Que pensez-vous de ce médaillon? questionna la comtesse en montrant à Durand le portrait-miniature de Marie. N'est-ce pas qu'il est joli?

— Adorable, répondit Durand, sur le gril de saint Laurent.

— Vous connaissez l'original, qui n'est pas loin de nous?

— Oui, madame.

— Quels traits fins, quelle expression angélique! Ce médaillon ne m'a jamais quittée.

— Je le comprends, madame, balbutia Durand.

— Mademoiselle Marie, je vous verrai demain?

— Oui, madame.

Après avoir fait à Durand un salut de grand cérémonial, la comtesse Kourawieff sortit.

— Marie, connais-tu cette femme? demanda Durand d'une voix étranglée.

— Non. Cette dame russe est une nouvelle cliente.

— Et tu es disposée à porter tes dentelles demain chez elle?

— Sans doute, puisqu'elle les a payées.

— Payées ou non, je te défends d'y aller.

— Mais pourquoi?

— Pourquoi? Parce que c'est une femme à ne pas voir.

— Pourtant, elle a l'air si bon. Elle m'a fait mille protestations d'amitié.

— Naturellement. Mais je te prie, Marie, de n'avoir aucun rapport avec cette soi-disant comtesse.

— Vous me dites cela en colère! Soyez tranquille, je ne la verrai plus, à moins qu'elle ne vienne elle-même dans mon magasin pour acheter des dentelles.

— A la bonne heure.

— Cependant, vous connaissez cette dame, mon père ?

— C'est bien parce que je la connais...

— Et vous lui avez promis de lui rendre visite.

— Moi, c'est différent... Je ne suis pas une jeune fille !

— Mais ses achats d'aujourd'hui ?

— Tu les lui enverras par une de tes ouvrières.

— Je lui avais promis de les lui porter moi-même. Elle paraissait y tenir.

— L'ouvrière dira que tu es indisposée.

— C'est bien. Il sera fait comme vous désirez.

— Au fait, j'y réfléchis. Je remettrai moi-même ces dentelles à la comtesse Kourawieff. Donne-les-moi.

— Comment, vous voulez ?

— Oui. En même temps, je la prierai de porter sa pratique ailleurs.

— Les voici, dit Marie en remettant le paquet de dentelles à Durand.

— Adieu, ma chère fille, et à bientôt.

Durand embrassa Marie et partit.

— Etrange mystère ! s'écria la jeune fille. Quelle peut être cette comtesse qui a éprouvé pour moi une sympathie si soudaine, et que mon père trouve dangereuse ? Pourtant, je me sentais attirée vers elle. Elle me paraissait si bonne !

Le monologue de Marie fut interrompu par l'entrée d'Edmond Renaudot.

— Ah ! monsieur, je vous attendais, lui dit Marie.

— N'avait-il pas été convenu entre nous que je viendrais après votre entrevue avec ma mère ?

— Oui, et je suis bien aise de vous voir.

— C'est la première fois que vous me le dites, mademoiselle.

— Et la dernière.

— Comment?...

— Votre mère ne m'avait appelée auprès d'elle que pour me proposer une place loin de Paris.

— Et pour quel motif?

— Parce qu'elle me considère comme un obstacle à votre prochain mariage.

— Mon mariage !

— Avec la fille du baron de Nerdrel. Ainsi, monsieur Edmond, notre situation est nettement tranchée, et vous auriez pu vous dispenser de m'offrir vos hommages après les avoir présentés à une noble jeune fille.

— Je n'ai pas songé à vous faire pareille injure, croyez-le, mademoiselle Marie.

— Cependant...

— C'est un projet de ma mère auquel je n'ai pas souscrit et ne souscrirai jamais.

— Libre à vous, monsieur Edmond. Mais il ne m'est pas permis d'être une cause de discorde au sein de votre famille, vous le comprendrez.

— Je ne connais pas mademoiselle de Nerdrel, et n'ai nulle envie de la connaître. Je vous jure, mademoiselle Marie, que ce mariage ne se fera pas, et que ma mère l'a préparé sans que j'y acquiesce en rien.

— Vous avez peut-être tort.

— C'est vous qui m'en blâmez !

— Je ne prétends être la rivale de personne, et surtout de la fille d'un baron.

— Vous n'avez pas de rivale dans mon cœur, mademoiselle Marie. Et, de mon côté, je voudrais être aussi sûr de n'en pas avoir dans le vôtre.

— Monsieur Edmond, voilà un doute blessant.

— Je ne vise que monsieur Paul, cet agent du comité

qui a si bien surveillé ma conduite et en a charitable-
ment informé ma mère.

— Vous êtes dans l'erreur. M. Paul ne descendrait
pas à de telles actions, et pour moi je ne l'ai jamais
considéré que comme un véritable ami.

— Mais vis-à-vis de moi il s'est conduit en véritable
ennemi.

— Je vous en prie, monsieur Edmond, ne gardez pas
cette mauvaise idée de M. Paul. Votre famille n'a pas
dû céder à une influence étrangère dans ses projets
d'avenir pour vous, et vous auriez tort de résister à sa
volonté expresse.

— Je suis maître de mes actions et de mes sentiments, mademoiselle. Je regrette que vous n'ayez pas
mieux apprécié mon caractère, et que vous me jugiez
capable d'épouser une jeune fille que je n'aime pas en
oubliant celle que j'aime.

— Je n'ai aucun titre à vous offrir.

— Je ne recherche que la noblesse et la sincérité des
sentiments, et je les ai trouvées en vous.

— Jamais vos parents n'approuveront vos sympathies.

— Il me suffit que vous les approuviez.

— Si je vous disais oui, je compromettrais votre
avenir, monsieur Edmond, et il m'est trop cher pour
que je veuille jouer ce jeu.

— Mais dites-le donc ce oui, mademoiselle Marie, et
n'ayez aucune crainte pour moi. Mon père ne songe
nullement à contrecarrer mes inclinations ; ma mère
seule, entichée de noblesse, a rêvé de me faire entrer
dans la famille du baron de Nerdrel. Mais cela ne sera
pas, je vous le répète, et j'espère que vous ne douterez
pas plus longtemps de ma parole.

— Si vous obéissiez à la raison, comme je vous y engage, monsieur Edmond, vous m'oublieriez, vous me fuiriez, et bientôt mon souvenir s'effacerait de votre mémoire.

— Que je vous oublie, mademoiselle Marie ! Que j'oublie ces charmes, cette grâce divine qui me captivent, cette fleur de beauté et de bonté qui répand autour de vous ses suaves parfums. Ah ! vous me demandez l'impossible. Jusqu'à mon dernier soupir, votre adorable image restera gravée en moi.

A ces douces paroles, Marie ne put se défendre d'une émotion qu'elle cherchait à dissimuler, mais que son sein agité et soulevant la guimpe de son corsage trahissait visiblement.

— Monsieur Edmond, reprit-elle, réfléchissez, je vous en conjure. Que suis-je à côté du brillant parti qui s'offre à vous ! Je n'ai pas d'aïeux, moi. Je n'ai ni rang ni fortune, pas même un nom. Je suis une fille naturelle.

— Que m'importe ! ce n'est pas un nom que j'épouse, c'est un cœur. Ai-je le vôtre, Marie ?

— Laissez au temps le soin de vous le donner, si vos idées ne changent pas, et si vous ne répondez pas, comme je le désirerais dans votre intérêt, aux intentions de votre famille.

— Marie, je ne me retire pas quand je me suis donné. Je suis à vous pour la vie !

— Monsieur Edmond... murmura Marie en abandonnant sa main au jeune homme, qui la pressa sur ses lèvres.

Edmond attira doucement Marie à lui, et la baisant au front s'écria :

— Que ce baiser soit celui de nos fiançailles ! chère Marie.

— Puissiez-vous ne pas vous repentir un jour de m'avoir donné votre foi.

— Se repent-on jamais d'obéir à un sentiment sincère et irrésistible comme celui qui m'anime et m'enchante?

— Mais quand votre mère saura...

— Elle ne saura rien.

— Vous ne lui direz pas un mot de ce que je vous ai appris?

— Votre nom ne sera pas prononcé dans nos débats. Mais elle ne m'amènera pas à ses desseins.

— Je suis inquiète, je vous l'avoue.

— Rassurez-vous. Je vous apporterai bientôt le consentement de mon excellent père à notre union, et rien ne s'opposera plus à notre bonheur.

— Adieu donc, monsieur Edmond.

— Non, pas adieu, mais au revoir, et aujourd'hui comme demain, à vous toujours, chère âme, sœur de la mienne!

Edmond Renaudot sortit triomphant et radieux comme un avocat qui a gagné sa première cause, un général sa première bataille, un amoureux le cœur de son amante.

XLIX

Marie resta quelque temps immobile sur sa chaise, absorbée par ses réflexions, sur les événements de cette laborieuse journée. L'animosité de son père contre la dame russe dont la sympathie lui avait été si agréable l'affectait péniblement, puis, songeant à l'amour d'Edmond, elle entrevoyait l'avenir avec crainte en se demandant anxieuse ce qui allait se passer entre madame Renaudot et son fils, et comment Durand accueillerait la confidence de son penchant pour le fils de son ami.

Tous ces doutes troublaient Marie, toutes ces incertitudes l'attristaient. Aux heures décisives de leur destinée, quand l'amour vient mêler ses brillantes arabesques à la trame de leur existence, les jeunes filles ont une confidente naturelle : leur mère. Mais cette confidente intime manquait à Marie, qui, malgré l'affection de Durand, se sentait comme isolée dans le monde. Elle n'avait plus de mère. Elle était morte, lui avait dit son père, morte avant que Marie l'eût connue, eût pu l'embrasser et lui donner le doux nom de mère. A cette douloureuse pensée, la jeune fille fondit en larmes. Mais ses sentiments religieux reprenant le dessus, elle se leva en s'écriant :

— Ma mère, de ton éternité, tu me vois, n'est-ce pas? et tu ne veux pas que je pleure! Tu veux que ta fille ait du courage. J'en aurai, ma mère!

Cette invocation filiale rasséréna Marie. Elle essuya ses yeux, raffermit son cœur, et elle allait reprendre le train habituel de ses occupations, lorsque la porte du magasin s'ouvrit, et la comtesse Kourawieff apparut sur le seuil en disant :

— Mademoiselle Marie, j'ai réfléchi que j'aurais besoin de mes dentelles demain, et je viens les chercher. Je les mettrai dans ma voiture.

— Que je suis donc fâchée, madame la comtesse, répondit Marie : monsieur Durand les a emportées avec l'intention de vous les remettre.

— Ah! il veut me voir. Il y vient! pensa Julia. Né

regrettez rien et ne soyez pas fâchée, mademoiselle, dit-elle à Marie, j'attendrai M. Durand.

— Il m'a bien promis que demain vous auriez sa visite.

— Il me fera sa visite pour vous empêcher de me faire la vôtre. Avouez-le, M. Durand vous a interdit ma porte?

— Madame la comtesse...

— Oui, mon enfant, M. Durand... votre père...

— Mon père! interrompit Marie stupéfaite. Mais comment savez-vous, madame?

— M. Durand, votre père, reprit la comtesse en épiant Marie du regard, ne veut pas que vous voyiez votre mère!

— Vous, madame! s'étonna Marie. Vous voulez me tromper. Hélas! ma pauvre mère est morte... elle a dit un adieu éternel à cette terre.

Marie prononça ces dernières paroles le visage noyé de larmes.

— Pauvre enfant! s'écria la comtesse.

— Si vous étiez ma mère, madame, mon père ne m'aurait pas défendu de me rendre chez vous. Il ne m'eût pas dit que vous étiez une femme à ne pas voir...

— Il vous a dit cela, Marie? interrogea la comtesse les traits décomposés et tombant accablée sur un siége.

— Oh! madame, pardon, supplia Marie. Je n'ai plus la tête à moi. Je n'aurais pas dû vous répéter les paroles de mon père.

— Mon enfant, votre père a raison. J'ai vécu loin de vous lorsque j'aurais dû rester à vos côtés. J'ai mérité son blâme, ses sévères paroles. Et quoiqu'il juge ma conduite condamnable, je n'ai au fond du cœur que des bénédictions pour votre bon père qui vous a conservée à mon amour, car je n'ai cessé un jour de penser à vous, Marie, de vous aimer, de vous embrasser.

— De m'embrasser, répéta Marie étonnée.

— De couvrir de mes baisers cette miniature, ce portrait de vous tout enfant.

Et la comtesse montra à Marie un médaillon qui reproduisait ses traits à l'âge de deux ans.

— Ma mère! vous êtes ma mère!... s'écria la jeune fille, emportée par une irrésistible impulsion et se jetant au cou de Julia.

— Oui, ta mère, Marie, dit la comtesse la voix pleine de larmes! Mon Dieu! je vous remercie de m'avoir permis d'embrasser ma fille avant de mourir! J'avais voulu retarder ce bonheur. Mais je n'en ai pas eu le courage. Attendre à demain le baiser de ma fille adorée, non, cela ne m'eût pas été possible!

— Oh! ma mère, s'écria Marie, aux genoux de la comtesse et les mains dans les siennes, oubliez mes paroles insensées. Je donnerais ma vie pour ne pas les avoir proférées.

— Elles sont mon expiation, ma fille. Ton père me croit coupable.

— Non, vous ne l'êtes pas. Est-ce qu'une mère est coupable pour sa fille! Je vous aime, ma mère! En vous voyant pour la première fois, ce matin, je vous ai aimée. Je sentais bien que vous ne m'étiez pas étrangère. Je désirais vous embrasser, comme je vous embrasse maintenant.

— Chère enfant, tu veux donc me faire mourir de joie! Je te vois, je te tiens dans mes bras. Non, je ne croyais pas qu'on pût être aussi heureuse!

— Nous ne nous quitterons plus maintenant. Oh! je défie bien qu'on nous sépare.

— Mais ton père t'a défendu...

— Mon père n'aura pas cette cruauté. Je l'implorerai
à genoux. Il me permettra d'aller chez vous.

— Non, pas chez moi, dit la comtesse d'une voix entrecoupée et le regard fixe, comme si elle eût été sous
le coup d'une amère angoisse. Non, je viendrai. Tu
sauras tout, mon enfant. Tu jugeras ta mère.

— Vous juger, moi! Je ne puis que vous aimer.
Quand je songe que je vous ai crue morte, et que vous
êtes là devant moi, ma mère! Ah! j'ai peur d'en devenir
folle de joie.

— Tu ne croyais plus me revoir?

— Ah! je vous ai bien pleurée. Quand, à votre sujet,
je questionnais mon père, il détournait la tête et me
répondait d'un ton bref : — Ta mère n'est plus! Ne
pouvant parler de ma mère dans mes prières, j'élevais
mon âme vers elle, et il me semblait qu'elle descendait
du ciel à mon invocation. Vous aviez ce visage et ce
son de voix, ma mère. J'aurais dû vous reconnaître
tout de suite.

— Chère Marie!

— Toutes les semaines, régulièrement, je vous écrivais.

— Tu m'écrivais?

— Tenez, dit Marie en ouvrant son armoire et en
prenant dans son tiroir un paquet de papiers liés par
un ruban noir, toutes ces lettres vous appartiennent.
Lisez l'adresse : *A ma mère morte.*

— Je te bénis, mon enfant. Oh! je t'en conjure, ne
me maudis pas, si tu ne veux pas que je meure réellement cette fois.

— Pourquoi vous maudirai-je, ma mère?

— Pour être restée tant d'années séparée de toi. Pour
t'avoir laissé pleurer ma mort.

— Ne pensons plus à ce passé douloureux. Je vous ai

retrouvée, car c'est moi qui vous ai retrouvée, ma mère, en allant au comité de madame Renaudot, dit Marie souriant à travers ses larmes.

— Oui, c'est Dieu qui t'y a conduite, ma fille.

— Aussi, comme je l'ai prié, et comme je le remercierai de m'avoir rendu ma mère !

— C'est à moi de le remercier, mon enfant, d'avoir amené sur mon chemin un ange comme toi.

— Un ange, moi ! J'ai bien des défauts, allez. Vous le reconnaîtrez plus tard.

— Tu es un ange, te dis-je. Chère fille, désormais je ne veux vivre que pour toi, avec ton image dans le cœur. Ma vie est changée...

La comtesse s'arrêta, semblant retenir un aveu prêt à sortir de sa bouche.

— Non, ma mère, répliqua Marie, se méprenant sur le sens réel des paroles de Julia, que rien ne soit changé à cause de moi dans votre existence, et que votre fille ne vous soit pas un embarras. Grâce aux sacrifices de mon père, je suis devenue une commerçante modèle, sachant faire marcher et prospérer mes affaires. Ainsi, ne vous inquiétez pas de moi.

— Oui, ton père a été bon et dévoué pour toi, Marie. Je le verrai demain. Je lui parlerai. Il saura que j'ai retrouvé ma fille, et il ne te dira plus que ta mère est morte.

— Ah ! mais je ne le croirais plus ! s'écria Marie en souriant.

— Que je t'aime, mon enfant !

— Et moi donc !

— Comme tu es belle, ma fille ! s'écria Julia enthousiasmée en écartant les boucles de cheveux qui cachaient le front de Marie.

— C'est que vous me voyez avec vos yeux de mère.

La comtesse serra avec effusion Marie sur son sein en l'y retenant longtemps, puis faisant un effort, elle lui donna le baiser d'adieu en lui disant :

— Nous nous verrons souvent, Marie, et tous les jours je t'écrirai.

— Et moi aussi... Je pourrai vous écrire, n'est-ce pas ?

— Certainement.

— Votre mari, le comte Kourawieff, ne trouvera pas à redire ?

Le front de la comtesse se rembrunit et se plissa sous une douloureuse pensée ; une rougeur subite empourpra ses joues, et elle répondit à Marie d'une voix étouffée :

— Non, mon enfant.

— Et il me permettra d'aller chez vous ?

— Plus tard, assurément, mais d'abord c'est moi qui viendrai, répondit la comtesse, le cœur torturé par ces questions de sa fille.

— Avec quelle impatience je vous attendrai, chère mère ! s'écria Marie.

La mère et la fille, après s'être encore embrassées, se séparèrent avec peine. De sa fenêtre, Marie suivit du regard la voiture de la comtesse qui tourna la place Saint-Georges et descendit la rue Notre-Dame de Lorette. Puis la jeune fille, après avoir prié et pleuré, car son bonheur était si grand qu'elle ne pouvait le contenir, entra dans sa chambre à coucher. Toute la nuit, elle fut en rêve dans les bras de sa mère.

La comtesse aussi avait été bien heureuse de sentir battre sur son cœur le cœur de sa fille, mais la réflexion vint noyer sa félicité dans un flot d'amertume. Le remords la saisit et s'insinua en elle comme un reptile à la langue acérée et à la dent venimeuse. Ses mains se crispaient, elle sursautait sur les moelleux coussins de sa voiture en songeant qu'elle s'était mise dans une situation à ne pas revoir sa fille, et se rappelant qu'elle avait rougi devant elle au nom du comte Kourawieff...

Julia ressentait comme une répulsion d'elle-même ; elle se détestait dans ses sentiments, dans les attachements de sa vie qu'elle eût voulu oublier et anéantir. Sa fille avait éclairé son for intérieur : telle une lumineuse aurore, pénétrant dans un cachot, en fait saillir les repoussants aspects. Dans son emportement contre son passé, Julia donnait raison à Durand de lui avoir refusé sa fille, d'avoir jugé que sa pureté et son honnêteté ne pouvaient que se ternir à son contact. Une véritable révolution morale se faisait en elle. Renouvelée, retrempée par l'amour maternel, elle prit une de ces fortes résolutions qui brisent tous les obstacles et triomphent de toutes les résistances.

— Oui ! s'écria-t-elle, j'ai eu la honte de rougir devant ma fille. Mais ce sera la première et la dernière fois !

Edmond Renaudot, de plus en plus persuadé que Paul avait joué vis-à-vis de lui le rôle d'espion du comité de la rue de Grenelle, lui avait envoyé demander une explication catégorique. Un de ses collègues du Palais s'était chargé de trouver le second témoin, et connaissant Richard Dulin, il lui avait proposé de représenter Edmond Renaudot. A ce nom, Richard Dulin accepta volontiers la mission délicate qu'on lui proposait, et les deux témoins d'Edmond se rendirent immédiatement place Saint-Georges.

Après l'altercation du marché de la Madeleine, Paul s'attendait à cette visite. Il reçut fort courtoisement les envoyés d'Edmond. Selon la promesse formelle faite à sa mère, et bien qu'il en coûtât extrêmement à sa dignité, il leur déclara que M. Renaudot était dans une erreur

complète, qu'il s'était absolument mépris sur ses intentions, qu'il ne l'avait offensé et n'avait prétendu l'offen-
ser en rien, et par conséquent qu'il n'avait aucune réparation à lui donner.

Pendant qu'il parlait, un regard de Richard Dulin
errant autour de la chambre avait rencontré le portrait
de madame Renaudot appendu à un panneau. Cette découverte l'émut extraordinairement. Il regarda Paul et
songea que son fils aurait à peu près son âge. — Non,
murmura-t-il, ce ne peut être lui. Je suis un halluciné.
Je ne vois pas un jeune homme, sans que je le prenne
pour mon fils !

Le premier témoin dit à Paul qu'il rapporterait tex-
tuellement ses paroles satisfaisantes à Edmond Renaudot,
puis il sortit avec Richard Dulin.

Resté seul, Paul donna un libre cours à sa sourde irritation. Cette demande d'explications si peu justifiée de
son frère l'avait rendu nerveux, aussi reçut-il fort mal
Richard Dulin, qui se présenta devant lui.

— Monsieur, lui dit-il à brûle-pourpoint, je n'ai rien
à ajouter à ce que je vous ai déclaré, rien à en retrancher.
Vous auriez donc pu vous dispenser de reparaître devant
moi.

— Monsieur Paul, lui répliqua doucement Richard,
le hasard m'a mêlé à cette affaire ; on m'a demandé
comme un service d'être témoin, et vous savez qu'on ne
refuse pas ces sortes de services. Mais ce qui m'amène
de nouveau auprès de vous, monsieur, n'a aucun rapport avec ce différend dont je regrette, à présent, de
m'être occupé. Je crois avoir compris le sentiment délicat qui vous a fait décliner un duel avec monsieur Edmond Renaudot.

— Et quel est, selon vous, ce sentiment ?

— Mon Dieu, monsieur Paul, c'est assez difficile à exprimer. Mais si ce portrait de votre mère pouvait parler, il serait moins hésitant et plus éloquent que moi.

Et Richard Dulin désigna la peinture de madame Renaudot.

— Monsieur, reprit Paul froissé, je ne vous reconnais pas le droit de vous immiscer dans mes affaires et mes sentiments de famille. Je n'ai donc pas à vous répondre.

— Je n'ai d'autre autorité, monsieur Paul, que celle que me donne l'amitié qui me lie à votre père.

— Vous êtes l'ami de mon père? demanda Paul intrigué.

— Oui, monsieur Paul. J'ai longtemps vécu avec lui aux Etats-Unis. Et il serait heureux, je vous l'assure, d'être auprès de vous comme j'y suis en ce moment, car il me parlait souvent de vous avec une vive tendresse.

Richard Dulin s'arrêta, car sa voix se couvrait; il était prêt de se trahir. Une terrible lutte se livrait en lui entre son violent désir d'embrasser son fils et la crainte de se voir mal accueilli par l'enfant d'Ernestine Blanchard. La froide réponse du jeune homme le glaça jusqu'aux os lorsqu'il lui dit :

— Il a peut-être raison de rester en Amérique.

— Est ce que vous ne le verriez pas avec plaisir? questionna Richard anxieux.

— Puisque vous êtes initié à mes secrets de famille, monsieur, je puis vous avouer que je n'ai aucun motif de désirer son retour.

— Mais quelles sont vos préventions contre lui ?

— Je n'ai pas à vous les décliner, monsieur. Qu'il vous suffise de savoir que lorsqu'on a vu souffrir sa mère comme j'ai vu souffrir la mienne, on ne souhaite pas de revoir celui qui a été la cause première de tant de douleurs imméritées. Je garde pour mon père le respect que je lui dois, mais j'aime trop ma mère, et j'ai trop ressenti le contre-coup de ses chagrins, pour que je puisse en oublier l'auteur.

— Monsieur Paul, dit Dulin, navré de ce qu'il venait d'entendre, c'est probablement parce que votre père redoute cette expression de vos sentiments qu'il reste en Amérique ?

— Si vous devez le revoir, je ne vous interdis pas de les lui transmettre.

— Permettez. Je lui écrirai que j'ai vu son fils, un beau et fier jeune homme, plein de cœur, de noblesse et de fierté...

— De fierté, interrompit vivement Paul, après les concessions dont vous avez été le témoin ?

— Oui, monsieur. Il y a eu plus de fierté, plus de vraie noblesse de votre part à refuser ce duel qu'à l'accepter.

— Ce n'est pas ainsi qu'on en juge habituellement.

— J'écrirai à votre père, dis-je, que j'ai eu le plaisir de me rencontrer avec vous, mais je ne lui communiquerai pas ce que vous m'avez dit de lui, car moi qui le connais bien, je vous jure qu'il serait au désespoir.

— Bien qu'il soit resté vingt ans sans songer à moi, sans me donner de ses nouvelles, je n'ai pas l'intention de l'affliger. Vous comprenez, monsieur, que c'est au nom de ma mère que j'ai parlé, de ma mère qui l'a remplacé, qui a été tout pour moi, et qui est toute ma famille.

— Je comprends votre amour filial exclusif pour votre mère, qui vous a été si dévouée, mais je vous trouve cependant un peu sévère à l'égard de votre père. Il a peut-être cherché à vous rejoindre, sans pouvoir y réussir.

— La mort seule peut empêcher un père de revoir son enfant.

— Il y a d'autres obstacles dont vous ne semblez pas vous douter... Mais, comme vous me l'avez fait sentir, il ne m'est pas permis d'entrer dans vos intérêts de famille, et je vous prie de m'excuser d'avoir évoqué en vous un souvenir pénible.

— Monsieur, dit Paul, ému du sentiment qui avait porté Richard à défendre son père contre lui, vous êtes un ami dévoué, un véritable ami, je le vois.

— Votre père et moi ne faisions qu'un. Et je ressens un peu pour vous, monsieur Paul, de l'amour qu'il vous a gardé, quoi que vous en pensiez. Voulez-vous me permettre de vous serrer la main ?

— De grand cœur, monsieur.

Richard Dulin pressa la main de son fils, et sentant que son émotion allait déborder, il se sépara de lui.

— Elle ne l'a pas averti de mon retour ! s'écria Richard en traversant avec agitation la place Saint-Georges. Elle a voulu que je restasse en face de mon fils prévenu contre moi, sans que je pusse lui avouer que je suis son père. C'est la vengeance qu'elle avait méditée contre moi. Cependant la sensibilité qu'elle avait montrée à la fin de notre entrevue du comité m'avait fait espérer un changement dans ses dispositions, dans ses sentiments. Je l'avais trop bien jugée. Elle est restée impitoyable !

Sous le coup du douloureux échec qu'il venait de subir, Richard Dulin ne songeait pas à une chose toute simple, c'est que depuis leur rencontre au comité, il avait été impossible à madame Renaudot de se rendre chez son fils.

L

Un instant après le départ de Dulin, Paul sortit. Il cherchait une diversion aux pénibles réflexions qui l'assiégeaient en foule. Arrivé sur le boulevard des Italiens, il s'assit devant une table du café *Cardinal*.

Les graves incidents de la journée se représentèrent à l'esprit de Paul et le ramenèrent à sa situation d'enfant naturel. A chaque instant, cette situation lui imposait des humiliations, des déconvenues, des attitudes embarrassantes. Il songeait avec amertume que son frère, après lui avoir pris le cœur de Marie, lui reprochait encore de se trouver sur son chemin et de contrarier ses projets.

— C'est lui qui est le coupable, pensait-il, et c'est moi qu'il accuse. Il affiche l'orgueilleuse hauteur du fils qui s'appuie sur une famille ; il a toutes les affections, tous les bonheurs, toutes les prospérités, et il veut encore enlever au fils naturel sa maigre part de joie en ce monde.

Par une transition logique, Paul passa de son frère à son père. L'impression de la visite de Richard Dulin restait bonne en lui et le calmait. Ce qu'il lui avait rapporté de son père lui avait fait plaisir, beaucoup plus de plaisir qu'il n'en avait témoigné à Dulin, vis-à-vis duquel il se repentait d'avoir montré quelque dureté, surtout dans ses expressions à propos de son père.

— Je reproche à mon frère d'être injuste, dit il, à
mon frère qui, ne me connaissant pas; n'est tenu à
aucun égard, et je le suis autant que lui. Je me plains
d'être abandonné, d'être isolé, et j'ai un père qui ne
m'a pas oublié, puisqu'il m'a envoyé son ami intime,
qui précède son arrivée peut-être. J'ai une mère dont
je suis l'unique joie et qui, pour m'élever, a joué sa vie
et tourmenté ses jours. Je suis un ingrat, car je ne sais
pas souffrir stoïquement, après que ma mère m'en a
donné l'héroïque exemple !

Après cette explosion de ses sentiments, Paul jeta un
regard distrait sur la foule qui bourdonnait autour de
lui.

Le soleil du mois de juin resplendissait sur les boulevards, égayés par les doux propos, le frou-frou des
brillantes toilettes, les œillades et les sourires des dames
et le roulement continu des équipages emportant les
couples heureux au milieu de la poussière ensoleillée
du macadam.

Paul regardait ce train de Paris, ce spectacle si
vivant, ce panorama toujours animé, toujours nouveau
des boulevards de Paris, lorsqu'il fut abordé par Anatole
de Beauchamp, un de ces jeunes gentilshommes d'esprit et de plaisirs qui pullulent dans la capitale.

— Bonjour, mio caro Paolo, lui dit-il en lui tendant
la main. Tu es seul, tout seul comme Robinson dans
son île. Permets-moi donc de te tenir compagnie en
prenant mon absinthe.

— Tu es bien bon, lui répliqua ironiquement Paul.

— Je ne t'ai pas vu depuis ta sortie de la maison
Smith et compagnie. Tu sais que le banquier et
sa compagnie ont fait naufrage au milieu d'une
tempête de la Bourse ? Que veux-tu, mon cher,

les destins et les cours de la Bourse sont chan-
geants!

— Je ne me suis plus occupé de lui.

— C'est de la bonté d'âme après sa conduite à ton
égard.

— Que m'importe!

— J'avais courtisé sa fille, séduisante personne comme
tu sais, mais son papa lui a fait épouser un quart d'agent
de change, ce qui ne l'a pas empêché de sombrer en
Bourse. Ah! les filles de banquiers! Quelle comédie à
faire!

— Le sujet dont tu parles n'a pourtant rien de réjouissant.

— Je l'avoue. La pauvre Cécile est l'ange malheureux
de l'amour filial. En se mariant à l'agent de change,
elle a cru sauver son père de la banqueroute, et elle n'a
rien sauvé du tout. Finalement elle reste en tête-à-tête
avec un mari qu'elle n'aime pas. Voilà qui n'est pas
drôle. Tiens, la vois-tu passer au bras de son époux, la
belle Cécile! Elle va à pied maintenant, *pedibus cum
jambis*, elle qui n'avait jamais marché sur le pavé de
Paris. Comme ça vous change une femme, la ruine! Il
me semble qu'elle se retourne pour me regarder.

— Fat!

— Dame! on me regrette peut-être. Souviens-toi que
la femme mariée regrette souvent celui qu'elle n'a pas
pris. C'était peut-être le bon numéro et le bon mari,
soupire-t-elle, et je ne l'ai pas tiré!

— Et tu crois que Cécile pense à toi?

— Je n'en doute pas. Tiens, voilà la fameuse comtesse
Kourawieff dont on s'occupe tant, et qui passe rapide
comme l'éclair dans sa calèche. Elle mène grand train,
et reçoit merveilleusement, à ce qu'il paraît, dans ses
salons de la place Vendôme. On discute encore si c'est

une vraie grande dame ou une habile aventurière qui
se faufile dans notre faubourg, un vrai diamant ou du
strass. Il faudra que je m'en assure.

— Que te fait cette comtesse ?

— Je te trouve charmant, toi. Les femmes, c'est mon
champ, et je le cultive avec amour. J'y fais même pousser de jolies fleurs et de beaux fruits. On m'arrache
dans les soirées pour danser le cotillon, impossible sans
moi. Je cotillonne, mon cher, voilà ma spécialité. Je
me ferai inviter chez la comtesse Kourawieff, et je saurai comment elle a filé sa toile d'araignée.

— Espionner une femme !

— Toujours aimable, sombre Manfred marqué du
signe fatal ! Tu ne sais pas rire de ce Paris si ondoyant
et si drôle. Rire de tout et ne rien prendre au sérieux,
ne pas croire que c'est arrivé ! voilà la sagesse, la loi et
les prophètes. Là-dessus, je te quitte. Adieu, cher.

— Enfin ! s'écria Paul satisfait d'être délivré du
bavardage d'Anatole de Beauchamp.

A ce moment un régiment passa sur le boulevard des
Italiens avec ses tambours en tête faisant rage, brisant
le tympan de la foule, puis Paul entendit des cris de
détresse jetés par les passants qui couraient effarés
de droite et de gauche. Un cheval effrayé par le bruit
des tambours s'était cabré, avait pris le mors aux dents
et venait se briser contre l'angle du café *Cardinal*, avec
le tilbury qu'il traînait, et dans lequel se trouvaient un
vieux monsieur décoré et une jeune femme.

Paul, voyant le danger, se leva vivement et se jeta
résolûment au-devant de l'animal furieux à la bouche
écumante. Il parvint à saisir sa bride, et par une vigoureuse secousse à lui imprimer un mouvement de recul,
mais atteint à la poitrine par le brancard, il tomba sous
les pieds du cheval. Il en fut dégagé et relevé par trois

individus qui le portèrent dans l'intériéur du café *Cardinal.*

Les deux personnes qui se trouvaient dans la calèche avaient pu en descendre. Le vieux monsieur décoré fendit la foule et s'approcha de Paul, qui vomissait le sang. On le fit boire, et il parut se remettre. Après avoir demandé à un médecin si on pouvait transporter Paul et en avoir eu une réponse affirmative, le vieux monsieur donna l'ordre à son valet de pied de conduire Paul jusqu'à sa voiture ; il monta après lui, emmenant son sauveur et celui de sa fille.

LI

La comtesse Julia Kourawieff était dans son élégant salon, étendue sur un canapé et lisant les lettres posthumes que Marie lui avait adressées, lorsqu'un valet annonça M. Durand.

— Faites entrer, ordonna la comtesse.

Durand, tenant à la main un paquet enveloppé de papier de soie, se présenta.

— Ah ! fit la comtesse. Vous m'apportez mes dentelles, monsieur Durand ?

— Vous savez, madame ? questionna Durand intrigué.

— Mon Dieu, oui, monsieur Durand, répliqua ironiquement la comtesse, j'attendais votre visite... et mes dentelles.

— Et qui vous l'avait annoncée?

— Marie.

— Vous l'avez donc revue?

—· Mais oui. Je soupçonnais quelque petite machination de votre façon, et vous voyez que je l'ai déjouée.

— Vous le croyez, madame?

— J'en suis sûre. Il a suffi de me nommer à ma fille pour qu'elle se jetât dans mes bras.

— Vous avez dit à Marie...

— Que j'étais sa mère. Pouvez-vous nier que je sois la mère de ma fille?

— Malheureusement non, madame.

— En vérité, monsieur Durand, vous qui êtes un homme de bon sens, comment avez-vous pu vous imaginer que vous empêcheriez une mère et une fille de se rejoindre et de s'embrasser? Il n'est pas de puissance au monde qui en soit capable.

— Je comptais, madame, que vous seriez moins empressée de manquer aux promesses faites à mon ami Renaudot.

— Que voulez-vous? L'amour maternel a fait choir ma résolution. Me garderez-vous rancune d'aimer ma fille, monsieur?

— Non, sans doute, madame. Mais il y a manière d'aimer.

— Laquelle donc? Voyons votre manière. Je suis curieuse...

— Votre passé, aussi bien que votre situation actuelle, madame, auraient dû retenir cette tendresse maternelle dont vous faites montre aujourd'hui. L'incognito que vous aviez promis de garder vis-à-vis de Marie eût été préférable et pour elle et pour vous.

— Mais qu'y a-t-il donc dans ma situation qui soit de

nature à scandaliser ma fille, à nuire à mes rapports avec elle?

— Sans avoir l'intention de vous blesser en rien, je me permettrai de vous exprimer un doute quant à la réalité du nom que vous portez.

— Vous ne me croyez pas comtesse Kourawieff, monsieur Durand, vous me prenez tout simplement pour une usurpatrice de titres? A ce compte, vous vous montrez plus sceptique que tout le monde.

— Ce n'est qu'un doute. Mais il est justifié par la légèreté avec laquelle vous vous compromettez.

— Et s'il me plaît de jouer ma réputation pour l'amour de ma fille?

— Et votre mari, madame?

— Mon mari en prendra son parti. S'il n'accepte pas ma fille, il y aura séparation.

— Vos réponses corroborent pleinement mes doutes, que votre passé d'ailleurs suffirait à confirmer.

— Oh! je vous en prie, monsieur Durand, ne parlons pas du passé. Vous auriez là-dessus trop de choses à me dire, et moi trop de choses à vous répondre. Vous et moi avons eu le malheur de nous rencontrer et de ne pas nous entendre. De nos relations que j'ai volontairement brisées, je le confesse, il est née une fille. Voilà le seul sujet dont nous devions nous entretenir.

— Soit. Mais il est au moins imprudent à une mère de se présenter à sa fille dans une situation irrégulière. Vous qui êtes intelligente, vous auriez dû le comprendre.

— Mais qui vous a donc donné ces renseignements sur mon compte?

— Je n'en ai aucun.

— Alors c'est une invention de votre imagination, une calomnie pure.

—. Non, madame, c'est un raisonnement logique. Il me paraît inadmissible qu'un comte ait consenti à vous donner son nom, sachant que vous avez été mère et connaissant votre existence passée.

— Mais si je la lui avais cachée, si j'avais pris un masque de femme dévote et rigide? Cela se voit tous les jours. L'apparence et les dehors couvrent bien des mystères, bien des faiblesses dans notre monde parisien.

— En ce cas, ce serait différent. Mais il me semble qu'il n'a pas dû en être ainsi. Votre légèreté, votre manière d'être que j'ai appris à connaître, me donnent la conviction que vous êtes incapable d'une telle dissimulation.

— Peut-être avez-vous raison, monsieur Durand.

— Ah! vous l'avouez!

— Mon Dieu oui, mes habitudes de franchise m'ont beaucoup nui, avec vous d'abord, monsieur Durand, car si j'eusse été dissimulée, peut-être m'auriez-vous épousée.

— J'eusse été bien faible.

— Vous auriez fait comme beaucoup d'autres. Mais jouant la comédie sur le théâtre, je n'ai pas voulu la jouer dans la vie réelle. Je me suis permis de vous exprimer, de vous faire toucher du doigt l'irrémédiable opposition de nos deux natures. J'ai blessé votre amour-propre en osant vous dire que vous ne compreniez et ne comprendriez jamais une femme, que vous prétendiez l'enterrer vivante, la mettre sous le boisseau, passez-moi l'expression, en faire une sorte de servante. Vous me répondiez à cela que j'étais une coquette, parce que je portais un bracelet ou que je mettais une fleur dans mes cheveux. En un mot, j'étais la femme artiste, et vous l'homme positif, deux anomalies, deux électricités contraires. Vous aviez beau me débiter vos leçons de

morale pendant une sainte journée, je n'y prenais aucun
goût, car la morale qui ne s'accorde pas avec le cœur
ne touche pas. Enfin le choc est venu. Vous teniez à ce
que j'abandonnasse la scène, et je ne le voulais pas.
Mon professeur de musique me procura un engagement
avantageux de prima donna à la Scala de Milan. Vous
m'aviez menacée d'une rupture en me déclarant qu'à
aucun prix vous ne me laisseriez ma fille. La gloire,
l'art, la tentation du succès me magnétisèrent, et j'ou-
bliai tout pour céder à un irrésistible entraînement. Je
me séparai de vous. Mais parce que nos deux existences
n'ont pu se lier et s'harmoniser, s'ensuit-il que je sois
une femme détestable, dénuée de tout sentiment? Ce
sérait, vous l'avouerez, pousser l'infatuation de l'égoïsme
jusqu'à l'exagération.

— Une seule conséquence ressort de nos anciennes
relations, madame, c'est que j'ai rempli mon devoir
jusqu'au bout, tandis que vous...

— Tandis que moi...

— Vous vous y êtes dérobée, vous y avez failli.

— Monsieur...

— Puisque vous oubliez si facilement, madame, permettez-moi de vous rappeler la journée du 15 juin qui
est restée gravée dans ma mémoire. Ce jour-là, rentrant à l'heure habituelle dans notre petit logement de
la rue Saint-Martin, je trouvai sur la table une lettre
ouverte que vous veniez d'y écrire, et je lus: « Notre
existence commune n'est plus possible. Vous m'avez dit
au milieu de notre scène d'hier que vous vous charge-
riez de notre fille. Je pars et vous la laisse. Aimez-la
pour moi et remplacez-moi auprès d'elle. » A ce moment,
Marie s'éveilla dans son berceau et tendant ses petites
mains cria: « Maman ! » Je la pris dans mes bras, et
mouillant son visage de mes larmes, je lui dis : « Ta

mère, c'est moi, mon enfant!... » Après avoir suppléé à votre abandon et élevé ma fille, pensez-vous que je n'aie pas acquis le droit de diriger sa vie? D'ailleurs, j'ai contre vous une arme qui au besoin serait un bouclier pour Marie, votre lettre d'adieu, madame, que j'ai précieusement conservée.

— Ah! fit douloureusement la comtesse, pâle et frémissante en baissant la tête, vous avez cette lettre?

— Je ne l'ai jamais montrée à ma fille, ne voulant pas qu'elle méprisât sa mère et la regardât comme une femme sans cœur. J'ai préféré lui faire croire à votre mort. Mais si vous m'y forcez, elle la lira.

— Par grâce, monsieur, ne faites pas cela. Vous me tueriez. Oui, je l'avoue, j'ai été une mère indigne... J'étais folle, j'avais perdu la tête. Mais si j'ai manqué à mes devoirs de mère dans le passé, il n'en résulte pas nécessairement que je sois condamnée à ne pas le faire dans le présent.

— Je vous le répète, madame, en dépit de vos bonnes intentions, votre situation s'y oppose.

— Et si je changeais ma situation?

— Je ne vous comprends pas.

— Si je la régularisais, si je devenais cette femme honnête, s'immolant au devoir, à l'existence probe telle que le monde l'exige, telle que vous l'exigez, qu'en penseriez-vous, monsieur Durand?

— Madame, ce langage...

— Vous étonne de ma part.

— J'en conviens.

— Naturellement, puisque vous avez toujours dans l'esprit l'image de cette Julia folle et inconsciente qui riait de vos sages exhortations. Mais souvent femme varie... Je crois que c'est le roi François qui a dit cela... j'ajouterai à la royale maxime que souvent femme se retrouve. Et je me suis retrouvée en revoyant malgré vous ma fille!

— Madame, il est souvent trop tard pour revenir sur ses pas.

— Non, monsieur, il n'est jamais trop tard, et je vous le prouverai. J'ai une fille... nous avons une fille, monsieur, car elle m'appartient en moitié, je pense. Eh bien, persuadez-vous que je l'aime autant que vous pouvez l'aimer.

— Elle vous a coûté moins de sacrifices...

— C'est vrai. Mais l'affection que j'ai pour elle n'en est pas moins aussi grande, aussi désintéressée que la vôtre. Je n'ai pas attendu vos sévères observations pour sentir que je ne devais me présenter devant ma fille que dans une situation morale digne d'elle. Je n'eusse pas eu les délicatesses de la mère si je ne l'avais pas compris. Vous m'avez rappelé vos sacrifices, monsieur, eh bien, je vous répondrai par les miens. Vous apprendrez qu'une mère ne recule devant rien lorsqu'il s'agit de l'honneur de son enfant.

— Madame, je reste incrédule.

— Puisque vous n'ajoutez pas foi à cette conversion, à cette métamorphose d'une femme que vous avez condamnée, je tiens à vous en donner une preuve irrécusable. Vous et le comte Kourawieff aurez devant les yeux ce spectacle.

— Quoi, madame, le comte est de retour?

— Oui, et je suis étonnée qu'il ne soit pas encore venu. Oh! monsieur Durand, ne prenez pas votre chapeau. Vous êtes mon prisonnier.

— Permettez, madame. Il n'est pas de mon goût d'avoir une explication avec le comte Kourawieff, qui pourrait trouver mauvais...

— Que vous m'ayez apporté des dentelles?

— Sans doute.

— Soyez sans crainte. Le comte n'est pas jaloux.

— Il est convenable que je me retire.

— Restez, monsieur Durand. Vous êtes entré dans ce salon en proie à une vive indignation contre la comtesse Kourawieff. J'espère que vous en sortirez avec une réelle admiration pour Julia.

— Mais, madame...

LII

A ce moment, la porte du salon s'ouvrit, et un homme de haute stature, à la tête volumineuse, aux larges épaules, parut sur le seuil.

C'était le comte Michel Kourawieff.

— Pardon, madame, dit-il, d'être entré étourdiment, sans me faire annoncer. J'ignorais que vous eussiez une visite.

— Comte, dit Julia en présentant monsieur Durand... le père de ma fille.

— Madame!... fit Durand stupéfait et convaincu que Julia avait l'intention de le mettre aux prises avec le comte Kourawieff.

— Madame, dit le comte non moins surpris que Durand et dont les pommettes saillantes s'étaient empourprées d'une légère rougeur, jamais vous ne m'aviez parlé...

— De ma fille, de mon péché capital. Non, monsieur, j'ai cru suffisant de m'accuser de mes péchés véniels.

— Monsieur le comte, s'excusa Durand assez embarrassé de sa contenance, croyez bien que si j'avais prévu...

— Vous ne connaissez pas la comtesse, répliqua Michel Kourawieff avec une sorte d'enjouement. Elle a parfois des fantaisies un peu excentriques.

— Eh bien, reprit la comtesse, monsieur Durand, qui est un homme sagace et honorable en tous points, est venu me trouver pour m'exposer qu'une femme dans ma situation ne pouvait convenablement recevoir sa fille chez elle.

Le comte Kourawieff tombait des nues. Durand eût donné mille écus pour ne pas avoir fait sa visite à Julia. Il tourmentait avec colère le bord de son chapeau, qu'il tenait derrière son dos.

— Madame, dit-il, ce n'est pas en ma présence qu'une semblable explication eût dû se produire.

— J'ai tenu, au contraire, à ce que vous en fussiez le témoin. Je disais donc, comte, que monsieur Durand s'était étonné de ma prétention à être mère sans être vraiment comtesse. On perd le droit d'être mère, m'a-t-il dit avec beaucoup de sens, quand on ne peut pas se présenter dans une situation avouable devant sa fille, qu'on ne lui donne pas le bon exemple, et qu'elle est forcée de baisser la tête en entendant prononcer le nom de sa mère...

— Mais comment monsieur a-t-il pu soupçonner ?

— Il a deviné. Forte de votre autorisation à vouloir bien me laisser porter votre nom, j'ai réussi à tromper le monde parisien sur ma qualité en me donnant pour ce que je ne suis pas. Mais aucun subterfuge n'échappe

à l'œil d'un père, et monsieur Durand a vu clair à travers mon jeu.

— Madame, permettez-moi de me retirer.

— Non, monsieur Durand, écoutez-moi, je vous prie,
jusqu'à la fin.

— Ne résistez pas plus que moi, monsieur, à l'étrange
volonté de la comtesse.

— Monsieur Durand a donc soulevé le voile de mon
existence factice, qu'il a mise en opposition avec mes
sentiments maternels. Eh bien, loin de garder l'ombre
d'une rancune à monsieur Durand, je lui sais un gré
infini des scrupules qu'il m'a montrés...

— Madame, il ne sied pas que je demeure plus longtemps ici, interrompit Durand, cherchant un motif
plausible pour sortir du salon.

— Et je l'approuve absolument, continua Julia.

— Ah ! fit le comte Kourawieff ébahi.

— Seulement, monsieur Durand est arrivé trop tard.
Avant que je n'eusse l'honneur de recevoir sa visite,
j'avais fait exactement les mêmes réflexions que lui.

— En vérité ! s'écria le comte en regardant Julia
pour bien s'assurer qu'elle parlait sérieusement.

— La preuve, c'est que demain, je ne serai plus la
comtesse Kourawieff, mais tout simplement Julia Desgranges.

— Vous avez de singulières fantaisies, comtesse.

— Ma fantaisie sera un fait accompli dans les vingt-
quatre heures.

— Avec vous, comtesse, répliqua Kourawieff piqué,
il faut s'attendre à tout.

— A tout ce qui est déraisonnable, vous voulez dire.
Eh bien, ce sera peut-être le premier acte sérieux de ma
vie.

— Monsieur le comte, dit Durand, croyez bien que

pour ma part je regrette infiniment ce qui vient de se
passer, et que j'étais loin de prévoir...

— Je n'en doute pas, mais la comtesse aime l'imprévu, persifla Michel Kourawieff.

Durand salua et gagna la porte.

LIII

— Voyons, madame, dit le comte d'un ton bref après
la sortie de Durand, qu'est-ce que cette comédie que
vous venez de jouer ?

— Vous savez bien que je ne joue plus la comédie
depuis que je suis retirée du théâtre.

— Ce ne peut être sérieux.

— C'est on ne peut plus sérieux.

— Non. Vous avez voulu me rendre jaloux, et monsieur Durand, qui m'a tout l'air d'un excellent et digne
homme, vous a servi de moyen.

— Je n'ai pas eu l'intention le moins du monde
d'exciter votre jalousie ; je ne songe pas à de telles futilités. La preuve, c'est que je ne vous ai même pas parlé
de ces dentelles, que monsieur Durand m'a apportées.

— Mais alors cette fille...

— Existe. Elle est adorable. Elle a dix-huit ans, et
ma vie est désormais enchaînée à la sienne.

— Comment ! depuis dix années que nous vivons ensemble, jamais un mot n'a été dit de cette enfant, et maintenant...

— Vous me reprochez précisément ce que je me reproche. Je croyais presque l'avoir oubliée. Mais je l'ai revue, et à présent il me serait impossible de me passer d'elle un seul jour.

— Puisqu'il en est ainsi, Julia, j'accepterai votre fille.

— Oui, vous l'accepterez comme les autres choses de mon passé, n'est-ce pas ?

— Que vous faut-il de plus ?

— Mais vous ne comprenez donc pas que je ne puis me présenter la honte au front devant ma fille ?

— Quelle honte ? N'avez-vous pas pris rang dans la société parisienne, et ceux-là mêmes qui se doutent qu'il n'y a entre nous qu'un mariage morganatique, ne ferment-ils pas complaisamment les yeux ? Par conséquent, vous n'avez aucun éclat, aucun scandale à redouter.

— Comte, je me plais à le reconnaître, vous avez agi avec moi en véritable gentilhomme. Vous m'avez regardée non comme votre maîtresse, mais comme votre femme.

— Sans l'opposition absolue de ma famille, vous la fussiez devenue.

— Je le sais, aussi n'ai-je que de la reconnaissance et de l'affection pour vous. Mais malgré votre condescendance, vos généreux efforts pour me créer une situation acceptable aux yeux du monde, nos relations dont le voile se lèverait tôt au tard sont devenues impossibles.

— Impossibles ! s'écria le comte.

— Impossibles, reprit Julia. Tenez, hier, j'ai failli mourir lorsque ma fille me demandait qui vous étiez, si vous la receviez bien, que sais-je ? Ah ! si vous étiez venu en ce moment, vous auriez eu pitié de moi.

— Julia !... dit avec une intention sympathique le comte Kourawieff, touché du noble sentiment qui se

peignait sur la physionomie et dans les grands yeux
noirs pleins d'éclairs de la comtesse.

— Non, reprit Julia, je ne subirai pas une semblable
épreuve. Je n'y résisterais pas. Avez-vous l'idée du supplice d'une mère forcée de refuser à sa fille la porte de
sa maison, parce qu'elle y rencontrerait un homme
dont on ne peut pas dire : — C'est mon mari !

— Vous le lui direz.

— Mentir à ma fille, monsieur ! Ah ! vous ne savez
pas ce que c'est qu'une mère ! Vous n'avez jamais eu
d'enfants.

— Le destin me les a refusés, Julia ; aussi suis-je tout
disposé à aimer votre fille.

— Vous n'êtes pas mon mari et ne pouvez le devenir.
Vous m'offririez même le mariage aujourd'hui que je ne
l'accepterais pas, car il semblerait que je me fusse servie
de ma fille pour vous forcer la main. Vous voyez bien
qu'il n'y a qu'une chose de possible : la séparation.

— Si vous m'aimiez, Julia, si vous m'aviez jamais
aimé, vous n'auriez pas prononcé ce mot.

— Vous mentez à vous-même, comte. Vous savez bien
que je vous ai fait tous les sacrifices imaginables
d'amour-propre, que je vous ai donné toutes les preuves d'un attachement réel. Quand vous m'avez demandé
de quitter le théâtre, ne l'ai-je pas quitté, sans hésiter
une minute ?

— Comment ! après dix années d'une existence commune, lorsque je comptais passer ma vie avec vous,
lorsque, cédant à votre désir, je suis parti de Saint-Pétersbourg pour venir habiter Paris, vous brisez brusquement, sans raison sérieuse, une union que le temps
avait cimentée, des liens qu'une mutuelle sympathie
avait noués. Tenez, j'aurais dû prévoir ce triste dénoue-

ment de notre amour et ne pas m'abandonner, comme
je l'ai fait, à une femme capricieuse et coquette.

— En cherchant à m'abaisser, vous vous abaissez
vous-même.

— Oui, je m'abaisse, parce que je reconnais l'erreur
qui m'a enchaîné si longtemps à vous, aveugle que
j'étais !

— Comte, j'ai été sincère avec vous, sincère dans
mon amour comme je le suis dans ma séparation ; vous
regretterez vos amères et injustes paroles. Si vous pou-
viez voir mon cœur à nu, en compter les déchirements
et les angoisses, vous ne me reprocheriez pas cruellement de jouer la comédie.

— Mais puisque j'accepte votre enfant, et vous auto-
rise à la recevoir, pourquoi persistez-vous à rompre
avec moi ?

— Parce que mon amour pour ma fille et mon affection pour vous sont inconciliables. Ah ! je donnerais tout
au monde pour qu'il en fût autrement, je vous le jure.
Mais, en embrassant ma fille, en la voyant si pure, si
belle, si honnête, j'ai eu honte devant elle, j'ai compris
que mon existence faisait tache sur la sienne, et j'ai pris
l'inébranlable résolution de tout lui sacrifier. Comme un
faux diamant se dissout et se liquéfie au contact d'un
réactif, en recevant ses baisers, j'ai senti crouler en moi
ces vains désirs, ces mesquines préoccupations, cette
vanité de jouer un rôle de comtesse au milieu de la société parisienne. L'échafaudage que j'avais construit
avec tant d'art s'est écroulé, réduit en poussière, et sur
ses débris s'est élevé mon amour maternel heureux et
fier de la ruine de mes anciennes idoles. Vous êtes surpris de ma transformation. Moi aussi j'ai été surprise
par la violence d'une affection que je croyais altérée,
effacée en moi, et qui, comme un ouragan soufflant sur

15*

les flots endormis d'un lac paisible, est venue boulever-
ser mon âme, la purifier et la renouveler.

— Je ne méconnais pas la légitimité, la grandeur de
votre sentiment de mère. Mais il ne devrait pas vous
faire oublier à ce point les intérêts, les exigences de votre position. Vous avez contracté des habitudes de luxe,
de bien-être auxquelles vous vous soustrairez difficilement. Avec moi, vous n'avez jamais connu la dure nécessité. Tous vos désirs ont été satisfaits aussitôt que
manifestés. Après avoir passé des jours si agréables, ne
se comptant que par les plaisirs et par les fêtes, comment vous résigneriez-vous à la pauvreté et à l'obscu-
rité ?

— Je travaillerai...

— Vous, Julia, travailler... Quand la légère cigale
sera devenue laborieuse fourmi !

— Je reprendrai le théâtre.

— Mais le théâtre ne vous reprendra pas ; votre pu-
blic ne se retrouvera pas. D'autres prima donna ont pris
votre place et ne vous rendront pas les faveurs de la
foule qui les applaudit. Entre vous et le théâtre, le divorce est complet.

— Eh bien, que m'importe la misère si j'ai ma fille !

— Il faudrait mieux l'avoir avec la fortune.

— Je n'ai ni père, ni frère, ni époux. Ma fille me tiendra lieu de tout.

— Jusqu'à ce qu'elle se marie et que son époux vous
remplace.

— Eh bien, j'aurai une place à son foyer.

— Ce brusque changement de votre manière d'être me
confond, Julia.

— Ce qui prouve que les changements sont plus fa-
miliers aux femmes que vous ne le croyiez. Quand on
est jeune, on s'abandonne à sa fougue, à ses passions, à

ses caprices, mais quand l'ombre s'allonge sur ses jours,
on cherche un foyer, un intérieur, on regrette sa vie
gaspillée, et on rentre dans la vie régulière en s'arran-
geant de façon à ce que le désordre disparaisse de sa
conduite et en réparant autant que possible les ruines
et les erreurs de son passé. J'en suis là, comte, au soir
de ma vie. Voilà l'explication de ce que vous appelez
ma métamorphose.

— Elle a été bien rapide, et vous êtes prise tout-à-coup
d'étranges scrupules.

— Tous vos raisonnements, toutes vos objections,
comte, ne détruiront pas en moi le sentiment de tristesse
et de dégoût que m'inspire une situation équivoque et
dans laquelle il ne me convient pas de rester plus longtemps.

— Mais le monde vous honore, vous reçoit, vous estime.

— Que m'importe l'estime du monde, si je ne puis
m'estimer moi-même!

— C'est que vous êtes trop sévère pour vous-même.

— Ne cherchez pas à ébranler ma résolution ; rien ne
l'empêchera de s'accomplir. Je l'exécuterais encore avec
enthousiasme, dussé-je mourir demain. Tenez, je suis
sortie ce matin pour louer un petit appartement au nom
de Julia Desgranges.

— Le comte Kourawieff sera-t-il reçu dans cet appartement ?

— Je n'y recevrai que ma fille !

— Allons, c'est le divorce absolu que vous voulez ?

— J'y suis forcée.

— Julia, vous ne tarderez peut-être pas à regretter
d'avoir brisé légèrement l'affection dévouée d'un homme
qui n'a désiré que votre bonheur.

— Vous l'espérez ?

— Je le crains bien plus que je ne le désire. Mais quoique séparée de moi, comme il me déplairait que vous fussiez dans le besoin, vous trouverez chez mon notaire un titre de rente qui suffira largement à votre existence.

— Comte, je n'accepte pas cette générosité. Je ne veux emporter d'ici que mon honneur.

— Julia, après avoir passé dix années heureux avec vous, je ne souffrirai pas que vous supportiez une condition pénible. Puisqu'en vous séparant de moi, vous obéissez à un sentiment de dignité et d'indépendance que vous me permettrez de trouver exagéré, croyez-moi, ne dépendez plus de personne, pas même des vôtres. D'ailleurs, je ne vous restitue que ce qui vous appartient. Quand je vous connus et que je vous demandai de renoncer au théâtre, vous possédiez cent mille francs. Je vous les remets, voilà tout. Et les refuser, ce serait me faire une injure que je ne crois pas avoir méritée.

— Eh bien, comte, j'accepte cette main loyale que vous me tendez, lorsque vous deviez me repousser et me maudire.

— Vous maudire, Julia, vous que j'aime et qui vous éloignez volontairement de moi !

— Ah ! Michel, que vous me faites souffrir ! Ayez pitié de moi, je vous en conjure.

— Voyons, Julia, revenez à la raison. Songez à l'éclat que produira votre subite disparition du monde.

— Vous direz que je suis en voyage... que je suis partie pour Saint-Pétersbourg.

— Mais on vous verra à Paris, on vous reconnaîtra.

— Les grands ne reconnaissent pas les petits, et une étoile qui disparaît n'empêche pas les autres astres de briller au firmament. Deux jours ne se passeront pas que je ne sois oubliée, et personne ne s'avisera de reconnaître la comtesse Kourawieff en Julia Desgranges.

— Mais moi je ne vous oublierai pas. Je vous saurai près de moi et ne pourrai vous approcher. Comment voulez-vous que je vive sans vous, Julia ?

— Vous retournerez sur les bords de la Néva.

— Non, j'ai quitté Saint-Pétersbourg pour n'y plus revenir. La vie de Paris m'est nécessaire.

— N'insistez pas, comte. Ma résolution est arrêtée. Je vous dis adieu.

— C'est de la folie.

— Eh bien, on ne résiste pas aux fous, on leur cède.

— Julia, pour la dernière fois, réfléchissez...

— C'est irrévocablement fini entre nous, Michel. Adieu.

— Eh bien, puisque vous le voulez, adieu pour la vie, Julia !

Le comte, en proie à une agitation nerveuse, frappa de la main la porte du salon et disparut.

Julia, épuisée par cette poignante lutte, donna un libre cours aux larmes qu'elle avait contenues devant le comte. Il lui en coûtait de se séparer de lui et du monde où elle brillait, mais la pensée de sa chère Marie vint la raffermir dans sa résolution, et en songeant à ce qu'elle lui immolait, elle s'écria consolée et enthousiaste :

— Enfin, Marie n'aura plus à rougir de sa mère !...

LIV

Ce jour-là madame Durand s'était levée plus tôt que de coutume. Elle allait et venait avec agitation de la salle à manger au salon de sa maison. De temps à autre, elle dépliait un papier qu'elle tenait à la main et lisait ce qui suit :

« *Maison de gros Dalant et Cie.*

« Reçu de monsieur Durand pour fournitures de dentelles à mademoiselle Marie, place Saint-Georges, la somme de 4,500 francs.

« Pour acquit : DALANT ET CIE. »

Après avoir jeté les yeux sur cette note, madame Durand la froissa nerveusement dans ses mains.

Durand entra à ce moment et s'approcha de sa femme comme pour l'embrasser en lui disant d'un ton caressant :

— Bonjour, ma chère amie.

Madame Durand se leva, se détourna de son mari et lui répondit sèchement :

— Bonjour, monsieur.

— Comment, monsieur? Ah çà, ma bonne, tu t'es mal levée ce matin ?

— Monsieur Durand...

— Ma femme...

— Vous ne devriez pas laisser traîner les notes que vous payez pour mademoiselle Marie. Tenez, reprenez ce papier qui vous appartient, et que j'ai trouvé ce matin dans la chambre à coucher. Il sera tombé de votre portefeuille.

En voyant la note de dentelles, Durand se mordit les lèvres.

— Vous n'ignorez pas ce que ce papier contient, n'est-ce pas, monsieur Durand ?

— Je sais, ma bonne. Mais que je t'explique...

— Ne m'expliquez rien, c'est inutile.

— Si tu ne veux pas m'entendre...

— Non.

— Il faut pourtant que tu saches que mademoiselle Marie est une orpheline à laquelle s'intéresse Renaudot.

— Ah ! je me doutais que monsieur Renaudot allait intervenir. Toutes les fois que vous êtes pris, c'est votre ami Renaudot qui est le coupable, et de son côté lorsque sa femme le surprend en faute, comme je vous surprends en ce moment, il doit répondre à votre exemple : — Mais c'est mon ami Durand ! Vous vous entendez comme deux larrons en foire.

— Tu t'entends bien, toi, avec madame Renaudot.

— Pas contre vous, toujours.

— Tu ne m'as pas laissé achever ce que je te disais.

— Eh bien, achevez votre conte.

— Pour être agréable à Renaudot, j'ai avancé deux ou trois fois de l'argent à mademoiselle Marie qui me l'a toujours exactement rendu. M'en veux-tu de faire le bien ? Fortune oblige.

— Est-il bien vrai, ce mensonge-là ?

— Pauline, c'est la première fois que tu doutes de ma parole.

— Monsieur Durand, vous n'avez pas l'accent convaincu. S'il s'était agi de prêt d'argent, monsieur Renaudot, qui est plus riche que vous, ne serait pas venu vous chercher.

— Mais il n'avait pas ses fonds disponibles.

— Vous ne dites pas vrai, et je hais les hommes qui mentent. J'aimerais mieux les voir coupables que menteurs.

— Tu es dure, ma femme.

— Rappelez-vous, monsieur Durand, que c'est par le manque de franchise, par l'hypocrisie conjugale que la discorde s'introduit dans un ménage. On vit ensemble, entendez-vous, pour se confier ses chagrins, ses douleurs, et même ses fautes, si l'on a été assez faible pour en commettre, mais un mari ou une femme qui, pour se tromper, ont recours à l'imposture ne sont plus époux ; ils sont séparés de fait. Je n'ai jamais manqué de franchise envers vous. Pourquoi en manquez-vous envers moi ?

— Je t'assure...

— S'il y a un secret, un mystère dans votre vie, je dois le connaître. J'en souffrirais moins que de vous voir essayer une figure composée qui ne vous réussit pas du tout, je vous l'affirme.

— Mais c'est Renaudot qui est en question. Et rappelle-toi que, de ton côté, tu ne m'as jamais révélé le secret de madame Renaudot en me disant qu'on est pas maître des secrets qui ne sont pas vôtres.

— Je vous ai donné de bonnes raisons.

— Et les miennes ?

— Sont mauvaises.

— Enfin tiens-tu à ce que Renaudot corrobore lui-même ce que j'avance ?

— Ce serait une complaisance de votre ami... à charge de revanche.

— Voyons, ma bonne Pauline...

— Laissez-moi. Je ne veux être embrassée que d'une bouche qui dit la vérité.

— Je vais voir Renaudot. Il te certifiera...

— Allez voir Renaudot, et ne cherchez pas plus longtemps à me faire prendre des lunes pour des soleils.

Durand, convaincu qu'il n'aurait pas gain de cause, prit son chapeau et sortit fort peiné, car c'était la première fois que sa femme paraissait sérieusement fâchée contre lui.

Un instant après, madame Renaudot entrait chez madame Durand qu'elle informait de ce qui s'était passé au comité de la rue de Grenelle-Saint-Germain, en ajoutant :

— Oui, ma chère amie, mademoiselle Marie qui se prétend orpheline, n'est rien autre que la fille naturelle de mon mari.

— Vous vous trompez, chère madame, elle est la fille de monsieur Durand, car je me refuse à croire qu'elle soit sa maîtresse.

— Que dites-vous ?

— Ce dont j'ai acquis la preuve. Une note de dentelles livrées à mademoiselle Marie et payées par mon mari m'a ouvert les yeux.

— Peut-être monsieur Durand solde-t-il les notes de mademoiselle Marie pour couvrir monsieur Renaudot. Nos maris sont intimement coalisés pour nous cacher leur jeu.

— Durand me reprochait to   à l'heure de cacher le vôtre.

— Est-ce qu'il se douterait ?

— Il n'a que des soupçons. Il ne sait rien.

— Ah ! sans vous, ma chère amie, j'étais perdue. Mon mari eût tout découvert. Mais si monsieur Durand communiquait ses soupçons sur mon compte à son ami ?

— Soyez tranquille, Durand ne le fera pas.

— Ah ! que je suis malheureuse ! Comme cette faute pèse sur ma vie ! Et c'est à peine si j'ose adresser des reproches à mon mari, tant je tremble de me découvrir moi-même.

— Ne croyez pas votre mari coupable, c'est le mien.

— Si, je le crois, et j'en souffre horriblement. Songez donc, madame Durand, à ma situation de mère. Mon fils se refuse au brillant parti que je lui ai ménagé pour courtiser cette Marie, sa sœur... Oh ! c'est monstrueux. Cette pensée me fait frémir...

— Écartez ces idées, vous dis-je, c'est Durand qui est en cause. Il faut d'ailleurs à tout prix que cette situation s'éclaircisse au plus tôt. Il y a là un mystère que monsieur Renaudot et monsieur Durand nous cachent. A nous d'en avoir le mot.

— Mais par quel moyen ?

— Je saurai bien en venir à mes fins.

— Comment ?

— Par la ligne droite, en allant directement au but. Je me rendrai chez mademoiselle Marie.

— Mais elle ne se trahira pas plus devant vous qu'elle ne s'est trahie devant moi.

— J'espère être plus heureuse avec elle que vous. Je la prendrai par la douceur.

— Je ne sais pas pourquoi elle s'est immédiatement défiée de moi. Je lui offrais cependant une bonne position en province.

— Elle a tenu à rester à Paris, près de son père, monsieur Durand. Quoi d'étonnant à cela ?

— Vous persistez dans votre idée ?

— J'y persiste. Demain, vous et moi nous saurons pourquoi nos maris fréquentent cette marchande de dentelles, et soyez assurée que monsieur Renaudot sortira de l'épreuve blanc comme neige.

— Alors, ce sera un chagrin pour vous, et la certitude vous rendra encore plus malheureuse que le doute.

— Je sortirai coûte que coûte de cette situation ambigüe. Je suis lasse des cachotteries, des pénibles manèges de monsieur Durand pour m'en imposer et expliquer ses absences prolongées.

— Et si vous acquériez la preuve que Marie est la fille naturelle de monsieur Durand, que feriez-vous ?

— Je n'en sais rien encore. Je suis primesautière. J'obéis à l'impulsion de mes sentiments. Ils m'ont bien guidée jusqu'ici à travers les difficultés de ma vie. Je tiendrai encore cette fois la conduite qu'ils me dicteront.

— A demain, chère amie. Et Dieu veuille que tout ceci finisse bien !

— En tout cas, cela finira. C'est l'important !

LV

La contre-partie de cette scène avait lieu chez Renaudot, à qui Durand était venu d'un air contristé
rapporter la discussion de ménage qu'il venait d'avoir
avec sa femme à propos de la note de Marie.

— Que veux-tu y faire? s'écria Renaudot, plaisan-
tant et jouant sur le mot. C'était écrit! Tôt ou tard la
femme découvrira le pot aux roses, et il eût encore
mieux valu être franc tout de suite avec elle... C'est
une excellente femme et pleine d'indulgence, madame
Durand... Elle ne ressemble pas à la mienne. Elle
t'aurait pardonné, et le cadavre serait enterré maintenant. Il ne serait plus question de tes forfaits.

— Comment! tu eusses voulu que j'avouasse ma
paternité à ma femme lorsque la mère de Marie est
vivante? Mais mon ménage eût été perdu!

— Alors, pour sauver ton ménage, tu juges équita-
ble de gâter le mien. Egoïste, va! O Durand, tu es
homme, et ne restes étranger à rien de ce qui est hu-
main! C'est du Térence, ça, mon bonhomme.

— Mais Renaudot, c'est toi-même qui m'as offert...

— Eh oui, je t'ai offert d'être ton plastron, ton pare-
balles, et je l'ai été, et j'ai reçu tous les coups qui
t'étaient destinés. Tu as eu une vie paisible, un ménage
charmant, et le mien a été atroce. J'ai supporté le
poids de tes crimes! Mais il y a une fin à tout. Nous
sommes arrivés au cinquième acte, mon ami, à la péri-

pétie. Tu n'éviteras pas le dénouement fatal, la révélation. Le voile doit se déchirer.

— Est-ce absolument nécessaire?

— C'est nécessaire pour moi surtout. Sais-tu que ma
femme, après s'être imaginée que Marie était ma mai-
tresse, est à présent persuadée que c'est ma fille?

— Il n'est pas possible.

— C'est ainsi. Il n'y a pas à l'en faire démordre.
Tant que je l'ai pu, mon cher Durand, je t'ai couvert
de ma poitrine, je t'ai tendu la perche, mais à cette
heure, mon intérieur n'est plus tenable. A toi de te
mettre en avant, Pylade. Tu ne voudras pas laisser
croire à ma femme que je suis le père d'une fille qui ne
m'appartient pas. Si j'étais le père de Marie, j'aurais
en compensation les jouissances de la paternité. Mais
j'en ai tous les inconvénients sans les avantages. Cela ne
se peut pas.

— Je comprends tes ennuis, mon cher Renaudot.
Mais attends quelques jours. Je préparerai ma femme à
recevoir ce terrible coup, ce secret que je lui ai caché
depuis tant d'années.

— Tu as tort d'attendre encore, Durand. Ta femme
est sur la piste. Il ne serait pas bon qu'elle découvrît
ton secret avant que tu ne le lui confies. Crois-moi, il
faudra toujours aboutir à cette confidence. Est-ce
qu'il nous est possible, à nous autres hommes, de nous
cacher longtemps de nos femmes? Elles ont des yeux
de lynx pour leurs maris; elles lisent sur leur physionomie comme dans un livre ouvert. Pétries de clairvo-
yance, de ruse et de finesse, elles sont douées d'une
merveilleuse habileté pour se dérober, pour masquer
leurs faiblesses, mais elles percent à jour toutes les
nôtres, éventent tous nos plans et déjouent toutes nos
petites combinaisons... La nature, qui leur a refusé la

force, leur a donné la divination et la dextérité que nous n'avons pas.

— Ce qui m'arrête dans mes aveux à madame Durand, c'est la mère de Marie, c'est Julia.

— Je la croyais convertie. Tu m'avais dit toi-même...

— Eh oui, c'est une Madeleine, une mère repentie. Elle s'est mise à aimer furieusement sa fille, pour rattraper sans doute le temps qu'elle a perdu à l'oublier.

— Tu es méchant.

— Elle a foulé aux pieds tous ses intérêts pour paraître irréprochable devant Marie. C'est une femme incompréhensible qui passe d'un extrême à l'autre, de l'avilissement à la grandeur avec une surprenante facilité. L'autre jour, devant le comte, je ne savais que penser et que dire. Mais j'eusse préféré qu'elle eût achevé sa vie comme elle l'avait commencée, et qu'elle fût restée avec le comte Kourawieff. Au moins, j'avais un motif sérieux de la séparer de Marie, tandis qu'à présent je n'ai aucune raison de défendre à la fille de voir sa mère.

— En effet.

— Et puis, je tremble qu'elle ne se rencontre avec ma femme. Quelle situation ! De tous les côtés, je suis pris. Ah ! les fautes, les erreurs de jeunesse... Rocher de Sisyphe que l'on roule jusqu'à son dernier jour.

— Oui, Durand. La seconde partie de la vie se passe à expier la première. Trop heureux quand on y réussit !

— Si l'on savait... lorsqu'on est jeune !

— Mais on ne sait pas. On n'est jeune qu'à cette condition-là.

— Enfin, mon cher Renaudot, souffre encore quelque

temps, peu de temps, d'être accusé à ma place. Au risque de faire mauvais ménage avec ma femme, je lui avouerai tout.

— Tu n'as pas assez foi en la bonté de ta femme, je te le répète. Si j'en avais une comme la tienne, je ne lui cacherais rien, sûr d'avance de mon pardon. Mais prends ton temps, mon ami. Et malgré la vivacité de mes paroles, n'aie pas peur que je te devance. J'attendrai.

— Renaudot, mon ami, mon sauveur...

— Non, ton ami seulement, mais jusqu'à mon dernier soupir.

Durand, après avoir affectueusement pressé la main de Renaudot, sortit de sa maison.

LVI

Selon la parole qu'elle avait donnée à son amie, madame Durand se dirigea le lendemain de bonne heure vers la demeure de Marie, qu'elle trouva dans son magasin. La jeune fille, la prenant pour une cliente, lui demandait, après l'avoir fait asseoir, quel genre de dentelles elle désirait lorsque madame Durand lui dit, en l'interrogeant du regard :

— Mademoiselle Marie, je suis madame Durand.

— Madame... balbutia Marie dont les joues se colorèrent subitement d'un vif incarnat.

— Pourquoi rougissez-vous et baissez-vous les yeux,

mademoiselle ? Suis-je si effrayante à voir et auriez-vous
peur de moi ?

— Non, mais je m'attendais si peu...

— A ma visite. Vous attendiez plutôt monsieur
Durand... votre père.

— Madame !... s'écria Marie bouleversée.

— Je sais tout, mademoiselle : les visites que mon
mari vous fait chaque semaine, en se donnant une
peine infinie pour se cacher de moi, les notes de vos
dentelles qu'il acquitte, la vive affection qu'il a pour
vous, et que je trouve toute naturelle, puisque vous
êtes sa fille. Ne vous en défendez pas.

— Oh ! madame, pardon, pardon... supplia Marie
sous le coup d'une violente émotion.

— De quoi me demandez-vous pardon, mon enfant ?
D'être au monde. Mais je ne sache pas qu'on puisse en
faire un crime à personne, encore moins quand on est
charmante comme vous l'êtes et douée de sérieuses
qualités, ayant l'amour de l'ordre et du travail, que
vous paraissez avoir.

— Que vous êtes bonne, madame ! dit Marie, un peu
rassurée par le ton bienveillant de son interlocutrice.

— Monsieur Durand vous avait donc fait de moi un
portrait bien effrayant ?

— Non, madame, au contraire. Mais il ne voulait
pas que vous connussiez ma naissance. Et il m'avait
défendu...

— De dire qui vous étiez. Si votre naissance est la
conséquence d'une faute, en tous cas, elle ne vous
incombe pas, mademoiselle ; c'est à mon mari, qui
aurait dû avoir en moi plus de confiance et ne pas vous
élever en cachette. S'il eût agi autrement, peut-être
eussiez-vous eu, mademoiselle, la mère qui vous a
manqué, car vous n'avez plus votre mère, sans doute ?

— Non, madame... répondit avec contrainte Marie, craignant que Durand n'apprît qu'elle avait revu Julia.

— Pauvre enfant! s'apitoya madame Durand. Remettez-vous, et soyez convaincue que vous ne regretterez pas d'avoir été sincère avec moi. A votre âge, heureusement, on ne connaît pas encore la dissimulation.

— Combien je vous remercie, madame, de m'apprécier avec cette indulgence.

— Vous me remercierez plus tard. Nous nous reverrons, mademoiselle. Seulement, jusqu'à nouvel ordre, je tiens à ce que ma visite reste secrète. Je punirai monsieur Durand par où il a péché. Je suis très en colère contre lui.

— Oh! je vous en prie, madame, ne soyez pas irritée contre mon père. C'est pour ne pas vous affliger qu'il a voulu que vous ignorassiez mon existence, et c'est sur moi, la révélatrice de son secret, que retomberait son ressentiment.

— Vous aimez donc bien votre père, mademoiselle Marie?

— Autant que vous pouvez l'aimer, madame.

— Malgré vos prières, je veux que mon mari soit châtié de sa dissimulation, et il le sera.

— Par grâce, madame...

— Vous ne me détournerez pas de ma vengeance.

— De votre vengeance? répéta Marie effrayée.

— Elle sera exemplaire.

— Mon Dieu!

— J'apprendrai à monsieur Durand à ne plus se défier de sa femme. Dans quinze jours, c'est la fête de votre père, la Saint-Philippe, vous le savez. Je lui prépare un bouquet et une surprise de ma façon.

— Que prétendez-vous faire, madame?

— Vous viendrez dîner chez moi ce jour-là, et vous

LVII

Pendant que madame Durand se rendait chez Marie, madame Renaudot allait rue de Varennes, chez le baron de Nerdrel dont la fille était sortie du couvent des Oiseaux. Le baron et la baronne lui firent grand accueil, mais au premier mot de leur fille, le baron arrêta madame Renaudot en lui disant :

— Vous avez bien failli ne pas revoir notre Eva.

— Que lui est-il donc arrivé ?

— Le jour même où j'étais allé la chercher à son couvent, en traversant le boulevard des Italiens, mon cheval, effrayé par la musique d'un régiment, s'emporta ; il allait se briser contre le café Cardinal lorsqu'un jeune homme, au risque de périr mille fois pour une, nous sauva, moi et ma fille, en sautant à la bride de l'animal.

— Que Dieu soit loué de vous avoir arrachés à ce péril !

— Dieu... et celui qui s'est dévoué pour notre salut. Le pauvre garçon a reçu un coup dangereux à la poitrine. Je l'ai ramené à moitié évanoui chez moi. C'est le docteur Nélaton qui le soigne, et il répond de lui.

Eva entra au salon, et, s'approchant de madame Renaudot, lui dit :

— Que je suis heureuse de vous voir, madame !

— Chère enfant, répondit madame Renaudot en embrassant Eva au front. Votre père vient de m'ap-

prendre le danger auquel vous avez miraculeusement
échappé.

— Oh ! il n'y a pas eu de miracle, répartit Eva. C'est
M. Paul qui a tout fait. Sans lui, nous étions perdus.

Au nom de Paul, madame Renaudot frissonna.

— Votre sauveur se nomme Paul ? murmura-t-elle.

— Tenez, le voyez-vous qui se promène au jardin ?
dit Eva en désignant un jeune homme à la figure pâle
et défaite qui marchait difficilement en s'appuyant
sur une canne.

A la vue de son fils, madame Renaudot se sentit
défaillir. Elle s'assit et ferma les yeux, douloureusement
oppressée, respirant à peine.

— Que vous prend-il, chère madame ? questionna la
baronne. Vous sentiriez-vous mal ?

— Cela passe, madame. C'est un étourdissement. J'y
suis sujette depuis quelque temps. Excusez-moi.

— Sonne donc, Eva, dit la baronne, pour qu'on
apporte un verre d'eau sucrée à madame Renaudot...
avec quelques gouttes d'eau de mélisse, n'est-ce pas ?

— J'accepte, madame. C'est ce que je prends habituellement pour mes étourdissements. Mais vous disiez
donc que M. Paul est à peu près rétabli ?

— Pas encore. Mais il est hors de péril.

— Ah ! tant mieux, car c'est un digne jeune homme,
et son dévouement est admirable.

— N'est-ce pas, madame ?... s'écria Eva avec enthousiasme.

Madame Renaudot but l'eau qu'une camériste lui
apporta et parut se remettre.

— Vous comprenez, chère madame, dit le baron, que
la petite fête que nous devions donner pour la sortie du
couvent de notre Eva a été retardée par cet événement.

— C'est tout naturel.

— Oh ! d'abord moi, fit Eva, jusqu'à ce que M. Paul
soit complétement rétabli, je ne me sentirai pas le cœur
à la joie et aux fêtes...

— Charmante enfant, vous êtes la bonté en personne.

Madame Renaudot prit congé du baron et de la baronne, puis elle se retira, reconduite par Eva jusqu'à la
grille de l'hôtel. En traversant le jardin, son regard
s'était rencontré avec celui de Paul. Elle eut beaucoup
de peine à réprimer le mouvement qui l'emportait pour
lui sauter au cou et l'embrasser, mais elle s'arrêta, sentant qu'elle se perdait, et qu'en trahissant le secret de
sa maternité vis-à-vis des Nerdrel, elle rendait impossible le mariage projeté entre Eva et son fils Edmond.
Elle regagna chancelante sa voiture, en s'appuyant au
bras de Nerdrel.

LVIII

Le baron de Nerdrel avait installé Paul dans un pavillon placé à l'extrémité de son parc. Chaque jour, le
médecin venait le voir et laissait une ordonnance. Malgré la gravité du coup qu'il avait reçu à la poitrine, le
docteur répondit de sa vie. La jeunesse et la vigoureuse constitution de Paul triomphèrent de sa sérieuse
blessure, et une amélioration sensible se produisit bientôt dans son état. Le baron n'épargna aucun soin pour

que son sauveur ne devînt pas victime de son dévouement.

Dès sa première convalescence, Paul demanda au baron de se retirer chez lui. Mais M. de Nerdrel lui déclara qu'il était son prisonnier, et qu'il ne sortirait que complétement guéri de sa maison.

Une autre personne chercha par tous les moyens à témoigner sa reconnaissance à Paul, ce fut mademoiselle Eva de Nerdrel. Elle accompagna un jour son père dans la visite qu'il rendait au convalescent, et ses beaux yeux exprimaient au jeune homme la gratitude dont elle était pénétrée. Le matin, quand Paul était à sa croisée, elle se promenait dans le parc, vive et sautillante comme un oiseau, effleurant les allées de la traîne de sa robe rose et répondant au salut du jeune homme par un gracieux sourire et un doux regard de ses grands yeux noirs dans lesquels se reflétait son âme tendre.

Pour un cœur bien né comme celui qui battait dans la chaste poitrine de mademoiselle de Nerdrel, la reconnaissance est toujours vive. Chez Eva, elle se changea peu à peu en un sentiment plus tendre qui, sans qu'elle s'en rendît bien compte, par une sourde et intime gestation, jetait des racines et se développait en elle. C'est qu'Eva était à cet âge heureux où tout se transforme en amour.

De son côté, Paul n'était pas resté insensible aux témoignages de gratitude d'Eva. Quand elle lui apparaissait à travers les buissons de roses et les arbres du parc, il lui semblait que les fleurs s'inclinaient au passage de cette fée imprimant à peine sur le sol la trace légère de ses pas, et dont tous les mouvements étaient comme rhythmés par la grâce.

Il était impossible d'imaginer une créature plus poétique, plus séduisante qu'Eva. Sa vue appelait le cortége des douces pensées et produisait la douce impression d'une aurore aux teintes virginales.

L'éducation religieuse d'Eva n'avait en rien altéré la vivacité, la pétulance de sa nature, pas plus qu'elle n'avait éteint sa spirituelle ingénuité, sa spontanéité native. Du jardin de son couvent, elle avait rapporté cette fleur mystique, qui, en s'épanouissant dans le cœur d'une jeune fille, parfume et quintessencie ses sentiments. D'ailleurs, aux *Oiseaux*, comme toutes ses compagnes, Eva n'avait réellement appris qu'à prier Dieu, à danser et à chanter. Elle était devenue excellente musicienne, pianiste émérite.

Lorsque Paul, qui de chez lui avait fait apporter dans son pavillon sa palette et ses pinceaux, était devant son tableau, Eva se mettait à son piano. Les notes ailées arrivaient adoucies jusqu'au fond du parc aux oreilles de Paul, qui en pensant à Eva se sentait inspiré et transporté au septième ciel ; le même enthousiasme animait la jeune fille. De sorte que sans se rien dire, le peintre et la musicienne s'entendaient parfaitement à distance, et leurs deux cœurs battaient à l'unisson.

— Il pense peut-être à moi en ce moment, se disait Eva en promenant ses doigts sur les touches d'ivoire du piano.

— Peut-être joue-t-elle pour moi, se flattait, de son côté, Paul en s'arrêtant pensif devant sa toile.

O charmant et inconscient égoïsme de l'amour, printemps de la vie, premiers battements d'ailes et saintes émotions des âmes candides, ô jeunesse, quel pinceau assez délicat pourrait peindre les suaves poëmes qui chantent dans ton cerveau et qui s'élèvent de ton cœur comme l'encens aux voûtes du temple, comme l'alouette au sein de l'air pur et de la claire lumière du matin !

L'image de Marie s'était effacée de l'esprit de Paul et

avait été remplacée par celle d'Eva, autre agréable
exemplaire de l'éternel féminin.

Un jour la jeune fille oublia, — était-ce bien oublié?
— sur le perron du pavillon du parc des roses qu'elle
venait de cueillir. Et quand elle revint pour chercher ses
fleurs, elle ne fut nullement contrariée de leur disparition. Eva, qui n'était pas fille d'Eve pour rien, eut
l'idée que ses roses étaient montées dans la chambre de
Paul. Elles s'étaient peut-être rendues d'elles-mêmes à
leur adresse, les intelligentes fleurs !

Le lendemain, quand Eva vint avec sa mère au pavillon du parc, car elle avait bien voulu consentir être
le modèle de la *Reine des fleurs*, le gracieux sujet du tableau que peignait Paul, elle vit une de ses roses tré-
mières, qu'elle reconnut parfaitement, à la boutonnière
de sa redingote. Madame de Nerdrel ayant été rappelée
du pavillon par un visiteur, Eva resta un instant seule
avec le peintre.

— Me pardonnerez-vous, mademoiselle, lui dit Paul,
tout en retouchant sa toile, d'avoir commis un larcin ?

— Quel larcin, monsieur Paul ? demanda Eva d'un
air tout candide.

— J'ai pris quelques roses que vous avez oubliées hier
sur le perron.

— Mais comment avez-vous pensé que ces fleurs
vinssent de moi? questionna Eva en jouant l'étonnée.

— Je vous les ai vu cueillir.

— Eh bien, monsieur Paul, puisque vous m'épiez si
bien, répartit malignement la jeune fille, je vous auto-
rise à garder ces fleurs déjà fanées.

— Qu'importe, mademoiselle? Elles me sont précieu-
ses, puisque votre main les a touchées.

— Ah ! vous faites aussi des compliments et des madrigaux, monsieur Paul ?

— Vous ne les aimez pas, mademoiselle Eva ?

— Ma foi non. Depuis ma sortie du couvent, j'en ai trop reçu. Que tout cela est fade !

— En effet, aucune parole, si flatteuse qu'elle soit, ne saurait rendre le charme et la grâce de votre adorable personne.

— Vous recommencez encore ! Vous mériteriez une double pénitence. Enfin, je vous pardonne à vous, parce que je vous dois la vie et celle de mon père. Autrement...

— Mademoiselle Eva, il avait été convenu que vous ne me rappelleriez plus cette circonstance qui m'a valu le bonheur de vous connaître. J'ai été ainsi récompensé trop largement de ce que tout autre eût fait à ma place.

— Tout autre... tout autre.. Enfin, c'est vous, monsieur Paul, voilà ce qu'il vous est impossible de nier. On dirait vraiment que vous avez honte de m'avoir arrachée à une mort certaine.

— Mademoiselle Eva, j'eusse donné avec bonheur ma vie pour vous.

— Moi, j'aime mieux que vous viviez, monsieur Paul.

— Mais, je vous en prie, ne grossissez pas une action toute simple, et ne me remerciez pas d'avoir fait mon devoir.

— Tant d'autres ne le font pas !

— Vous ne lisez donc pas les journaux ?

— Si, quelquefois. Le *Journal des Débats*, que reçoit mon père... Le feuilleton.

— Ah ! le feuilleton. Mais si vous parcouriez le journal, vous trouveriez à chaque ligne des *Faits divers*

des événements, des sacrifices que s'imposent des
gens s'oubliant eux-mêmes pour ne penser qu'aux
autres, s'immolant au bonheur, au soulagement de
leurs semblables. Et que de vertus ignorées, que
d'admirables actions inconnues ! Que de personnes cachent avec un soin jaloux leurs bienfaits en pratiquant
à la lettre ce beau précepte de l'Evangile que la main
gauche doit ignorer ce que donne la main droite.

— Vraiment, l'humanité est aussi belle et aussi grande que cela, monsieur Paul? Eh bien, je ne m'en doutais pas. Mon père ne la voit pas ainsi. Il lui arrive
souvent devant moi d'en dire pis que pendre. A l'entendre, le globe ne serait peuplé que d'égoïstes et de
méchants.

— Cela dépend de la manière d'envisager les choses,
mademoiselle, car le bien et le mal sont si mêlés dans
la société qu'il est assez difficile de les classer et de
faire leur bilan respectif.

— On gagne toujours à causer avec vous, monsieur
Paul. Vous n'êtes pas comme tout le monde. Vous ne
ressemblez pas surtout aux diseurs de rien, aux faiseurs
de compliments.

— Je vais vous renvoyer votre reproche de tout à
l'heure, mademoiselle Eva. A votre tour, vous me flat-
tez.

— Mais non. Quoi de plus naturel que je vous exprime mon admiration pour votre caractère sérieux et ma
reconnaissance pour votre dévouement ! Songez donc,
monsieur Paul. que si vous eussiez péri, votre père et
votre mère eussent été plongés dans la désolation.

— Je n'ai pas de parents, mademoiselle, dit Paul
avec amertume.

— Vous êtes seul au monde, sans famille ?

— Je n'ai pas de nom de famille, mademoiselle. Je m'appelle *monsieur Paul.*

— Ah ! fit Eva. Il me semble que si je n'avais plus mon père ni ma mère, je serais bien triste... comme vous l'êtes, monsieur Paul, car vous êtes souvent triste.

— Oui, mademoiselle, mais pas quand je vous vois.

Il y eut un silence.

— Sans nom, sans famille, pensa Eva mélancolique. Mon père ne consentira jamais... Du moins, cela sera bien difficile !

Malgré tout, on voit qu'Eva ne désespérait pas de l'avenir de Paul ni du sien.

— Monsieur Paul, reprit Eva, j'ai une confidence à vous faire.

— A moi, mademoiselle ?

— Oui, sous le sceau du secret. Eh bien, je crois que mon père a l'intention de vous proposer d'être son secrétaire.

La rentrée au pavillon de la baronne de Nerdrel interrompit le dialogue des jeunes gens. Paul se remit à peindre en regardant alternativement et sa toile et Eva, figurant à ses yeux le type de la beauté idéale qu'il s'efforçait d'exprimer par la ligne et la couleur sur son tableau.

Mademoiselle de Nerdrel charma, magnétisa si bien le jeune homme qu'il ne parla plus de quitter l'hôtel du baron, lui qui tout d'abord avait paru si pressé de rentrer à son logis. Son séjour dans la rue de Varennes l'avait contrarié, parce qu'il était séparé de sa mère, mais il lui avait fait remettre une lettre par Emma Lagrange, en l'informant que par la porte extérieure de son pavillon donnant sur la rue de Varennes, il pouvait la recevoir sans danger pour elle.

Madame Renaudot, la tête couverte d'une capeline,

vint un soir au pavillon du parc, en entrant avec précaution, suivant les indications de Paul et à l'heure qu'il
lui avait donnée, par la porte de la rue de Varennes.

La scène entre la mère et le fils fut fort attendris-
sante.

Madame Renaudot ne se lassait pas d'embrasser son
Paul, qu'elle avait failli perdre et qu'elle n'avait pu
serrer dans ses bras lors de sa visite aux Nerdrel.

Après ces épanchements, Paul parla à madame Renaudot de l'homme qui s'était dit l'ami de son père.

— Celui qui s'est dit l'ami de votre père, Paul, dit
madame Renaudot, c'était votre père lui-même.

— Mon père !... s'écria Paul en proie à une vive émotion.

— Oui, mon fils.

—Alors, je regrette vivement ce que je lui ai dit.

— Et que lui avez-vous dit ?

— Ne croyant pas parler à mon père, j'ai porté sur
lui un jugement sévère ; j'ai rappelé vos souffrances,
votre abandon, ma mère. J'ai osé lui dire que je ne désirerais pas me retrouver en face de mon père.

— Paul, c'est à moi que revient la responsabilité de
vos paroles. Mais il est de mon devoir de vous le déclarer, mon fils. J'avais tort.

— Vous aviez tort, ma mère ?

— Oui, j'ignorais la fatalité des circonstances qui ont
retenu votre père en Amérique. J'étais irritée contre lui.
J'ai été trop prompte à le condamner. J'ai dépassé le
but. Votre père, mon fils, est resté digne.

— Ah ! ma mère, s'écria Paul en embrassant madame
Renaudot, que vous me faites de bien ! Ne pas avoir
pour son père l'estime et la vénération qu'on lui doit
est une souffrance si cruelle ! Vous soulagez ma poitri-

ne d'un grand poids. Je le reverrai, n'est-ce pas ? Je pourrai rétracter mes dures paroles ?

— Oui, mon fils. Recevez-le, aimez-le comme un père mérite de l'être.

— Ma mère, vous semblez attristée en me rapprochant de mon père. Pourquoi ?

— Paul, je vous aime plus que ma vie, plus que tout au monde.

— Bonne mère !

— Et bien, j'avoue mes faiblesses, mes terreurs puériles, mes funestes pressentiments. Je crains qu'on ne vous détourne de moi, que l'amour de votre père...

— Ne me fasse oublier ma mère. Mais je serais un ingrat si j'oubliais que vous avez sacrifié votre existence à la mienne, que chacun de mes jours a été compté par vos angoisses et par vos larmes, et que sans vous j'eusse péri de misère. Oh ! ma mère je vous aime, je vous adore. Ne craignez rien. Mon cœur, mon passé, mon présent, mon avenir, tout vous appartient.

— Cher enfant ! s'écria madame Renaudot en serrant son fils dans ses bras, pardonne-moi ces douloureuses appréhensions. Les femmes sont faibles, et elles ont toujours peur de perdre qui elles aiment. Et je t'aime tant, toi, le soleil de ma vie, toi qui es tout mon bonheur !...

— Mère, vous serez l'inspiratrice de toutes mes actions.

— Jusque dans mon sommeil l'inquiétude me poursuit. Au milieu de mes pénibles songes m'apparaît quelqu'un qui cherche à t'enlever, à te faire quitter Paris pour me séparer de toi.

— Écartez ces sombres idées, ma mère.

— Tu as raison, Paul. Je t'attriste.

— Écoutez, ma mère.

17

Paul s'arrêta en prêtant l'oreille.

— Qu'y a-t-il donc? demanda madame Renaudot.

— Je croyais entendre un bruit de pas.

Paul ouvrit doucement la porte du pavillon qui donnait sur le parc. Sous les rayons blafards de la lune, il vit comme une forme blanche glisser entre les arbres.

— Je me suis trompé, dit-il pour rassurer sa mère, il n'y a personne.

— Tu es presque rétabli, Paul, reprit madame Renaudot. Quand quitteras-tu cette maison où je ne viens qu'en tremblant? Tu n'as rien qui te retienne ici, n'est-ce pas?

— Non, rien, répondit Paul avec quelque embarras. Le baron s'obstine à vouloir me garder malgré moi. Mais je prendrai congé de lui.

— Adieu, mon cher enfant. Dès que tu seras chez toi, tu me feras remettre une lettre par Emma Lagrange.

— Oui, bonne mère, je vous écrirai.

Madame Renaudot, après avoir reçu une nouvelle étreinte de son fils, sortit en éteignant le bruit de ses pas par la porte de la rue de Varennes.

LIX

Le lendemain, Richard Dulin vint saluer le baron de Nerdrel et lui exprimer son désir de voir Paul en sa qualité d'ami du jeune homme. On le conduisit au pavillon.

En le voyant entrer, Paul courut à lui et se jeta dans ses bras.

— Mon père ! s'écria-t-il, que je suis heureux de vous voir.

— Mon fils, dit Richard ému jusqu'aux larmes, il y a longtemps que j'attendais ce baiser de toi.

— Me pardonnerez-vous les paroles que je vous ai dites chez moi?

— Paul, tu étais l'écho de ta mère qui me croyait coupable envers elle. Mieux éclairée, elle t'a instruit de la fatalité des événements, plus forts que les hommes, qui m'avaient séparé de ta mère et de toi.

— Oui, mon père, je sais tout.

— Obéissant à l'impulsion de ton cœur, cher enfant, tu t'es jeté dans mes bras. Mais je ne veux pas que ton amour filial soit surpris, entends-tu. Aucun doute ne doit rester dans ton esprit.

— Si j'eusse douté, mon père, je ne fusse pas allé au-devant de vous.

— Paul, j'ai tout fait pour empêcher ce qui est arrivé, pour rejoindre ta mère, et j'eusse réussi si elle n'eût pas trop docilement obéi à la volonté de son père qui, justement irrité contre moi, lui avait destiné un autre époux. Par obéissance filiale, ta mère céda. Au moment où j'allais toucher au but, au moment où j'écrivais à monsieur Blanchard : « Pardonnez-moi et attendez-moi. Je serai auprès de vous et d'Ernestine avant trois mois ; » à ce moment-là, j'apprenais que la jeune fille à qui j'étais lié par un sentiment sacré appartenait à un autre. Cette nouvelle m'accabla. Je fus sur le point de m'abandonner au désespoir, à ses sinistres conseils. Mais, songeant à toi, mon fils, ma défaillance disparut pour faire place à une inébranlable résolution.

— Pour lui, m'écriai-je, je travaillerai, pour lui, je

combattrai corps à corps avec ma mauvaise destinée !
Et je me mis à l'œuvre. Dans ma vie de luttes, cher enfant, je n'ai eu qu'une pensée : réparer autant qu'il
était en moi le mal qu'involontairement je t'avais fait.
Au milieu de mes soucis, de mes efforts pour reconquérir une position perdue, tu m'apparaissais souriant à
mes peines, avec ce beau visage que j'avais deviné. Mes
laborieuses tentatives , mes entreprises aux États-Unis
furent couronnées de succès. Je devins riche, et je fus
heureux de l'être en songeant que ma fortune revien-
drait un jour à mon fils, lui qui avait été le ressort de
mon courage, le principe de ma fortune et l'étoile de
ma vie !

— Mon père, vous avez supporté vaillamment une
existence traversée de cruelles épreuves dont vous êtes
sorti à force de courage et de persévérance.

— Ta bonne mère, Paul, t'a amené jusqu'à l'âge
d'homme. Le premier âge appartient aux mères ; elles
seules ont les mains assez délicates et le cœur assez aimant pour élever l'enfant. Mais ce sont les pères qui
doivent achever la statue ébauchée par l'amour maternel, viriliser le jeune homme qu'efféminerait trop une
éducation exclusivement féminine, lui ceindre les reins
de leur mâle expérience et le fortifier assez pour qu'il
marche droit et ferme dans la vie. C'est donc à moi,
mon fils, d'assurer ton avenir et de te faire prendre ta
place dans la société.

— Par mon travail, par mon effort personnel, j'espère y arriver, mon père.

— Tu es peintre. Eh bien, il te sera loisible désormais de te livrer complètement à ton art, dégagé de
tous les soucis, de toutes les inquiétudes du jour. Nous
voyagerons, nous irons à Rome, à Venise, à Athènes, à
Constantinople, sur les bords de l'Adriatique et du Bos-

phore, où tu voudras. Nous visiterons les musées, nous
verrons les chefs-d'œuvre des grands peintres. Jusqu'ici,
tu as eu une existence fermée, contrainte ; tu t'es douloureusement replié sur toi-même. Je veux que tu ou-
vres ta pensée aux grands horizons et que tu déploies
les ailes dans l'espace, mon jeune aigle !

— Oh ! taisez-vous, mon père, taisez-vous ! Ne me
tentez pas, ne me faites pas entrevoir la réalisation possible des rêves que j'ai étouffés en moi, parce qu'il ne
m'est pas permis de les réaliser.

— Et qui t'en empêcherait ?

— Ma mère. Croyez-vous que je la laisserais seule
ici ? Oh ! jamais. Tenez, hier, elle m'exprimait ses
craintes. Elle avait, me disait-elle, le triste pressenti-
ment d'une séparation qui la tuerait, car elle a toujours
vécu de ma vie ; elle a reporté sur moi toute sa tendresse. Semblable à toutes les mères qui chérissent surtout les enfants qui leur ont le plus coûté, elle m'aime
en raison des inquiétudes et des douleurs que je lui ai
causées.

— En effet, je n'avais pas songé à la tristesse que lui
apporterait ton absence, bien qu'elle ne dût être que
momentanée. Mais je me conformerai, mon fils, à ses
désirs et aux tiens. J'ai une trop grande reconnaissance
à ta mère des soins qu'elle t'a donnés, des sacrifices
qu'elle ne t'a pas épargnés, pour que je cherche à la
priver de sa plus grande joie.

— Et moi-même, il me semble que loin d'elle je ne
vivrais pas. M'éloigner de ma mère, ne plus la voir, ne
plus l'embrasser, ce serait un supplice.

— Tu ne peux pas, tu ne veux pas te séparer de ta
mère, Paul ?

— Non, mon père.

— Tu l'aimes bien ?

— Plus que moi-même.

— Et tu as raison. Elle m'a remplacé auprès de toi, et tu n'as pas senti que je te faisais défaut.

— Mon père...

— Ah! laisse-moi m'accuser de mes torts. Cela me fait du bien. Mais je les réparerai autant qu'il me sera possible. En retard d'affection avec toi, je saurai te payer tout mon arriéré! Demain, tu seras Paul Dulin. Le nom qui t'a manqué, mon fils, tu l'auras, et à la face de tous, je pourrai t'appeler mon fils.

— Si parfois j'ai regretté de ne pas avoir trouvé un nom dans mon berceau, ce n'est pas une raison pour forcer votre volonté, mon père.

— Tu porteras mon nom, Paul. Sois assuré que c'est celui d'un homme qui ne doit sa fortune qu'à son intelligence et à son activité. Il est honoré aux Etats-Unis, et tu l'honoreras en Europe.

— Je n'ai pas de telles appréhensions, mon père. Mais avant tout, je tiendrais à ce que ma mère fût consultée.

— Il ne m'est pas permis de revoir ta mère, dit Richard Dulin avec une douloureuse expression. C'est là mon châtiment le plus cruel. Mais tu l'instruiras de mes intentions à ton égard, et je ne doute pas qu'elle n'acquiesce à ce que je désire.

— Je l'espère aussi.

— Paul, laisse-moi t'embrasser encore et remercier Dieu d'avoir donné à ma vieillesse un noble et généreux fils comme toi. Tu es la branche verte de mon arbre dépouillé. Ce jour me fait oublier toutes mes douleurs passées. Je suis heureux, mon fils.

— Pas plus que moi, mon père!

— A bientôt, mon fils, à bientôt, Paul Dulin!

Et Richard, après avoir serré la main de Paul, sortit du pavillon du parc.

Richard Dulin n'attendit pas le consentement de madame Renaudot dont il se croyait sûr. Il se rendit rue Drouot, à la mairie du neuvième arrondissement, et y présenta l'acte notarié qui reconnaissait pour sien l'enfant immatriculé sous l'appellation de *Charles-Paul.* Cette œuvre de réparation terminée, il sortit radieux et comme renouvelé de la mairie en s'écriant :

— Enfin, mon fils m'appartient !

A un ami qui le rencontra et qui lui demanda la cause de la joie rayonnant sur son visage, il dit :

— Vous ne savez pas ?

— Quoi donc ?

— J'ai retrouvé mon fils !...

LX

A la grande surprise de Paul, Éva ne revint plus au pavillon du parc depuis que madame Renaudot y était apparue. Le jeune homme ne savait à quoi attribuer cette inexplicable froideur, cette rupture d'agréables relations. Éva devint fort triste et parla même de rentrer à son couvent. Le baron et la baronne songèrent alors à la distraire et à tourner ses idées du côté du mariage pour la tirer de sa mélancolie. Ils donnèrent une soirée à laquelle assistèrent, avec quelques nobles familles du faubourg Saint-Germain, les illustrations de la politique et de l'art. Les Renaudot, père, mère et fils y-étaient, ainsi que Paul, qui fut annoncé sous son nouveau nom de Paul Dulin.

C'était la deuxième fois qu'Edmond et Éva se voyaient. Entre deux danses, ils se trouvèrent un instant seuls dans l'un des arrière-salons de l'hôtel. Une petite explication eut lieu entre eux. Tous deux la désiraient, mais ne savaient comment l'amener. Ce fut Éva, ressemblant à une petite fée dans sa robe de gaz rose enguirlandée de fleurs, qui la première rompit les chiens.

— Monsieur Edmond, lui dit-elle un peu à brûle-pourpoint, vous n'ignorez pas les intentions de nos parents?

— Non, mademoiselle.

— Mais jusqu'ici vous ne m'avez pas manifesté les vôtres. On ne saurait vraiment être fiancés ni mariés sans se connaître, sans s'être assurés d'une mutuelle affection. Et nous nous connaissons à peine, monsieur Edmond. Et vous ne m'avez jamais dit...

— Que je vous aimasse, mademoiselle. Cependant je suis persuadé que celui qui deviendra votre époux sera le plus heureux des hommes.

— Votre amabilité, monsieur Edmond, ne répond nullement à ce que je désirerais savoir.

— Mademoiselle Éva, vous êtes ravissante...

— Je vous ai demandé de la franchise, monsieur, et non de la flatterie. Parlez, je vous en prie, sans crainte de me froisser.

— Eh bien, mademoiselle, si j'ai pour vous la vive sympathie qu'il est impossible de ne pas ressentir quand on vous voit, il ne m'est cependant pas permis de qualifier cette sympathie d'un nom plus tendre.

— A mon tour d'être franche. Monsieur Edmond...

— Mademoiselle.

— Tout ce que j'ai entendu dire de vous m'a inspiré la plus grande admiration pour votre caractère. Mais cette admiration n'a pas été, je l'avoue, jusqu'à me faire éprouver un sentiment qui répondît au vœu de nos deux familles.

— Ah! mademoiselle, combien je suis heureux que nous nous entendions, bien que, par cette entente, je vous perde...

— Si vous perdez une fiancée, monsieur Edmond, en revanche vous gagnez en moi une amie, dit Eva en tendant sa petite main gantée au jeune homme.

— Elle m'est bien précieuse.

— Ainsi, monsieur Edmond, nous ne sommes plus fiancés?

— Non, mademoiselle.

— Et nous ne nous aimons pas?

— Nous ne nous sommes jamais aimés, et nous ne nous aimerons jamais !

— Nos parents seront respectivement instruits de notre conversation et de notre résolution?

— Oui, mademoiselle.

— Tenez, monsieur Edmond, vous êtes le plus charmant jeune homme que j'aie rencontré.

— Et vous, mademoiselle, la jeune fille la plus adorable que j'aie vue.

— Eh bien, allons danser! s'écria gaiement Éva en entendant le prélude d'une polka et en prenant le bras d'Edmond.

Les jeunes gens passèrent devant Paul dont le visage se contracta et s'assombrit.

— Il se trouvera donc toujours sur mon chemin! s'écria-t-il. Et c'est lui qu'Éva aime, comme Marie! Je comprends, à présent, pourquoi mademoiselle de Ner-

17*

drel n'a pas reparu à mon pavillon. Demain, j'aurai
quitté cet hôtel !

Et Paul, en proie à une vive douleur, sortit des
salons.

LXI

Lorsque madame Renaudot apprit par le baron de
Nerdrel que son fils et Éva avaient été parfaitement
d'accord pour repousser les projets matrimoniaux qu'on
avait fondés sur eux, elle se livra à l'une de ces irritations qui lui étaient habituelles et dont son mari subissait ordinairement le contre-coup. Le baron de Nerdrel
céda sans difficulté à la volonté de sa fille. Il n'avait pas
désiré le mariage aussi ardemment que madame Renaudot, et il prit philosophiquement son parti de sa rupture, d'autant mieux que la baronne de Nerdrel était
enchantée de ne pas s'être mésalliée avec un bourgeois.

Après avoir essuyé la bourrasque conjugale, Renaudot, se secouant encore les oreilles, rencontra son fils
qui traversait le salon pour aller dire bonjour à sa
mère. Il l'arrêta en lui disant :

— Inutile que tu voies ta mère ce matin. Elle ne te
recevrait pas bien. Elle est d'une humeur massacrante.

— Que lui ai-je donc fait ?

— Comment ! tu me le demandes, après avoir jeté au
vent le nom et le million de mademoiselle de Nerdrel !
Ta mère se donne un mal d'enfer pour te préparer un

beau mariage, et, patatras! tu crèves d'un coup de tête une toile tissée avec tant d'art, et tous ses projets tombent à terre!

— Au projet de mariage de ma mère, il ne manquait que le consentement des deux futurs, et tous deux ont été d'avis de le refuser.

— Sans doute, et ta mère te rend responsable de cet échec.

— Mais mademoiselle de Nerdrel y entre bien pour quelque chose.

— Bah! si tu lui avais fait la cour, si tu avais été empressé, galant, amoureux, comme on doit l'être quand il s'agit de se marier, mademoiselle de Nerdrel n'aurait pas dit non. Une jeune fille ne résiste pas à la volonté de ses parents. Mais dans son ingénuité maligne, elle t'a adroitement amené à lui confesser que tu n'avais aucun amour pour elle, et tout a été rompu. Ah! tu travailles bien, Edmond. Tu défais ce que fait ta mère. C'est la toile de Pénélope!

— Mon père, jamais je ne dirai à une jeune fille que je l'aime, lorsque mon cœur et ma pensée sont à une autre.

— Voilà du nouveau, par exemple! Tu ne m'avais pas parlé de cette passion. Que tu l'aies cachée à ta mère, cela se conçoit, mais que tu te sois défié de moi, ton père, ton ami, ce n'est pas bien, Edmond.

— Je craignais de vous contrarier, mon père.

— Et pourquoi?

— Je supposais que vous teniez à l'alliance des Nerdrel.

— Sans doute, à cause de ta mère. Quant à moi, je te le confesse, je me souciais de ce mariage comme un coq se soucie d'une perle.

— Ah! que je suis heureux de vous entendre parler

ainsi, mon père. Je redoutais tant de vous affliger !

— Il paraît que tu as moins peur d'affliger ta mère.

— Ma mère a des exigences si impérieuses...

— Elle voulait te voir entrer dans les rangs de la noblesse ; elle considérait ce mariage comme la préface d'un brillant avenir pour toi. Mais hélas! l'ambition et les idées sages des mères n'entrent pas dans la cervelle légère des enfants. Pendant qu'elle te poussait d'un côté, tu t'es mis à aimer de l'autre. Voyons, Edmond, c'est donc sérieux ?

— Très-sérieux, mon père.

— Comment se nomme-t-elle, celle que tu aimes ? Parle, je suis impatient. De quelle famille est-elle?

— D'aucune, mon père.

— Tu plaisantes?

— Non, mon père, elle s'appelle Marie tout court.

— En effet, c'est bien court.

— Vous la connaissez d'ailleurs.

— Je la connais?

— Elle m'a dit qu'elle vous avait vu quelquefois chez elle, place Saint-Georges.

— Comment! ce serait Marie, la petite marchande de dentelles?

— Elle-même.

— Ah! diable.

— Est-ce que vous ne l'estimeriez pas, mon père?

— Si je l'estime? Je crois bien. C'est la plus méritante et la meilleure des jeunes filles.

— N'est-ce pas, mon père? Ah! vous lui rendez bien justice.

— Mais il y a des empêchements que tu n'as pas vus dans ton enthousiasme et ton aveuglement d'amoureux.

— Lesquels, mon père?

— Lesquels! Te voilà comme le fougueux Guzman, ne connaissant pas d'obstacles. Mais je les connais, moi.

— Ah! vous les connaissez?

— Et il sera bien difficile, en admettant même qu'on puisse rallier ta mère à cette idée, que tu deviennes l'époux de Marie.

— Mon père, je l'aime et l'aimerai jusqu'à mon dernier soupir.

— Tu l'aimes. Parbleu, voilà une belle raison! Eh bien, il fallait en aimer une autre, mademoiselle de Nerdrel, par exemple. Tout aurait marché comme un cheval de bois sur des roulettes. Enfin, je ferai en sorte d'aplanir ta voie, casse-cou! Et si je ne réussis pas, ce ne sera point de ma faute.

— Mon bon père! s'écria Edmond en se jetant au cou de Renaudot. Que je vous aime!

— Moins que mademoiselle Marie assurément. Elle vient sur le devant de ton tableau. Moi, le père, je suis sur l'arrière-plan, dans la perspective. Qu'importe! Compte sur moi, Edmond, mais ne te réjouis pas à l'avance, car je pourrais bien échouer.

— Vous réussirez, mon père.

— Ils ne doutent de rien, ces amoureux! Va-t-en au Palais, enthousiaste, écervelé, triple fou! et laisse-moi arranger tes affaires ici. O jeunesse! jeunesse! comme on serait impitoyable pour toi, si l'on n'avait partagé tes faiblesses!

Edmond serra la main de son père et le quitta heureux. Il rencontra dans l'escalier Durand, qui lui demanda si son père était à la maison.

— Vous allez le trouver, monsieur Durand, lui répondit Edmond, à cent lieues de se douter qu'il parlait au père de Marie.

LXII

Renaudot était descendu, se promenant de long en large dans son salon et songeant à la confidence d'Edmond.

— Ah! te voilà! s'écria-t-il à l'entrée de Durand. Tu arrives comme marée en carême. Quand on parle du loup...

— Tu parlais de moi à ton fils?

— De toi, non, de ta fille. Car je ne sais plus vraiment où j'en suis avec toutes ces complications! Ah! Durand, tu me fais gagner le paradis sur terre, toi.

— Qu'y a-t-il, mon ami? Quelles complications? Tu m'inquiètes.

— Fais donc l'étonné, gros sournois! Comme si tu ne savais pas avant moi que mon fils aime ta fille.

— J'en reçois la première nouvelle.

— C'est vrai, j'aurais dû songer que tu n'es jamais au courant de ce qui se passe, toi. Tu tombes toujours des nues.

— Apprends-moi donc comment il se fait...

— Est-ce que je sais, moi, comment ces atomes crochus se sont rencontrés? Je venais d'essuyer une nouvelle tempête de madame Renaudot pour ce diable d'Edmond, qui a cassé son mariage avec Éva de Nordrel lorsqu'à mes remontrances sur le chagrin qu'il causait à sa mère il me donna pour raison son amour pour ta fille.

— Vraiment, mon ami, je n'en reviens pas. Jamais Marie ne m'a dit un mot...

— On ne dit ces choses-là aux pères que lorsque tout est fini, et qu'ils n'ont plus qu'à consentir et à signer. Heureusement qu'Edmond est moins mystérieux avec moi que ta fille avec toi.

— En effet, Marie aurait dû me prévenir.

— Elle n'a pas osé, la pauvre fille. Tu es si rébarbatif!

— Moi, rébarbatif?

— Et puis elle ne croit peut-être pas à l'amour d'Edmond. Mais, à son ton ému, à son langage passionné, j'ai bien compris, moi, que c'était un sentiment vrai. Comment se tirer de toutes les difficultés qui vont nous assaillir?

— Mon cher Renaudot, tu verrais sans déplaisir le mariage d'Edmond avec Marie?

— Me refuserais-tu sa main si je te la demandais pour mon fils?

— Je te l'accorderais avec joie, car je serais heureux de voir Edmond, que j'aime comme un fils, devenir l'époux de Marie...

— Que j'aime comme ma fille.

— Ce serait la réalisation du plus beau de mes rêves.

— Ce serait l'accomplissement du plus cher de mes vœux.

— Ah! Renaudot, combien cette nouvelle preuve d'amitié me touche!

— Tu n'as pas à me remercier de chercher le bonheur de mon fils et de le voir dans une union avec Marie plutôt qu'avec Éva de Nerdrel. Il n'est pas ques-

tion de s'attendrir en ce moment. Il faut rendre cette
union possible et abaisser le pont-levis devant nos jeunes
gens. As-tu fait ta grande confidence à ta femme?

— Non, pas encore. Trois ou quatre fois, j'ai été sur
le point de parler, et je ne sais quelle crainte paralysait
ma langue. Je m'arrêtais court.

— Poltron, lanterneur!

— Je voudrais bien t'y voir, toi.

— Ce n'est pas aussi difficile que tu le prétends. On
profite d'un moment où sa femme est de bonne humeur.
Quand les femmes sont bien disposées, elles vous passent tout.

— Même une fille née hors du mariage?

— Elles en passeraient deux! Il s'agit de choisir avec
un peu de tact le vrai moment et de savoir les prendre.
Tiens, n'est-ce pas ta fête après-demain, Philippe?

— Oui. Eh bien?

— Eh bien, c'est l'instant ou jamais de risquer la
révélation. Ta fille, au milieu des bouquets et de l'émotion de la fête, passera comme une lettre à la poste...

— Tu crois?

— J'en suis certain.

— Tu es de bon conseil. Je ferai ce jour-là cet aveu
qui me coûte tant.

— Ta femme te pardonnera, elle est si bonne! et elle
consentira sans difficulté à ce que tu reconnaisses ta fille,
car tu sais qu'en vertu du code un homme marié doit
avoir l'agrément de son épouse pour une reconnaissance d'enfant né avant le mariage. Et il faut que Marie
porte ton nom. C'est indispensable pour ses fiançailles
avec Edmond.

— Sans doute.

— Mais il y a encore un autre bâton dans les roues,
un autre loup qui hurle.

— Je ne vois pas...

— Tu as la vue courte et l'oreille sourde.

— Ah! madame Renaudot. Elle ne voudra pas entendre parler du mariage d'Edmond avec Marie.

— Ce n'est pas cela. Maintenant que ma femme n'a plus d'espoir d'entrer dans la noble famille des Nerdrel, le plus fort est fait. Je l'amènerai à résipiscence. Mais il y a autre chose.

— Quoi donc? J'ai beau chercher.

— Et Julia?

— En quoi Julia pourrait-elle nuire à l'établissement de Marie?

— Pour toi, pour la tranquillité de madame Durand, et enfin pour mon fils et pour ma femme qui vont faire partie de ta famille, il serait nécessaire que Julia s'éloignât quelque temps, qu'elle fît un voyage dans la petite ou la grande Russie.

— Il sera bien difficile de l'en persuader, mon cher ami. Elle tiendra à ne pas se séparer de sa fille. Elle n'est plus avec le comte Kourawieff, tu sais. Mais n'as-tu pas reconnu toi-même qu'elle était une tout autre femme que celle d'autrefois?

— Oui, je te l'ai dit. Mais écoute donc, à présent que mon fils est en question, j'y regarde de plus près. Il ne me conviendrait pas que ce mariage se fît en présence de Julia.

— Comment la décider? Il me répugne d'aller chez elle.

— J'irai, moi, puisque je dois me charger de tout. Notre plan est donc bien arrêté, n'est-ce pas? Je me rendrai chez Julia. Et toi, ne remets pas la confession à ta femme à plus tard qu'après-demain. Si tu m'avais écouté, il y a beau temps que ce serait fait. Mais il n'est pire sourd que celui qui ne veut pas entendre.

— Oui, mon ami, mon conseil, tu seras satisfait. Ah!
Renaudot, si jamais je sors de cette situation qui me
tenaille, me torture depuis tant d'années, comment
m'acquitterai-je de ma reconnaissance envers toi?

— A la vérité, tu me devras un beau cierge. Nous le
ferons brûler, je l'espère, au mariage de mon fils avec
ta fille.

— Ce sera le plus beau jour de ma vie. Ah! cher
ami, que je t'embrasse!

— Laisse-moi en paix avec tes sempiternelles acco-
lades, c'est ta femme, et non pas moi, qu'il s'agit de
convaincre et d'embrasser tendrement, pécheur endurci,
pour obtenir ton pardon.

— Je vais préparer mes batteries.

— Surtout, pas d'explosion avant l'heure et le
moment.

— Sois tranquille, s'écria Durand en s'éloignant tout
guilleret, je ne commettrai pas d'imprudence, et ne
compromettrai rien!

LXIII

C'était la veille de la Saint-Philippe. Le 30 avril avait
marqué son chiffre à l'almanach de l'année en s'annonçant par un gai soleil à réjouir tous les Philippe du
monde.

Madame Durand, mystérieuse comme un personnage
d'Anne Radcliffe et s'enveloppant du plus grand secret

pour que son projet ne fût pas éventé, riait *in petto* en préparant la *petite surprise* qu'elle ménageait à son mari. Durand lui avait d'ailleurs facilité son œuvre ; il était allé déjeuner chez les Renaudot. A son tour, madame Durand sortit après avoir donné ses ordres et dicté à la cameriste le menu du repas du soir.

Elle se rendit d'abord chez Marie qui, dans sa plus grande toilette, jolie et pimpante comme un jour de fête, l'attendait, selon ce qui avait été convenu. Elle prit la jeune fille dans sa voiture, passa chez Potel pour y faire l'emplette de quelques comestibles, acheta au marché de la Madeleine deux superbes bouquets destinés à son mari, et revint aux Champs-Elysées.

De son côté, Durand, son déjeuner terminé, prit la direction de la place Saint-Georges.

— Pauvre enfant ! disait-il tout en marchant. Puisqu'elle ne peut pas venir à moi le jour de ma fête, il est bien naturel que j'aille à elle.

Mais en entrant dans la maison de Marie, le père Girard l'arrêta sous le vestibule en lui disant :

— Bonjour, monsieur Durand. Vous allez chez mam'selle Marie ?

— Oui, père Girard. Est-ce qu'elle n'y est pas ?

— Mon Dieu, non, monsieur Durand. Elle est sortie avec une dame il n'y a pas bien longtemps.

— Ah ! fit Durand contrarié. Eh bien, je viendrai la voir demain.

— Bien, monsieur. On lui dira.

Durand, fâché de n'avoir pas trouvé sa fille, car il aurait voulu l'embrasser ce jour-là, chercha à tuer le temps jusqu'à l'heure du dîner. En se promenant dans le jardin du Palais-Royal, il songeait à la forme oratoire qu'il prendrait pour dévoiler adroitement à sa femme le secret de la naissance de sa fille.

— Si je lui écrivais? dit-il. Non. Ecrire à sa femme, c'est absurde. Et Renaudot qui s'imagine que rien n'est plus facile... Ah! il me vient une idée. Oui, c'est cela. J'attribuerai l'enfant à Renaudot et demanderai à ma femme ce qu'elle ferait à la place de madame Renaudot. Le moyen est excellent et fort ingénieux! se flatta Durand en se frottant les mains, enchanté qu'il était d'avoir trouvé son entrée en matière. Allons communiquer notre idée à Renaudot.

Et il sortit du Palais-Royal.

Cinq heures venaient de sonner. Madame Durand et Marie étaient sous les armes, dans la salle à manger, devant une table couverte de fleurs et de toutes sortes d'appétissants desserts.

— Cinq heures! dit madame Durand. Mon mari va faire son entrée, préparons-nous à le recevoir. Placez-vous à côté de vous, Marie. Monsieur Durand se mettra à côté de vous, et monsieur Renaudot, s'il vient, à côté de moi.

— Mon père a dû me faire une visite aujourd'hui, dit Marie, et il sera mécontent de ne pas m'avoir trouvée.

— Bah! bah! sa mauvaise humeur passera quand il vous verra. Et puis, c'est la dernière fois qu'il se cache de moi pour aller chez vous, mon enfant. Il faut qu'il reçoive sa leçon!

On sonna.

— C'est lui! s'écria madame Durand.

En pénétrant dans la salle à manger, suivi de son ami Renaudot, Durand s'écria gaiement:

— C'est nous! Ah! voilà un coup d'œil! C'est...

La langue de Durand s'embarrassa. Il roula de grands yeux étonnés en apercevant Marie, qui, souriante, le regardait en dessous.

— Ah! mon ami, dit madame Durand, je ne vous ai

pas encore souhaité votre fête. Vous permettrez, monsieur Renaudot, que j'embrasse mon mari?

— Comment donc! madame... fit Renaudot aussi surpris que Durand de la présence de la jeune fille.

— Tu connais Marie... mademoiselle Marie? questionna Durand, fort embarrassé de sa contenance après avoir reçu l'accolade de sa femme.

— Quelle drôle de figure vous faites, mon ami! s'écria madame Durand en souriant. Voyez donc, monsieur Renaudot... Il paraît que vous ne vous attendiez pas à rencontrer ici mademoiselle Marie?

— J'avoue que je ne m'y attendais nullement.

— J'ai pensé, monsieur Durand, que vous ne seriez pas fâché d'avoir votre fille à votre table ce soir. Ai-je eu tort?

Le visage de Durand passa en un clin d'œil du blanc au cramoisi et du cramoisi au blanc.

— Ma fille... tu sais?... balbutia-t-il.

— Mon père, dit Marie en se levant, madame Durand a voulu que je vinsse vous souhaiter votre fête. Je lui ai obéi.

Et Marie sauta au cou de son père.

— Ah! vous aviez comploté cela entre vous, grommela Durand, ne sachant plus que dire.

— N'ai-je pas l'habitude, à la Saint-Philippe, de vous faire une surprise en vous offrant mon bouquet? Eh bien, mon bouquet de cette année, ma surprise, c'est votre fille que vous cachiez avec un soin jaloux à tous les yeux. Ne l'acceptez-vous pas?

— Oui, ajouta Renaudot, c'est le bouquet de la famille que vous donnez à votre mari pour sa fête, excellente madame Durand!

— Chère Pauline!... s'écria Durand en s'efforçant de contenir son émotion, d'autant plus qu'il voyait des larmes pointer aux cils de Marie, et que la scène menaçait de tourner au déluge.

— Eh bien! dit madame Durand, n'allez-vous pas vous mettre à pleurer, maintenant qu'il s'agit d'être gai et de faire honneur à mon dîner?

— Ma surprise... ma joie est si grande... Viens, ma femme, il faut que je t'embrasse!

Et Durand pressa à l'étouffer la bonne madame Durand dans ses bras.

— Voyons, à table, à table! s'écria madame Durand en se dégageant. Monsieur Renaudot, nous n'aurons donc pas le plaisir d'avoir votre femme ce soir?

— Non, madame, elle est fatiguée, un peu souffrante. Elle m'a chargé de vous présenter ses excuses. Mais mon fils apparaîtra au dessert. Il passera la soirée avec nous.

— Ah! tant mieux. Je l'aime beaucoup votre fils Edmond, monsieur Renaudot.

En entendant prononcer le nom d'Edmond, Marie devint aussi rouge que les fraises qui étaient devant elle sur une assiette.

On s'attabla.

— Mais apprends-moi donc, ma femme, demanda Durand en mangeant son potage, comment tu as rencontré Marie?

— Je ne l'ai pas rencontrée. Je l'ai découverte et devinée. Ah! vous vous cachiez de votre femme, monsieur Durand. Fi, que c'est mal!

— C'est affreux! appuya Renaudot.

— Vous êtes un sournois.

— Un hypocrite, un tartuffe! acheva Renaudot.

— Voyons, mon ami, je t'en prie...

— Cela te contrarie, n'est-ce pas? que je me range de l'avis de ta femme? Eh bien, j'en suis fâché pour toi.

Mais je dirai tout à madame Durand. Figurez-vous, madame, que depuis longtemps je ne cessais de répéter à Durand qu'il devait être franc avec vous et tout vous avouer. Et il s'y refusait toujours.

— Mon mari n'a pas confiance en moi.

— En personne, madame. Il se défie de tout le monde.

— Renaudot...

— Puisque tu souffres à entendre les vérités, je cesse le feu, et je te pardonne, à l'exemple de madame Durand, car vous lui avez pardonné sa vie mystérieuse, n'est-il pas vrai, madame ?

— Il le faut bien, répondit madame Durand en riant, puisque je ne puis faire autrement.

— Ah ! mon ami, quel beau jour pour moi ! Quelle félicité !

— Je crois, en effet, que tu serais mal venu à te plaindre avec une femme comme madame Durand et une charmante fille comme la tienne. Heureux père ! heureux époux ! Qui n'envierait ton sort ?

On était à la fin du repas lorsqu'Edmond Renaudot entra. Il s'approcha de madame Durand pour la saluer et s'arrêta stupéfait devant Marie en murmurant :

— Mademoiselle...

— Il est inutile que je vous présente Marie, dit Durand avec une pointe d'ironie, puisque vous la connaissez déjà.

— En effet... j'ai eu le plaisir de voir mademoiselle une fois.

— Bien, bien, plaisanta Durand, on ne vous reproche pas vos visites, Edmond, et on ne vous demande pas de les compter. Est-ce que tu les as comptées, toi, Marie ?

— Non, mon père. Mais elles m'ont toujours fait plaisir.

— A la bonne heure ! voilà de la franchise ! s'écria Renaudot.

— En sorte que tout le monde se connaissait, dit en souriant madame Durand, mais personne ne voulait se reconnaître ! Enfin, le voile est levé, et tous les petits secrets sont percés à jour. Monsieur Edmond, veuillez prendre place auprès de mademoiselle Marie Durand.

— Ah ! monsieur Durand, fit Edmond, que je suis aise d'apprendre...

— Que Marie est ma fille. Elle le sera devant le monde avant huit jours.

— C'est moi qui me charge d'abréger le temps et les formalités, dit madame Durand. Maintenant, monsieur Edmond, avant de prendre le café, vous accepterez bien un verre de porto. Il est de chez Potel. Nous allons boire à la meilleure santé de votre mère.

Les verres à liqueur remplis se rapprochèrent ; ceux de Marie et d'Edmond rendirent en se touchant un son argentin et doux comme le bruit d'un baiser. La joie des participants à cette petite fête de famille montait en parfums de leur cœur à leurs yeux rayonnants de plaisir.

Durand reportait ses regards ravis de sa femme à sa fille.

Renaudot, en face de son fils et de Marie, songeait aux idylles de sa jeunesse.

Edmond était doublement heureux d'être à côté de celle qu'il aimait et de savoir qu'elle était la fille de l'ami de son père.

Quant à Marie, dont les yeux jetaient des regards aussi doux que les fleurs qui égayaient la table, il lui semblait être comme dans un agréable rêve.

Mais sans contredit la plus enchantée du groupe était madame Durand ; son visage épanoui exprimait cette indicible félicité que donne aux cœurs généreux l'ineffa-

e sentiment d'une bonne action, et qui est leur vraie
récompense.

On prit le café dans le salon. De douces et tendres
choses se dirent là, surtout entres les amoureux. Enfin
l'heure de la retraite sonna. Durand annonça qu'il allait
reconduire sa fille.

— Pas du tout, contredit Renaudot. C'est moi qui me
charge de cette mission. Le jour de sa fête on ne quitte
pas sa femme.

— Eh bien, j'accepte tes bons offices, mon cher Renaudot, d'autant plus que j'ai une petite querelle à
faire à ma femme.

— Ah ! ah ! tenez-vous bien, madame Durand.

— Soyez tranquille, monsieur Renaudot.

Marie embrassa son père et madame Durand qui lui
dit :

— Ma chère enfant, votre père ira moins souvent chez
vous, mais en revanche vous le verrez plus souvent ici.
N'oubliez pas que cette maison est vôtre.

— Vous m'y avez trop bien accueillie, madame, pour
que je ne sois pas heureuse d'y revenir.

— Vous en savez le chemin.

— Renaudot est prêt. Va, ma fille, dit Durand.

LXIV

Resté seul avec sa femme, Durand se tourna vers elle en se croisant les bras et en roulant de gros yeux.

— Mon Dieu ! que vous prend-il, mon ami ? s'ébahit madame Durand.

— Madame, cela ne se passera pas ainsi ! éclata Durand.

— Quel air singulier vous avez !

— Comment ! pendant quinze ans, je te cache les déplorables erreurs de ma jeunesse. Tu les découvres, et ta vengeance consiste à ouvrir les bras à ma fille ! Non, je ne mérite pas une femme comme toi, Pauline.

— Mon ami, vous êtes bon ; voilà pourquoi je ne vous garde pas rancune. Pourtant, si vous tenez absolument à ce que je vous gronde, je vous dirai qu'avec une autre femme que moi, vos cachotteries et vos mystères eussent peut-être perdu votre ménage. Heureusement que, sûre de votre cœur, je n'étais pas jalouse. Mais je vous en veux encore de ne pas avoir donné une mère à votre fille, puisqu'elle n'a plus la sienne, m'a-t-elle dit, et cette mère, c'était moi.

— Que veux-tu ? j'ai reculé devant la crainte de troubler ta vie en t'avouant qu'avant notre mariage, j'avais commis une faute grave.

— Vous voyez bien que tout finit par se découvrir, et

que la confiance en sa femme est encore la meilleure des choses.

— Si bonne que tu sois, aurais-je jamais pensé que tu pousserais l'indulgence jusqu'à ce point ! Tiens, Pauline, tu es adorable. Tu as toutes les qualités, tous les dévouements, toutes les générosités qui manquent à ton mari, et c'est à tes genoux que je demande pardon de ma conduite envers toi.

Durand s'agenouilla devant sa femme qui était assise sur un canapé, en lui prenant et lui baisant les mains.

— Que faites-vous ? s'écria madame Durand. Imprudent ! vous ne pourrez plus vous relever. Il y a seize ans, mon ami, qu'il ne vous est arrivé de vous jeter à mes genoux. C'était quelques jours avant notre mariage. Je me le rappelle comme d'hier.

— Je passerai ma vie à tes genoux, à te remercier et à te bénir.

Voyons, Durand ne tombez pas dans ces exagérationsridicules. En accueillant votre fille, je n'ai fait que mon devoir de femme qui vous aime et vous aimera quand même. Je regrettais la stérilité de notre union. Eh bien ! à présent, j'ai une fille : la vôtre.

— Créature de Dieu !...

— Relevez-vous. Attendez, je vais vous aider.

Et madame Durand tendit à son mari une main sur laquelle il s'appuya pour se mettre debout.

— Maintenant, mon bon Philippe, dans mes bras, et ne parlons plus du passé.

En embrassant sa femme, Durand mouilla son visage de ses larmes.

S'il y a des anges du foyer, ce soir-là ils durent regarder avec ravissement les époux Durand aussi unis, aussi aimants qu'au premier jour de leur mariage.

LXV

La même harmonie ne régnait pas dans le ménage voisin. Lorsque Renaudot raconta à sa femme le trait de générosité de madame Durand, madame Renaudot répliqua que si madame Durand avait eu à se faire pardonner de son mari la faute qu'il avait commise, celui-ci n'aurait pas certainement montré l'abnégation de madame Durand.

— De la part d'une femme, répondit Renaudot, le cas eût été plus grave.

— Ainsi, monsieur, dit madame Renaudot en scrutant du regard son mari, comme si elle eût voulu connaître le fond de sa pensée, vous établissez deux catégories, deux morales : une pour l'époux et une autre pour l'épouse.

— Je ne dis pas cela, Ernestine. Mais tu conviendras qu'il serait bien difficile à un mari d'accepter un enfant que sa femme aurait eu avant le mariage, surtout si le mari eût été avantagé dans son union avec une jeune fille riche, car alors il aurait eu l'air de se prêter à une complaisance, de faire une spéculation et de vendre son nom pour couvrir une faute de son épouse.

— Je vois que vous admettez des responsabilités distinctes entre les deux sexes, et que vous établissez entre eux des différences radicales.

— Ce n'est pas moi qui les établis, chère amie, c'est

la nature, qui a donné à la femme une plus grande responsabilité qu'à l'homme. La loi morale doit se conformer aux obligations qui résultent de la nature même des êtres.

— Les devoirs sont réciproques, ce me semble.

— Tu intervertis les rôles, Ernestine. Mais tu ne désapprouves pas sans doute madame Durand d'avoir agi comme elle l'a fait ?

— Bien au contraire, je l'admire. Seulement, je tiens à constater d'après votre aveu même que son mari n'eût pas suivi son exemple.

— Ce n'est pas de notre faute pourtant, si dans ses actions, la femme est plus engagée que l'homme. Et puis, crois-tu que si madame Durand eût eu un fils, il lui eût été possible de faire entrer la fille de son mari dans sa maison ? D'abord l'enfant légitime eût été nécessairement jaloux de l'affection donnée à une autre qu'à lui, et cette affection est d'autant plus grande qu'elle se porte sur un enfant déshérité, sur ce qu'on appelle un enfant de l'amour. Quand on est libre, on peut épouser une fille-mère sans fortune, mais quel est le mari, le père de famille qui oserait introduire dans son intérieur le fruit d'une erreur de jeunesse ? Je comprends l'action de madame Durand, parce qu'elle n'a pas de progéniture ; autrement, je l'avoue, je ne l'eusse pas comprise, et elle ne se fût pas produite sans inconvénient sérieux pour son ménage.

— Mais vous, monsieur, en vous mettant un instant à la place de votre ami Durand, qu'eussiez-vous fait si votre femme vous eût révélé une faute de son passé ? Répondez sans ambages, je vous prie, à ma question.

— Est-ce que je sais comment j'aurais agi ? Dans ce cas, on ne consulte que son cœur, que son amour pour sa femme. Mais, je te le répète, il n'est pas admissible

18*

qu'on introduise dans une famille un enfant de hasard lorsqu'il y a des enfants légitimes.

— Cela me suffit.

— Je m'étonne de ton insistance dans des questions aussi ardues, qui ne peuvent se trancher par oui ou par non. Laissons ces discussions stériles, et parlons de notre fils. Marie sera reconnue par son père, reconnaissance à laquelle madame Durand acquiescera. C'est une jeune fille que je connais bien... Je puis te le dire maintenant ; tu n'en seras plus jalouse !

— Il ne m'en coûte pas de convenir que je m'étais trompée.

— Eh bien, Marie a toutes les vertus, toutes les qualités qui peuvent faire le bonheur d'un époux. Je te demande de ne pas contrarier cette union que je désire vivement pour ma part.

— C'était dans l'intérêt de notre fils que j'avais désiré son mariage avec mademoiselle de Nerdrel. Puisque vous et lui en avez jugé autrement, peu m'importe à présent qu'Emond épouse mademoiselle Marie.

— Ne te montre pas dépitée de cette rupture. Je n'ai pas détourné Edmond d'Éva ; c'est son cœur qui l'a porté vers Marie, et le cœur, l'inclination doivent bien entrer pour quelque chose dans le mariage.

— Qu'il soit fait selon vos desseins, monsieur Renaudot. Moi, je n'ai plus de volonté.

— Allons, ma femme, ton fils sera heureux, et tu seras la première à t'en féliciter.

Là-dessus, Renaudot serra tendrement la main de sa femme et sortit pour se rendre chez Julia.

Madame Renaudot était accablée, prostrée, sans force, sans énergie, sans espoir. Comme on l'a vu, elle avait interrogé son mari pour savoir si elle trouverait en lui une âme assez grande, assez miséricordieuse pour lui pardonner sa maternité ! Haletante, oppressée, elle avait été sur le point de lui révéler son secret, mais ses froides réponses d'implacable légiste avaient arrêté l'aveu sur ses lèvres et lui avaient fait perdre tout espoir. C'est ce qui l'avait emportée, au risque de se trahir elle-même, jusqu'à dire qu'il y a une morale pour chaque sexe, et que les femmes ne trouvent jamais l'indulgence avec laquelle on accueille les erreurs les plus graves des hommes. Désormais elle savait à quoi s'en tenir. Elle devait à tout prix renfermer son passé dans son tombeau et ne le laisser soupçonner à qui que ce soit, surtout à son mari. Elle chercha à secouer sa torpeur ; elle éprouva l'impérieux besoin d'embrasser son fils Paul qui avait pesé et pesait encore si lourdement sur sa vie. Elle se leva, mais elle n'eut pas la force de faire un pas, et elle retomba sur son canapé, le sein gonflé, les yeux pleins de larmes qui ne voulaient pas couler et l'étouffaient.

Heureusement, l'abbé Glaize entra à ce moment. Par ses onctueuses exhortations, il apporta une diversion à la douleur de madame Renaudot et la soulagea du poids qui oppressait sa poitrine à la briser. Elle ne lui dissimula pas, car elle n'avait pas de secrets pour lui, l'épreuve infructueuse qu'elle venait de subir. L'abbé Glaize lui répéta le mot éternel des religions : « La terre est une vallée de larmes, et le ciel est le seul refuge des âmes affligées. »

— Ma sœur, ajouta-t-il, il faut se résigner chrétiennement et accepter l'inflexibilité des choses humaines en se fortifiant dans le sein de Dieu.

Madame Renaudot pleura, puis se remit, car il lui semblait que Dieu le père et Dieu le fils l'allégeaient de ses chagrins en lui ouvrant les bras. C'était peut-être une illusion, mais l'illusion est parfois nécessaire pour adoucir la main de fer de la réalité humaine.

L'abbé Glaize laissa Ernestine Renaudot calme et rassérénée.

LXVI

Depuis qu'elle était séparée du comte Kourawieff, Julia avait une vie fort paisible, fort retirée, l'envers de celle qu'elle menait rue de la Paix. Aux joies mondaines, au tourbillon des plaisirs et des fêtes avaient succédé pour elle les exquises satisfactions de l'amour maternel. Deux fois par semaine, elle voyait sa fille qui venait s'asseoir à sa table et passait une partie de la journée avec elle. C'étaient ses bonnes heures ! Elle était vraiment heureuse du sentiment qui remplissait son âme, mais son bonheur devait être de courte durée.

Une après-midi qu'elle attendait Marie, sa domestique lui annonça à sa grande surprise que le comte Kourawieff était au salon et désirait lui parler.

— Dites au comte que je n'y suis pas ! ordonna-t-elle.

Mais, revenant sur son premier mouvement et changeant de résolution, elle dit à la servante :

— C'est bien. J'y vais.

Elle se rendit au salon en se défendant contre l'émotion qui l'envahissait malgré elle et qui redoubla en présence de Michel Kourawieff dont la figure paraissait soucieuse, fatiguée, et dont la tenue trahissait l'accablement.

— Monsieur le comte, lui dit Julia, votre visite a lieu de me surprendre. Elle viole nos conventions.

— Julia, écoutez-moi. C'est en quelque sorte malgré moi, poussé par une force irrésistible que je suis venu ici. J'avais entrepris la lutte contre l'impossible. J'ai été vaincu, j'ai tout fait pour vous chasser de mon cœur et de ma pensée. J'ai gaspillé mon temps et mon argent ; enfin j'ai demandé à des folies de jeunesse l'oubli de la femme qui ne m'aimait plus, et me voilà devant vous brisé, meurtri, pantelant, vous implorant et vous demandant grâce. Ah ! Julia, vous saviez bien que je ne pouvais plus me passer de vous, que vous m'étiez nécessaire comme l'air que je respire, et qu'en vous séparant de moi, vous me tueriez, vous me désespéreriez. Et vous avez réussi !

— J'ai fait mon devoir de mère, monsieur le comte, et je ne m'en repens pas.

— Comment ! lorsque je viens vous dire que je vous aime d'un amour invincible, qu'il m'a été impossible de vous oublier, vous m'accueillez par ces glaciales paroles !

— Vous n'avez pas sans doute la prétention de renouer des relations rompues et de rattacher des chaînes brisées !

— Brisées par vous, et non par moi. Je les porte toujours dans mon cœur, Julia.

— Le mien souffre aussi, comte, et pourtant je ne demande pas à revenir sur une séparation accomplie et définitive. Je ne me plains pas.

— Eh bien, vous n'entendrez plus cette plainte. Je saurai l'étouffer en moi pour toujours.

— Michel, c'est insensé ! Vous repousserez ces folles suggestions de votre découragement.

— Je n'aurai aucune peine à dire adieu à la vie,

croyez-le. Tout est mort en moi, tout est fini pour moi.

— Michel !

— Je sais bien que vous ne me regretterez pas.

— Vous savez le contraire. Votre suicide me frappe-rait mortellement.

— Mais vous m'aimez donc encore, Julia ?

— Il le demande !

— Et c'est parce que vous m'aimez que vous me fuyez, que vous me défendez votre porte ?

— Michel, pourquoi me faire redire que je ne suis plus et ne veux plus être que mère, que toutes mes au-tres affections sont subordonnées à la grandeur de ce sentiment qui me possède tout entière ?

— Et si je reconnaissais votre fille ?

— Elle vient d'être reconnue par son père.

— Et si je vous disais : Julia, puisque vous avez été dix années la compagne de ma vie, voulez-vous devenir ma femme ?

— Ah ! Michel, vous êtes un noble cœur. Je ne vous le cache pas, je suis vraiment touchée de cette nouvelle preuve d'affection. Mais si j'acceptais, vous pourriez croire que j'ai joué la comédie de la séparation pour vous amener au mariage.

— Jamais ! je vous connais trop bien pour vous accuser d'un tel calcul. Vous êtes mère ; vous voulez que votre fille vous honore, vous trouve dans une situa-tion morale et digne que le mariage seul peut réa-liser. Rien de plus naturel et de plus légitime.

— Croyez-moi, Michel, restons amis. Cela vaudra mieux et pour vous et pour moi.

— Non, votre amitié ne suppléera jamais à votre amour qui est l'âme de ma vie.

— Eh bien, comte, attendez encore. Laissez-moi me reconnaître. Plus tard, je dirai oui.

— C'est aujourd'hui qu'il faut se prononcer, Julia, si vous ne voulez pas que j'expire à vos pieds en vous disant que je vous aime.

— Michel!... s'écria Julia vaincue et tombant dans les bras du comte.

— Chère Julia!... Ce moment rachète tout ce que vous m'avez fait souffrir.

— Séparons-nous, Michel. J'attends ma fille. Elle ne doit pas vous rencontrer dans cette maison où personne n'est venu avant vous.

— Oui, elle n'y doit trouver que votre mari. Adieu, chère Julia, adorable magicienne qui d'un mot m'a rendu le courage et l'espoir !

— Au revoir, mon ami.

LXVII

Après le départ du comte Kourawieff, la servante annonça monsieur Renaudot.

Il avait un air grave et compassé que Julia remarqua.

— Vous chez moi, monsieur Renaudot? s'étonna-t-elle. Qu'est-ce qui me vaut cet honneur ?

— L'honneur est pour moi, belle dame. J'étais allé rue de la Paix, aujourd'hui j'arrive rue du Helder. C'est toujours un ami qui vient à vous.

— En cette qualité, monsieur, voulez-vous m'informer du motif de votre bonne visite ?

— Mon Dieu ! madame, ce motif est assez sérieux. Mademoiselle Marie, votre fille, va se marier...

— Avec monsieur Edmond ?

— Lui-même. Mais la famille d'Edmond est encore retenue par quelques scrupules. Le mariage est entravé et sera peut être défait à cause de vous.

— A cause de moi ?

— Je regrette de vous le dire. Cette famille dont je vous parle sait et commente votre passé. Et si elle consent à prendre la fille, d'un autre côté il ne lui conviendrait pas d'accepter la mère.

— C'est-à-dire, monsieur, que l'on me rejette. Mais j'ai les droits d'une mère, et ne suis en tout cas nullement disposée à les abandonner. J'aime ma fille, et j'en suis aimée. On ne réussira pas à se mettre entre elle et moi.

— Alors vous ferez le malheur de Marie, car elle aime Edmond, et vous l'en sépareriez. Il me semble que le devoir bien entendu d'une mère est de se sacrifier au bonheur de son enfant.

— Ne me suis-je pas assez sacrifiée ? N'ai-je pas fait litière de mes intérêts, de ma situation, d'une vie de luxe et de plaisirs ? Le train modeste que je mène à présent ne plaide-t-il pas éloquemment pour moi ?

— Je ne le conteste pas, mais ce n'est pas encore assez.

— Que faut-il donc ?

— Vous éloigner momentanément, revoir la Russie pour quelque temps. Vous nous reviendrez plus tard, et vous embrasserez votre fille mariée, établie, heureuse.

— Monsieur Renaudot, ce n'est pas là le langage que

vous me teniez rue de la Paix, quand vous admiriez la ferveur et la sincérité de mes sentiments maternels.

— Je crois toujours que vous êtes capable de tous les grands sentiments, madame. Mais, à tort ou à raison, le monde revient sur votre passé, sur un passé bien difficile à effacer, et qui rejaillirait fatalement sur votre enfant. Dans ces sortes de luttes, le préjugé, l'opinion, quoi qu'on fasse, ont toujours la dernière victoire.

— Ne jouez pas plus longtemps la dissimulation, monsieur Renaudot. Vous êtes le père d'Edmond, et c'est vous qui êtes en cause.

— Eh bien, oui, puisque vous me poussez dans mes derniers retranchements. Vous êtes trop intelligente, madame, pour ne pas comprendre l'impossibilité de votre situation en face de madame Durand et de madame Renaudot. Si j'étais seul en cause, comme vous dites, la difficulté s'aplanirait d'elle-même. Mais les femmes ne pardonnent pas...

— Certaines femmes... Monsieur Renaudot, je ne serai jamais un obstacle au bonheur de ma fille.

— Alors, que vos actions répondent à vos belles paroles.

— Elles y répondront, monsieur. Avant quinze jours, j'aurai quitté Paris.

— Vous ferez cela, madame ? Vous aurez ce courage ?

— Je l'aurai.

— Ah! cette abnégation, ce dévouement me prouvent que je vous avais bien jugée.

— Ne dorez pas tant le poignard que vous m'enfoncez dans la poitrine, et donnez-moi le temps d'écrire quelques mots.

— A votre aise, madame.

19

Julia prit une feuille de papier dans un sous-main et écrivit la lettre suivante :

« Comte, j'accepte votre offre. Je deviendrai votre femme, et nous partirons pour la Russie. »

Puis Julia plia la lettre et mit cette suscription :

« Monsieur le comte Kourawieff,
 « Place Vendôme. »

— Tenez, monsieur, lisez, dit-elle à Renaudot en lui présentant la lettre.

— Vous êtes l'ange de la maternité, madame. Et grâce à vous, Marie Durand s'appellera bientôt madame Renaudot.

— Elle sera heureuse, puisqu'elle aime votre fils, et qu'elle m'en parle toutes les fois que je la vois.

— Ils seront heureux tous les deux, madame.

— Eh bien, qu'importe ma douleur ! Je me consolerai en songeant que ma fille sera entrée dans une famille comme la vôtre.

— Les bans de son mariage seront publiés demain. Je vous quitte pour vaquer à ces formalités, à ces préliminaires indispensables.

— Allez, monsieur Renaudot, et ne pensez plus à Julia qui va disparaître du monde parisien.

— Je n'oublierai jamais le dévouement que vous montrez pour votre fille. Et je vous dis au revoir, madame.

— Moi, je vous dis adieu, monsieur Renaudot.

LXVIII

A peine Renaudot, enchanté d'avoir gagné son procès, était-il sorti de la maison de Julia que Marie y entrait.

En voyant la physionomie douloureuse de sa mère, la jeune fille courut à elle et l'embrassa en lui disant :

— Bonjour, ma bonne mère. Mais vous avez la figure toute chagrine ?

— Tu te trompes, mon enfant... Dis-moi, le père d'Edmond sort d'ici. Tu as dû le rencontrer ?

— Oui, à la porte de cette maison.

— Il m'a annoncé ton prochain mariage avec son fils. Tu l'aimes bien, n'est-ce pas, Marie ?

— Ah ! ma mère, quand vous connaîtrez monsieur Edmond, vous l'aimerez autant que moi.

— Tu vas être heureuse, ma fille, heureuse loin de moi.

— Loin de vous, ma mère ?

— Oui, je suis forcée de partir pour Saint-Pétersbourg.

— Quelle contrariété ! Moi qui me faisais une joie si grande de votre présence à ma noce !

— Je te verrai plus tard, ma fille... quand tu seras mariée.

— Votre départ m'attriste. Est-ce qu'il ne serait pas possible de le remettre après la célébration de mon mariage ?

— Non, ma fille. Il faut que je sois avant quinze jours en Russie.

— Quel malheur !

— Tu me donneras ton portrait, Marie. Je l'emporterai avec moi, chère enfant.

— Je n'ai pas même ma photographie.

— Eh bien, je t'enverrai demain un peintre que je connais. Quelques jours lui suffiront.

— J'ai aussi dans ma maison un voisin, un ami qui est peintre, monsieur Paul. Et s'il vous était indifférent que ce fût lui...

— Certainement. Je ne regarde pas à la somme. Mais qu'il fasse vite.

— Ma mère, vous m'effrayez. Vous partez pour longtemps ?

— Non, pour quelques mois seulement.

— Ah ! toute ma joie s'est évanouie. Je ne désire plus me marier, maintenant, puisque vous me quittez.

— Nous nous reverrons bientôt, mon enfant. Tiens, ne m'ôte pas mon courage dont j'ai tant besoin, et embrasse-moi !

Julia serra sa fille dans ses bras en retenant ses larmes tant qu'elle pouvait.

— Restez au moins jusqu'au jour de mon mariage, ma mère, supplia Marie.

— C'est impossible, mon enfant. Je devais partir dès demain, mais j'attendrai encore.

— Tous les jours, je viendrai vous voir.

— Oui, ma fille. Embrasse-moi encore !

Après avoir reçu les baisers de Marie, Julia lui dit :

— Va, ma fille, et ne t'affecte pas de mon départ. Il faut se résigner.

— A demain, bonne mère !

Quand Marie fut sortie, Julia suffoquée donna un libre cours à ses larmes. Ce fut comme une explosion au milieu de laquelle elle s'écria :

— Le voilà, le châtiment ! La voilà, l'expiation ! Ah ! monde inexorable qui ne sais pas pardonner aux mères, sois maudit !

Après cette imprécation, Julia se calma et murmura :

— Ne maudissons personne. J'ai été coupable. L'implacable justice du sort m'atteint. Je récolte ce que j'ai semé. Je n'ai pas été mère quand il le fallait, et maintenant que je veux l'être, on me repousse. La fatalité m'écrase. Ayons du courage, et songeons à ma fille. Elle sera ma rédemption !

Julia appuya le doigt sur le marteau d'un timbre, et sa servante apparut.

— Portez cette lettre à monsieur le comte Kourawieff, lui dit-elle.

— Oui, madame.

Julia resta quelque temps comme ensevelie dans sa poignante douleur. Puis la douce pensée de sa fille descendit comme un baume dans son cœur ulcéré. La tête appuyée sur les coussins de son canapé, son imagination évoqua l'avenir qui devint présent pour elle. Elle vit Marie à l'autel, blanche comme un lys et portant la couronne des vierges, puis elle lui apparut dans son interieur, à côté de l'époux qui la chérissait et la regardait avec amour, entourée de chérubins aux boucles blondes qui la lutinaient et la tiraient par le bas de sa robe. Au foyer se tenait une grand'mère en cheveux blancs qui murmurait en face de ce tableau de famille : « Heureuse épouse, heureuse mère! » Et cette grand'mère était Julia elle-même.

L'entrée du comte Kourawieff fit évanouir sa vision.

— Julia, lui dit le comte, votre lettre m'a vivement inquiété, et je suis venu demander la cause de ce départ précipité.

— Michel, ma fille se marie.

— Ah! je comprends. Et vous êtes sacrifiée ?

— C'est moi qui vais au-devant du sacrifice.

— Je vous l'avais prédit au moment de notre séparation en vous disant : Julia, Votre fille se mariera un jour, et vous serez écartée, oubliée.

— Vous avez été bon prophète. Tout ce que vous m'aviez prédit se réalise. Je n'ai plus que vous, Michel.

— Chère Julia ! Ma femme!... s'écria le comte Kourawieff ému en serrant dans ses bras Julia avec la tendresse d'une mère qui étreint son enfant.

LXIX

Le lendemain de la fête donnée par le baron de Nerdrel, Paul avait quitté l'hôtel de la rue de Varennes pour rentrer chez lui. Éva avait reçu froidement ses adieux. Paul, ne sachant à quel motif attribuer sa disgrâce, car Éva avait d'abord été avec lui tout aimable, ouverte et charmante, s'était retiré attristé et frappé au cœur par la fierté de la jeune fille, regrettant de n'avoir pas su résister aux élans de son excessive sensibilité qui l'avait porté avec trop d'ardeur vers Éva.

Richard Dulin, remarquant la tristesse, l'abattement de son fils, désira en connaître la cause. Alors Paul lui avoua la vérité et lui demanda s'il était toujours disposé à donner suite à la proposition de voyage qu'il lui avait faite.

— Ah! tu es aussi sérieusement amoureux? s'étonna Dulin.

— Oui, mon père, et je le suis sans espoir.

— Comment! à la première déception d'amour que tu éprouves, te voilà abattu et désespéré. Je comprends qu'à la fin de sa tâche et de sa route, on soit découragé et blasé, mais à ton âge on doit se sentir le cœur plein de force, de joie et d'espérance.

— Je n'en ai plus, mon père.

— Voilà donc la jeunesse d'aujourd'hui! Au premier choc, elle s'ébranle et s'affaisse. Paul, il ne manque pas de par le monde des jeunes filles que tu trouveras moins fières, moins rebelles que mademoiselle de Nerdrel. On te dédaigne maintenant, enfant qui gémit, demain on viendra à toi, on s'appuiera sur toi, quand on te verra fort, debout et résolu!

— Mon père, vos paroles relèvent mon courage.

— Paul, il faut combattre ta sensibilité maladive par une existence plus mâle, plus laborieuse, plus active que celle que tu as menée jusqu'ici. Viens avec moi, mon fils! Sur l'océan soulevé qui battra de ses vagues furieuses les flancs de notre navire, dans les espaces libres du Nouveau-Monde, tu te mesureras avec les obstacles et les dangers. Ta débile énergie se trempera, tu connaîtras les robustes jouissances que donnent le travail, la lutte, l'effort. Malheur aux hommes qui vivent comme les femmelettes et laissent étioler leurs forces dans la mollesse et les mièvreries de notre civilisation !

— Oui, je le sens, j'ai besoin de changer de milieu, d'air et d'horizon.

— Il faut couper le câble qui t'attache au rivage, à tes habitudes énervantes.

— J'y suis bien décidé. Je vais écrire à l'excellente madame Durand. Elle seule est capable de faire entendre raison à ma mère.

— En tous cas, je verrai madame Renaudot demain au comité de la rue de Grenelle. De mon côté, je la préparerai à cette séparation devenue nécessaire.

— Dites-lui bien qu'elle ne sera que momentanée.

— Sois tranquille. Je lui ferai entrevoir ton prochain retour. Quant à toi, plus de faiblesses, plus de sentimentalité amoureuse, plus de découragements. Sois homme enfin, et adopte la devise américaine : — Toujours en avant !

— Vous m'avez fortifié, mon père.

— A bientôt, cher Paul.

Son père parti, le jeune homme monta chez sa voisine Marie avec sa palette et ses pinceaux pour terminer son portrait commencé.

— C'est bizarre ! pensait-il. J'ai aimé deux jeunes filles, Marie et Éva. J'ai fait leurs portraits, et d'autres plus heureux posséderont l'original. Enfin, il paraît que c'était ma destinée... A chacun son destin !

On voit que Paul prenait assez philosophiquement ses déconvenues amoureuses depuis que son père avait relevé son courage en lui ouvrant de nouveaux horizons.

LXX

Madame Durand se prêta de fort bonne grâce au service que Paul sollicita de son inépuisable bonté. Après avoir reçu sa lettre, elle vit madame Renaudot et s'efforça de lui persuader que le voyage de Paul était ce qui pouvait lui arriver de plus heureux. Elle fit envisager à son amie combien sa situation deviendrait délicate si Richard Dulin restait à Paris, puisqu'elle ne pourrait voir le fils sans voir en même temps le père, ce qui lui créerait un embarras sérieux. Puis, madame Durand plaida avec chaleur la cause de Renaudot. Maintenant que l'enfant était élevé, il était bien temps de songer au mari. Elle lui représenta qu'elle devait écarter désormais tout dissentiment avec son époux, qui lui avait prouvé son affection de toutes manières, surtout en supportant avec patience les vivacités, les irritations dont madame Renaudot n'avait pu se défendre au milieu de son existence tourmentée.

Bien que vivement contrariée du départ de Paul, madame Renaudot parut fort impressionnée par les judicieuses observations de son amie, qui avait sur elle une réelle influence, tant par les services rendus que par l'intérêt qu'elle lui portait.

En quittant madame Durand, madame Renaudot se rendit au comité de la rue de Grenelle-Saint-Germain. Elle y trouva Richard Dulin, avec lequel elle eut un dernier entretien. A sa vue, elle ne put réprimer un mouvement de vivacité.

— J'avais bien prévu, monsieur, qne vous m'enlèveriez mon fils !

— Permettez, madame, répliqua Richard. C'est Paul lui-même qui m'a prié de l'éloigner de Paris. Ce n'est pas ma faute si vous l'avez élevé en serre-chaude, si vous en avez fait une sorte de dévot, un mystique croyant au Ciel, à la Vierge et aux anges, mais ne croyant pas en lui-même et n'ayant pas la conscience de sa force, une sensitive qu'une contrariété d'amour démoralise et décourage. Comme je vous l'ai déjà dit, votre excessive tendresse l'a efféminé et amolli. Au moral, Paul est phthisique. Il est mal constitué, mal équilibré. Il lui a manqué le père, la main masculine pour redresser sa nature. Cette main, je la lui tends aujourd'hui. J'en ferai un homme, et il vous reviendra plus fort et plus heureux !

— Vous ne comptez pas les larmes que je verserai loin de lui.

— Si comme moi, madame, vous aviez été témoin de l'accablement de Paul, vous ne chercheriez pas à le retenir.

— Mais enfin comment son amour pour Éva a-t-il pu être poussé jusqu'à cette passion extrême ?

— Je crois que Paul a eu tort de prendre au sérieux d'innocentes coquetteries de jeune fille. Mademoiselle de Nerdrel s'est sans doute aperçue qu'elle s'était trop avancée avec notre fils, et tout d'un coup elle est devenue sévère.

— Tout d'un coup ! fit madame Renaudot pensive. Est-ce que...

— Que dites-vous, madame ?

— Rien. Je songeais à ce brusque changement des

dispositions d'Eva. Monsieur Richard, je suis résignée à l'éloignement de Paul. Je vous prierai seulement de l'abréger le plus possible.

— Un an au plus.

— Un an sans l'embrasser. Ah ! c'est horrible !

— Il vous écrira.

— Souvent ?

— Il vous tiendra au courant de toutes ses impressions, de tous les incidents de son voyage.

— Je vous remercie, monsieur.

— Madame, dit Richard avec émotion, au moment de me séparer de vous pour toujours peut-être, j'aurais besoin d'une bonne parole de votre bouche.

— Monsieur Richard, quelles que soient les tristes circonstances dans lesquelles nous nous sommes trouvés tous les deux, il ne m'est plus permis de douter que vous soyez un homme de cœur et d'honneur. Voici ma main.

— A mon tour, merci, madame ! s'écria Dulin en baisant la main de pardon que madame Renaudot lui tendait.

Et il sortit.

— Je verrai Éva, se dit madame Renaudot, et je saurai le dernier mot de ce malentendu. Si c'était moi qui, sans le vouloir, eusse détruit l'espoir de mon fils ?... Je réparerai le mal que je lui ai fait. Tout n'est pas encore perdu !...

Madame Renaudot avait beaucoup moins de résignation qu'elle n'en avait montrée à Richard Dulin. Elle avait joué une petite comédie qui avait complétement échappé à ce Français américanisé, peu au courant des souplesses féminines. La preuve, c'est qu'elle se transporta immédiatement chez son fils pour tâcher d'ébran-

ler sa résolution. Mais ce fut en vain. Néanmoins, après
l'avoir entendu, elle acquit la conviction qu'il n'y avait
entre Éva et lui qu'une méprise ou un froissement sans
gravité. Il ne s'agissait donc que de rattacher la corde
rompue. Elle se fit conduire à l'hôtel des Nerdrel. Malheureusement, la baronne, sans doute pour apporter
une diversion aux idées sombres de sa fille, l'avait em-
menée pour quelques jours à sa villa de Saint-Germain.

Avec la persistance de la dévote, madame Renaudot
revint à la charge. Cette fois, elle fut plus heureuse. Le
baron et la baronne étaient sortis. Ce fut Éva qui la
reçut. Madame Renaudot sut amener la conversation
sur Paul. Mademoiselle de Nerdrel se troubla en entendant parler de lui. Madame Renaudot ne craignit pas
de se découvrir elle-même pour qu'Éva lui montrât son
cœur à nu. Elle lui dit qu'elle connaissait depuis longues
années Paul, auquel elle s'était vivement intéressée en
raison de sa piété et de ses qualités morales, puis elle
peignit la passion profonde qu'Éva lui avait inspirée,
son désespoir lorsqu'il avait remarqué en elle une froideur et un dédain qui avaient brisé son âme, enfin, sa
résolution de chercher dans le voyage une diversion à
son amour.

— Puisque monsieur Paul vous a fait ses confidences,
répondit Éva, je l'imiterai, et je suis d'autant plus à
mon aise pour me disculper de torts apparents qu'il est
parti.

— Oui, Éva, il est parti avec la blessure que vous lui
avez faite, et qui ne se cicatrisera jamais, m'a-t-il dit au
moment de ses adieux.

— Je n'ai pas été légère, croyez-le, madame, ma conduite a été dictée par de sérieux motifs.

— Ces motifs ne se rattacheraient-ils pas à la visite

d'une femme que monsieur Paul a reçue dans la soirée du 10 avril ?

— Mais comment savez-vous ?... questionna Éva en pâlissant.

— Je le sais, chère enfant, parce que cette femme, c'était moi !

— Vous, madame ! s'écria Éva frémissante.

— Je vous l'ai dit, Éva. J'ai été comme la seconde mère de Paul. Il était seul au monde. J'ai veillé sur son enfance. Comme je n'avais pas initié le baron votre père à mes relations de protectrice avec Paul, le 10 avril, ayant une nouvelle importante à lui annoncer, je vins le voir secrètement. Vous voyez bien, Éva, que Paul ne recevait ce soir-là que l'ancienne et la meilleure amie de sa mère.

— Je suis heureuse que vous ayez détruit cette erreur, cette mauvaise pensée qui m'a tant fait souffrir.

— Vous aimiez Paul, Éva? Voyons, confiez-vous à moi comme à votre mère.

— J'avoue qu'à la reconnaissance pour mon sauveur s'était jointe une vive sympathie. Mais j'eus honte de cette affection le soir où l'ombre d'une femme se profila sur le store du pavillon du parc. Poussée par une irrésistible curiosité, plus morte que vive, je m'approchai du pavillon en éteignant le bruit de mes pas, et lorsqu'une voix de femme frappa mon oreille, je fus glacée. Un horrible soupçon tua en moi ma première tendresse. Et le lendemain je fus si affectée que je demandai à mes parents de rentrer au couvent.

— Chère Éva, je comprends votre douloureuse surprise. Mais, de son côté, Paul n'a pas été moins frappé que vous, et son voyage n'a été déterminé que par la certitude que vous étiez perdue pour lui.

— Il est parti, dit Éva avec tristesse. Maintenant, tout est fini. Nous ne nous reverrons plus.

— Il ne tardera pas à revenir lorsque je lui aurai appris la fatale méprise qui vous a séparés tous deux. Mais, jusqu'à nouvel ordre, que le baron et la baronne n'apprennent rien de tout ceci.

— C'est un secret entre nous, chère madame.

— Adieu, mon enfant, câlina madame Renaudot en embrassant tendrement Éva. Je me rêtire, mais je viendrai souvent vous voir.

Éva reconduisit madame Renaudot jusqu'à la porte de l'hôtel.

— Enfin, j'ai réussi ! s'écria madame Renaudot triomphante, pendant que sa voiture descendait rapidement la rue de Varennes. Puisque mon fils Edmond n'a pas eu la main de mademoiselle de Nerdrel, c'est mon fils Paul qui l'épousera !...

Paul avait fait la veille ses adieux à sa mère. Cependant madame Renaudot, concevant le vague espoir que son départ eût été retardé par quelque incident, se fit conduire place Saint-Georges. Là, le père Girard lui annonça d'une voix grave que monsieur Paul était parti le matin, au point du jour, au lever de l'aurore !

En effet, le jeune homme avait encore voulu reculer son voyage, mais Richard Dulin, renouvelant l'énergique procédé de Mentor, qui jette à la mer le trop tendre Télémaque regardant derrière lui et regrettant les voluptueuses nymphes de l'île de Calypso, était venu l'enlever au lever de l'aurore, comme disait le père Girard, et l'avait conduit sans débrider à la gare Saint-Lazare.

LXXI

Le matin du 20 mai, jour fixé pour le mariage de mademoiselle Marie Durand avec monsieur Edmond Renaudot, tout était en mouvement dans la maison de la place Saint-Georges. Le père Girard était dans sa loge comme au septième ciel. Voyant son vif désir d'assister à sa messe de mariage, Marie lui avait remis une lettre de faire part. Le vieux et digne concierge, tout en se mettant sur son trente-et-un et en endossant son fameux habit barbeau des grandes occasions, étalait devant son épouse une orgueilleuse joie du plus haut comique.

— Quel beau jour, hein? ma femme, s'écriait le père Girard.

— C'est quelquefois un beau jour sans lendemain.

— Tais-toi donc, madame Girard. Tu serais capable de faire d'une noce un enterrement !

— Tenez-vous donc tranquille que je puisse nouer votre cravate.

— Cela ne te rappelle-t-il pas, madame Girard, l'heureux moment où nous convolâmes aux Petits-Pères?

— Vous parlez de bien loin. Vous n'êtes plus le même, monsieur Girard, dit la concierge en rajustant la perruque de son époux.

— Que veux-tu, femme? L'homme est comme une

fleur qui se fane et se flétrit. Mais je me sens aussi guilleret et aussi jeune qu'alors.

— Ne dirait-on pas que vous allez marier votre fille, monsieur Girard ?

— Certainement, je suis aussi heureux que si je mariais ma fille ! J'aime mademoiselle Marie comme si elle l'était réellement. Je t'avais bien dit que tous les petits mystères de notre maison finiraient bien.

— Enfin, mam'selle Marie n'épouse pas monsieur Paul, comme vous le croyiez.

— Monsieur Paul ou monsieur Edmond, c'est à peu près la même chose. Elle fait en tout cas un mariage riche.

— Vous en êtes toujours sur l'argent, vous.

— Dame ! comme on dit, l'argent ne fait pas le bonheur, mais ça y aide joliment. Ah ! que je suis content pour mam'selle Marie ! Femme, je ne regrette qu'une chose, c'est que tu sois forcée de garder la maison, et que tu ne puisses pas venir à l'église.

— Pendant ce temps-là, je lirai à mon aise la *Dame de Monsoreau* de monsieur Alexandre Dumas.

— Je ne connais pas de romans qui vaille l'histoire de mam'selle Marie.

— Il n'y a de vrai que les romans, sachez-le, monsieur Girard.

— Ah ! voilà les voitures qui viennent chercher la mariée. Moi, je suis prêt. Embrasse-moi, ma femme. Mais prends bien garde de déranger ma perruque...

Le mariage de Marie et d'Edmond se célébra à la Madeleine. Madame Renaudot portait une éblouissante toilette ; on eût dit que c'était elle qui se mariait. Moins coquette, madame Durand avait une mise simple et de fort bon goût. Les deux amis, Renaudot et Durand, se tenaient côte à côte et se souriaient discrètement, l'un pensant à son fils, l'autre à sa fille. La joie éclairait toutes les physionomies. Cependant une ombre voilait l'éclat de la beauté de Marie, qui sans doute songeait à sa mère.

C'était l'abbé Glaize qui officiait. Au moment où il passa l'anneau nuptial au doigt de la mariée, son regard s'arrêta sur madame Renaudot, qui baissa pieusement les yeux.

Pendant cette cérémonie, dans un angle de l'église, une femme en deuil, la tête entièrement couverte d'un voile noir, était agenouillée au pied de l'autel de la Vierge, priant et pleurant. C'était Julia, personnification vivante de la *Mater Dolorosa* qu'elle invoquait. En elle, en son cœur crucifié se jouait le drame de la Passion, de l'immolation maternelle au pied de la croix, dont Rossini a rendu les sublimes accents dans son *Stabat.*

Julia avait voulu voir une dernière fois sa fille dans son virginal costume de mariée. Fanatisme de mère. Mais elle avait trop présumé de ses forces morales, car au moment où Marie passait devant l'autel de la Vierge, elle faillit s'évanouir.

— Adieu, ma fille. Sois heureuse!... murmura-t-elle en étouffant ses sanglots.

Le comte Kourawieff, qui vint la chercher, la trouva noyée de larmes et abîmée dans sa douleur.

— Julia, lui dit-il doucement, ces émotions vous tuent. Venez.

Chancelante et s'appuyant sur le bras du comte, Julia descendit les marches de la Madeleine et entra dans sa voiture.

Le soir même, elle quittait Paris et partait pour la Russie.

LXXII

Trois mois après le mariage de Marie, Durand et Renaudot, faisant leur promenade habituelle aux Champs-Elysées, se rappelaient le jour où ils avaient vu passer comme un tourbillon Julia et le comte Kourawieff dans leur calèche.

— Grâce à toi, cher Renaudot, lui disait son ami, tous les dangers suspendus sur ma tête comme autant d'épées de Damoclès, ont été conjurés. Entre ma femme, ma fille et mon gendre Edmond, je suis aujourd'hui le plus heureux des hommes.

— Et moi, répliqua joyeusement Renaudot, le plus fortuné des époux. Ma femme s'est métamorphosée ; elle a changé du tout au tout, comme dans un conte de fées. D'acariâtre et de sèche qu'elle était, madame Renaudot est devenue avec moi douce, affectueuse, d'une humeur charmante. Elle va moins à l'église, à son comité religieux, et elle reste plus chez elle, ce que je préfère. Enfin, mon cher ami, nous commençons notre lune de miel ! C'est à croire que certaines femmes ne peuvent aimer leurs maris qu'après vingt ans de ménage. Ce qui justifie le proverbe : « Tout vient à point à qui sait attendre ! »

Renaudot ignore toujours le secret de sa femme.
Madame Durand, après avoir si généreusement pardonné
à son mari l'irrégularité de sa vie de jeune homme, lui
fit promettre en retour de ne jamais éveiller les
soupçons de son ami sur ce point délicat, et Durand
tint parole.

De son côté, madame Renaudot, influencée par les
sages conseils de madame Durand, et n'ayant plus son
fils Paul, reporta toute sa tendresse sur son mari. Lui
rendant enfin justice, elle ramena dans son intérieur la
paix qui en avait été si longtemps absente. Elle mit des
sourdines à sa dévotion qui, réglée etautant que possible contenue par le judicieux et clairvoyant abbé Glaize,
avait toujours été sincère, mais un peu exagérée par la
tristesse mêlée de remords que lui inspiraient sa situation
délicate vis-à-vis de son fils Paul et les défaillances de
son passé, désormais liquidé et effacé. De sorte que les
deux ménages Renaudot et Durand, que nous avons
pris au début de cette histoire dans un état de trouble
et de malaise, étaient littéralement deux petits paradis
des Champs-Elysées parisiens.

FIN

Saint-Amand (Cher). — Imp. DESTENAY.

www.ingramcontent.com/pod-product-compliance
Lightning Source LLC
Chambersburg PA
CBHW070326030726
47505CB00004B/1104